Alle Rechte, einschließlich das des vollständigen oder
auszugsweisen Nachdrucks in jeglicher Form, sind vorbehalten.

Der Preis dieses Bandes versteht sich einschließlich
der gesetzlichen Mehrwertsteuer.

Umwelthinweis:
Dieses Buch wurde auf chlor- und säurefreiem Papier gedruckt.

Cherry Adair

Nimm mich!
Roman

Aus dem Amerikanischen von
Tess Martin

MIRA®

MIRA® TASCHENBUCH
Band 35026
2. Auflage: September 2009

MIRA® TASCHENBÜCHER
erscheinen in der Cora Verlag GmbH & Co. KG,
Valentinskamp 24, 20350 Hamburg

Copyright © 2009 by MIRA Taschenbuch
in der CORA Verlag GmbH & Co. KG
Deutsche Erstveröffentlichung

Titel der nordamerikanischen Originalausgabe:
Take Me
Copyright © 2002 by Cherry Wilkinson
erschienen bei: Harlequin Enterprises Ltd., Toronto
Published by arrangement with
HARLEQUIN ENTERPRISES II B.V./S.àr.l.

Konzeption/Reihengestaltung: fredebold&partner gmbh, Köln
Umschlaggestaltung: pecher und soiron, Köln
Redaktion: Ivonne Senn
Titelabbildung: Corbis GmbH, Düsseldorf
Satz: Buch-Werkstatt GmbH, Bad Aibling
Druck und Bindearbeiten: CPI – Ebner & Spiegel, Ulm
Printed in Germany
ISBN 978-3-89941-645-9

www.mira-taschenbuch.de

PROLOG

„Heiraten Sie mich!"

„Wie bitte?" Mit zusammengekniffenen Augen sah Jessie Adams zu dem Mann hinüber, der an einem der hinteren Tische des Restaurants saß. Er hatte sie gerufen, noch bevor er seinen ersten Kaffee ausgetrunken hatte.

Sie bildete sich doch tatsächlich ein, er hätte sie um ihre Hand gebeten. *Heiraten Sie mich? Ach du liebe Güte!*

Regen prasselte auf den dunklen Parkplatz, auf dem nur sein tiefergelegter silberner Sportwagen stand. In seinem dunklen Haar und auf seinem schwarzen Wollmantel glitzerten Wassertropfen. Das Neonschild vor dem beschlagenen Fenster blitzte kurz auf und erleuchtete sein Gesicht.

Himmel, was für ein gut aussehender Mann! Und was für eine willkommene Abwechslung. Es war ein furchtbarer Tag gewesen. Eine furchtbare Woche. Ein furchtbarer Monat. Jessie seufzte. Auch das wird vorübergehen. Zumindest hatte sie das irgendwo gelesen und hoffte inständig, dass es stimmte.

Ganz kurz gab sie sich der Vorstellung hin, dass ihr Traumprinz gekommen war, um sie kurzerhand zu entführen. Dass er ihr tatsächlich einen Heiratsantrag gemacht hatte. Bei ihrem Pech in letzter Zeit war es jedoch wahrscheinlicher, dass er ihr noch ihre letzten zwanzig Kröten abknöpfen und die Kasse leer räumen würde. Verstohlen betrachtete sie ihn noch einmal von Kopf bis Fuß.

„Nun?", fragte er.

„Was nun?" Jessie versuchte, nicht zu eifrig zu klingen. Er roch so gut, am liebsten hätte sie sich an ihn geschmiegt, die Augen geschlossen und einfach nur eingeatmet.

„Werden Sie mich heiraten?"

Bleib ruhig, mein Herz. „Ist heute Donnerstag?"

„Freitag."

„Tut mir leid, ich heirate fremde Männer nur donnerstags." Sie füllte Kaffee nach. „Da müssen Sie schon bis nächste Woche warten."

„Nächste Woche ist es zu spät." Sein müder Blick ruhte auf ihrem Gesicht, wanderte dann über ihre flache Brust zu ihren dünnen Beinen und wieder nach oben. „Was zum Teufel haben Sie mit Ihrer Frisur angestellt?"

Verlegen fasste Jessie sich in die orangefarbenen, struppigen Haare. „Frisch gefärbt." Weil sie gehofft hatte, dass man als Blondine mehr Spaß am Leben hatte. Super Idee!

„Was immer Sie damit bezwecken wollten …"

Hat nicht funktioniert.

„Mir gefällt es", entgegnete sie schnippisch. Sie spürte einen Druck auf der Brust. Er war ein Unbekannter. Warum interessierte es sie, was er von ihrer Frisur hielt? „Trinken Sie aus. Wir schließen in zwanzig Minuten." Diese Tatsache erinnerte sie an viel dringlichere Probleme. Ihr blieben noch genau vier Tage, bevor sie ihre Wohnung räumen musste, und bisher hatte sie noch nichts Bezahlbares gefunden. Natürlich würde sie auch nach Sacramento oder Tahoe ziehen. Wenn sie mehr als siebenundzwanzig Dollar auf der hohen Kante hätte. Wenn der Freund ihrer Mutter nicht ihr Auto geklaut hätte. Und wenn sie …

„Sie sind einfach perfekt." Die aufregende Stimme des Mannes hielt sie davon ab, ganz schnell wieder hinter der Theke zu verschwinden. „Ich möchte Ihnen einen Vorschlag machen."

Darauf könnte ich wetten. „Hören Sie, Kumpel, meine Füße tun weh, meine Schicht ist gleich zu Ende, und so gerne ich hier mit Ihnen sitzen und plaudern würde, ich muss noch die Küche aufräumen. Wenn es Ihnen also nichts ausmachen würde …"

„Lassen Sie mich doch erst mal ausreden …"

Jessie stellte die Rechnung aus und knallte sie vor ihm auf den Tisch. „Wenn Sie noch mehr Kaffee wollen, bedienen Sie sich."

In der makellosen Küche war nicht mehr viel zu tun. Von zwei Truckern abgesehen war sie den ganzen Abend über alleine gewesen, was bedeutete, dass sie so gut wie kein Trinkgeld bekommen hatte. Schnell räumte Jessie das wenige Geschirr in die Spülmaschine. Als sie sich wieder umdrehte, stand der Fremde in der Küchentür, die Hände in den Manteltaschen vergraben, und beobachtete sie.

Was dieser elegante Mann gerade vor sich sah, wusste sie nur zu genau. Sie war nicht gerade eine Schönheit. Viel zu dünn, und sollte sie irgendwann einmal Brüste bekommen, dann wahrscheinlich in einem Alter, in dem umgehend Hängebrüste daraus wurden. Sie hatte ihr verschandeltes Haar unordentlich auf dem Kopf zusammengesteckt, sodass es aussah wie ein Nest aus gelbem und orangefarbenem Stroh. Hübsch an ihr waren nur ihre Augen. Ein Truckfahrer hatte mal gesagt, sie sähen aus wie Kuhaugen. Sie war sich zwar nicht sicher, ob das als Kompliment durchging, aber zumindest hatte er sehr ernsthaft geklungen.

„Wie alt sind Sie?"

„Junge, Junge, Sie sind vielleicht hartnäckig. Hat Ihnen noch nie zuvor jemand einen Korb gegeben?"

„Nicht besonders oft. Also, wie alt?"

Jessie legte den Kopf schief und betrachtete den Mann mit unverhohlener Neugier. Er sah reich aus, verzogen und daran gewöhnt, dass alle nach seiner Pfeife tanzten. Und er hatte schöne Hände. Lange, starke, gebräunte Finger mit sauberen, glänzenden Nägeln. Jessie achtete immer auf Hände.

Automatisch versteckte sie ihre abgebissenen Fingernägel hinter dem Rücken. „Äh … fünfundzwanzig."

Sein Lachen klang rau. „Netter Versuch, Honey."

„Einundzwanzig."

„Somit wäre eine Hochzeit also legal."

Als er auf sie zuschlenderte, machte Jessie einen Schritt nach hinten und prallte gegen den Kühlschrank. Die Chance, dass um diese Uhrzeit noch jemand hier auftauchte, war äußerst gering. Keinem Menschen würde es auffallen, wenn der Kerl ihr etwas antat. Sie wich zurück, als er ihr Gesicht berührte. Hätte sie sich bloß das sarkastische „Was jetzt noch, Gott?!" von letzter Woche gespart, nachdem ihr Auto gestohlen worden war. Gott stand nicht auf Sarkasmus. Das hier war seine Rache. Sie seufzte. Aber vermutlich war dieser Typ immer noch besser, als vom Blitz erschlagen zu werden.

„Perfekt." Er drehte ihr Kinn von einer Seite zur anderen, seine Hand fühlte sich warm auf ihrer Haut an. So nah roch er sogar noch besser. Jessie erschauerte. Instinktiv begriff sie, dass er keinerlei sexuelles Interesse an ihr hatte und ihr nichts antun würde. Ihr Herz klopfte also nicht so wild, weil sie Angst vor ihm hatte … zumindest nicht viel.

„Was halten Sie davon, Kumpel? Ich gebe Ihnen zehn Sekunden, um mich loszulassen, oder ich rufe die Polizei." Er ließ den Arm sinken, doch sie konnte seine sanfte, warme Berührung noch immer spüren. „Was wollen Sie von mir?", fragte sie heiser.

„Ich möchte, dass Sie mich heiraten. Jetzt. Heute Nacht. Wir fahren nach Tahoe, heiraten, und Sie sind rechtzeitig zu Ihrer nächsten Schicht wieder zurück."

„Sie sind verrückt!"

„Ich bin verzweifelt", entgegnete er grimmig.

Wer ist das nicht?

„Wieso ich?" Jessie ging zurück ins hell beleuchtete Restaurant. Er folgte ihr, nahm einen Becher vom Stapel hinter der Theke und setzte sich an einen Tisch am Fenster.

Was um Himmels willen hat ein Mann wie er hier zu suchen? Dieses Restaurant war nun wirklich nicht der passende Ort für ihn. Der einzige Grund, warum überhaupt gelegentlich ein Gast auftauchte, war, dass das Restaurant direkt an der Grenze zwischen Kalifornien und Nevada lag. Der kleine Laden sah genauso aus wie Millionen andere in diesem Land. Von einer Million Hintern abgewetzte rote Plastikstühle, braune Resopaltische mit Brandlöchern von Zigaretten und kitschige Weihnachtsbeleuchtung. Der Geruch von Fett und Essen hing in den Plastikpflanzen, die in staubigen Kübeln von der gelben Decke baumelten.

Jessie versuchte, ihre Umgebung so gut es ging zu ignorieren. Manchmal sehnte sie sich geradezu körperlich nach Ästhetik. Und nach Beständigkeit. Nach irgendetwas, das ihr verdammt noch mal nicht geklaut oder abgeschwatzt werden konnte.

Sie hatte nichts gegen Arbeit, aber es wäre auch mal eine nette Abwechslung, nichts zu tun. Leider Gottes war sie nicht verrückt genug zu glauben, dass ein völlig Fremder zwei Tage vor Weihnachten in ein Restaurant marschierte und ihr all das zu Füßen legte.

„Ich will es kurz machen." Der Fremde nahm die Kaffeekanne, füllte beide Tassen und stellte die Kanne dann in die Mitte des Tisches, auf neutrales Gebiet. Wider besseres Wissen neugierig geworden, ließ Jessie sich ihm gegenüber auf den zerschlissenen Sitz fallen.

„Es handelt sich um einen rein geschäftlichen Vorschlag." Er fuhr sich mit den Fingern durchs Haar, das sofort wieder ordentlich auf seinen Platz fiel. „Die Situation ist Folgende: Mein Vater und sein Bruder hatten gemeinsam eine Firma. Mein Vater ist vor zehn Jahren gestorben und hat die Firma meinem Onkel Simon in der Absicht hinterlassen, dass ich eines Tages seine Hälfte erben soll. Ich habe mir die Hände wund gearbeitet, während mein Cousin Paul durch die Weltgeschichte gezogen ist und weiß der Teufel was getrieben hat. Diese Firma gehört zu fünfzig Prozent mir. Das habe ich mir verdient, verdammt noch mal. Jetzt möchte Simon sich zurückziehen, besteht aber darauf, dass Paul und ich sesshaft werden, weil er die Firma keinen ‚Playboys', wie er uns nennt, überlassen will. Also hat mein Onkel in seiner unendlichen Weisheit beschlossen, dass Paul und ich heiraten sollen."

Jessy beäugte ihn skeptisch. „Wirklich?"

Er nickte kurz. „Leider ja. Zu allem Überfluss soll der Erste, der heiratet, die Leitung der Firma übernehmen. Simon ist ganz besessen von dieser absurden Idee."

„Und wo liegt das Problem? Ein gut aussehender reicher Typ wie Sie kann doch unter endlos vielen Frauen wählen."

„Ich habe jemanden gefragt", gestand er zögernd. „Sie hat Ja gesagt – zu meinem Cousin."

Jessie spielte gedankenverloren mit ihrem Kaffeebecher. „Autsch. Aber es muss doch eine andere geben, die Sie …"

„Die beiden werden morgen Mittag in San Francisco heiraten, also muss ich mich beeilen. Wenn Sie mein Angebot annehmen, wäre das für uns beide von Vorteil. Sie bekämen ihre finanzielle Unabhängigkeit und könnten tun und lassen, was immer Sie wollen. Und ich … ich möchte keine wirkliche Ehefrau haben, sondern benötige nur eine auf dem Papier. Jetzt. Heute Nacht."

Er betrachtete das Namensschild über ihren winzigen Brüsten. „Heiraten Sie mich, Vera. Ich werde Ihnen jeden Monat bis an Ihr Lebensende Geld überweisen. Himmel, wenn Sie wollen, kaufe ich Ihnen sogar dieses verdammte Restaurant."

Jessie unterdrückte ein hysterisches Kichern. Das Namensschild war noch von ihrer Vorgängerin, weil es ihr egal war, wie die Gäste sie nannten. „Ich will dieses Restaurant nicht." Sie brauchte ihn nur anzusehen, und ihr dummes Herz schlug Purzelbäume.

„Aber verstehen Sie denn nicht? Diese Firma bedeutet mir einfach alles." Seine Augen funkelten wild entschlossen. „Sie haben doch bestimmt auch schon mal irgendetwas im Leben ganz dringend gewollt?" Er beugte sich nach vorne. „Wenn Sie das für mich tun, werde ich Ihnen jeden Wunsch erfüllen. Das verspreche ich."

„Wirklich jeden?"

„Jeden."

Begehren auf den ersten Blick. Das war es, was sie für diesen Mann empfand, und sie konnte es nicht leugnen. Aber wie hätte es auch anders sein können? Er war unverschämt attraktiv, stark, erfolgreich, wohlhabend, und – was am Gefährlichsten war – er brauchte sie. Die Anziehung war jedoch ganz offensichtlich nicht gegenseitig. Wie auch immer, Cinderella hatte sich auch nicht beschwert, als ihr Prinz sie aus der Küche scheuchte.

„Woher soll ich wissen, dass Sie sich auch daran halten?" *O bitte, lass es ihm ernst sein!*

„Das ist die Visitenkarte meines Anwalts. Rufen Sie ihn an, lassen Sie sich bestätigen, wer ich bin, fragen Sie ihn nach dem Ultimatum meines Onkels."

Jessie nahm die Karte. Sie war durchgedreht, völlig verrückt, sie musste den Verstand verloren haben, seinen Vorschlag überhaupt zu erwägen … Andererseits, was hatte sie schon zu verlieren?

Sie griff nach dem Telefon, das er ihr hinhielt, und hatte schon angefangen zu wählen, bevor ihr einfiel zu fragen: „Wie heißen Sie?"

„Joshua Falcon."

Der Mann am anderen Ende der Leitung war nicht gerade begeistert, dass ihn eine Irre mitten in der Nacht anrief. Jessie stotterte trotzdem genug Fragen herunter, um herauszufinden, dass Joshua Falcon der war, der er vorgab zu sein – und reicher als Krösus persönlich.

Der Anwalt wollte mit Mr. Falcon sprechen. Und zwar sofort. Jessie reichte ihm den Hörer, rutschte zurück und lauschte interessiert.

Ohne sie aus den Augen zu lassen, sagte er: „Du kannst verdammt noch mal davon ausgehen, dass ich es ernst meine." Er hörte eine Weile zu. „In einem Restaurant an der Grenze zwischen Kalifornien und Nevada." Er kniff die Augen zusammen. „Warum sollte sie nicht? Vermutlich verdient sie den Mindestlohn und lebt mit ihrer Katze in einer winzigen Wohnung. Ich werde dir eine Kopie der Heiratsurkunde zufaxen und das Original dann später in dein Büro bringen." Es entstand eine kurze Pause. Dann lachte er, und Jessie zuckte zusammen. „Keine Flitterwochen. Sie wird dich wegen der finanziellen Details später zurückrufen." Joshua lauschte. „Du musst nicht sarkastisch werden. Sie ist nicht mit Gold aufzuwiegen. Oh, und Felix: Ruf doch bitte Simon an, sobald du mein Fax bekommen hast." Es entstand eine längere Pause. „Alles klar", sagte er dann ein wenig zögernd. „Nehmt den Lear. Wir treffen uns um einundzwanzig Uhr im Rathaus von Reno. Dann kannst du meinem Onkel die Heiratsurkunde höchstpersönlich überreichen."

Er klappte das Handy zu und steckte es in seine Tasche.

„Ich habe keine Katze."
„Wie bitte?"
„Ich sagte, dass ich keine …"
„Das war doch rein rhetorisch gemeint. Holen Sie Ihren Mantel", fuhr er dann ungeduldig fort und knöpfte seinen eigenen zu. Er warf einen Zwanzigdollarschein auf den Tisch.

„Ich habe auch keinen Mantel."
„Sie haben keinen Mantel?"
„Himmel, ist hier ein Echo?"

Missmutig zog er seinen Mantel aus und warf ihn ihr zu. „Ziehen Sie den über, und lassen Sie es uns hinter uns bringen."

„Wow, Sie wissen genau, wie man mit Frauen umgeht." Der Wollmantel roch nach ihm. Er war dick und dunkel und duftete nach Mann und frischem, zitronigem Rasierwasser. Jessie wurde ganz flau im Magen. Sie fühlte sich wie auf einem Zehnmetersprungbrett, zugleich begeistert und verängstigt.

„Du liebe Zeit." Er beobachtete sie dabei, wie sie die Lichter ausknipste. „Ich muss müder und verzweifelter sein, als mir klar war."

Jessie erstarrte mit den Schlüsseln in der Hand. „Hören Sie mal, Freundchen, nicht ich habe Sie auf Knien angefleht, mich zu heiraten, ist das klar? Also überlegen Sie sich gefälligst, was Sie eigentlich wollen." Sie funkelte ihn an. „Nun? Wollen Sie mich heiraten oder nicht?"

Er blickte auf sie hinunter. „Gott helfe mir. Ja, ich will."

Um einundzwanzig Uhr fünfundvierzig drückte Joshua seinem Anwalt Felix Montgomery die Heiratsurkunde in die Hand.

Um einundzwanzig Uhr sechsundvierzig verließ er das Rathaus.

Er sah Jessie nicht an.

Der Traumprinz hatte seine Braut nicht mal geküsst.

1. KAPITEL

Dezember
Sieben Jahre später

Feierlich herausgeputzt flanierten die Partygäste durch Simon Falcons Haus. Aus sicherer Entfernung sah Jessie, wie ihr Mann das festliche Gewimmel mit müdem, gelangweiltem Blick betrachtete. Der steife schwarze Smoking und das plissierte weiße Hemd waren wie für ihn gemacht; seine ganze Erscheinung zeugte von Reichtum und tief verwurzeltem Selbstbewusstsein. Mit seinen aristokratischen Gesichtszügen und dem Schert-euch-zum-Teufel-Blick wirkte er wie ein König, der sich seinem Volk zeigt. Sein gefährlicher Sex-Appeal war so auffällig, dass alle Frauen sich nach ihm umdrehten.

Er hatte sich in den letzten sieben Jahren überhaupt nicht verändert. Im Gegensatz zu ihr. Niemals würde Joshua sie als die Kellnerin Vera wiedererkennen, die er geheiratet hatte.

Durch ihre Hochzeit hatte er die Firma Falcon International bekommen. Nun war sie an der Reihe, aus dieser Ehe etwas herauszuholen, was sie unbedingt wollte. Ein Kind. Das wünschte sie sich mehr als alles andere auf der Welt. Und Joshua sollte ihr diesen Traum erfüllen.

Vor einigen Monaten hatte Jessie ihren Anwalt angewiesen, ihren Ehemann über diesen Wunsch zu informieren. Der wiederum hatte angeboten, die Kosten für eine künstliche Befruchtung in einer Klinik ihrer Wahl zu übernehmen.

Jessie wusste nicht genau, was sie eigentlich von ihm erwartet hatte. Jedenfalls nicht, dass er sie auf eine Klinik verwies, um mit dem Samen eines völlig fremden Mannes ein Kind zu zeugen. Der springende Punkt war schließlich, dass sie ein Kind von ihrem eigenen Ehemann wollte.

Joshua schien überhaupt kein Interesse an Kindern zu haben. Er hatte offensichtlich nicht das Bedürfnis, für Nachkommen zu sorgen. Das konnte Jessie nur recht sein, denn wenn er kein Kind wollte, würde er auch nicht auf die Idee kommen, es ihr wegzunehmen.

Sie straffte die Schultern und nahm einen großen Schluck Wein. Ihr Herz hämmerte vor Aufregung. Sie bezwang das Bedürfnis, sich über die Hüften zu streichen und zu überprüfen, ob ihr Seidenkleid verrutscht war. Stattdessen rückte sie noch einmal den Kranz aus Stechpalmenblättern zurecht, den sie für ihr Haar geflochten hatte. Sie fühlte sich wie ein Revolverheld, der sein Halfter kontrollierte. Bei dem Gedanken musste sie ein Lachen unterdrücken.

Das Lächeln erstarb auf ihren Lippen, als sie Joshuas Blick auffing und festhielt, wozu sie ihr ganzes Selbstbewusstsein zusammenkratzen musste. Sie hob das Kinn noch ein wenig höher und sah, wie sein Mund zuckte. Ihre Blicke verkeilten sich, während er durch den Raum langsam auf sie zuging. Das Blut pulsierte in ihren Schläfen. Fünfzig Meter, dreißig Meter ... *spre-*

chen Sie ihn jetzt bloß nicht an, Lady! ... zehn Meter.

Joshua war größer, durchtrainierter und attraktiver als jeder andere Mann im Raum. Ihr Herz schlug so heftig, dass sie die einzelnen Schläge schon gar nicht mehr auseinanderhalten konnte. All ihre Sinne waren in Alarmbereitschaft, er bewegte sich unaufhaltsam auf sie zu. Adrenalin schoss durch ihren Blutkreislauf. Sie nahm noch einen Schluck, der Wein schmeckte nach nichts, dann presste sie das kalte Glas an ihre heiße Wange. Fünf Meter ...

Sie bekam beinahe einen Herzinfarkt, als Simon plötzlich neben ihr auftauchte und einen Arm um ihre Taille legte. Sie hatte ihn gar nicht kommen sehen. Er küsste sie auf die Wange. „Sie sehen in dem roten Kleid wie ein Weihnachtsengel aus, Honey. Was starren Sie denn so ... Oh, Joshua ist da."

„Simon, warten Sie, bitte." Jessie klammerte sich an seinen Arm wie an einen Rettungsring. „Nur so lange, bis sie uns einander vorgestellt haben, ja?"

„Sind Sie sicher, dass Sie wissen, was Sie tun, Jessie?"

Sie hatte Joshuas Onkel angeflunkert und ihm nur die Hälfte ihres Planes verraten. Selbst in ihren eigenen Ohren klang ihr Lachen unecht. „Nein."

Seit sieben Jahren stellte sie sich vor, wie es wäre, mit Joshua zu schlafen. Sie hatte davon geträumt. Sich danach gesehnt. Darauf gebrannt. Jedes Mal, wenn sie einen Artikel über ihn gelesen hatte, im Wirtschaftsteil der Tageszeitung oder in einer billigen Zeitschrift, hatte sie sich gewünscht, die Frau an Joshuas Seite zu sein. Die Frau in seinem Bett.

Sie hatte erfolglos versucht, ihren Ehemann aus ihren Gedanken zu verbannen, und an ihrer Zukunft gearbeitet. Sie hatte die Highschool beendet, war aufs College gegangen und hatte es in all der Zeit sorgsam vermieden, ihm über den Weg zu laufen. Bis zu diesem Abend.

Nun hatte ihr Wahnsinn Methode.

Die körperliche Anziehung, die sie spürte, war noch genauso machtvoll und beängstigend wie vor all den Jahren in diesem Restaurant. Das machte ihre Mission natürlich leichter. Und falls die Gefühle gegenseitiger Natur wären …

Es schien eine Ewigkeit und zugleich nur Sekunden zu dauern, bis er in greifbarer Nähe war. Sein Rasierwasser war feiner, dezenter als das, an das sie sich erinnerte, aber sein eigentlicher männlicher Geruch war derselbe. Noch nie hatte sie sich so sehr als Frau gefühlt wie in dem Moment, als Joshuas heißer Blick sich durch die dünne Seide ihres Kleides bis auf ihre pulsierende Haut bohrte.

„Simon." Joshua begrüßte seinen Onkel mit dunkler, heiserer Stimme, ohne den Blick von Jessie zu nehmen.

„Joshua." Simon klang ungewöhnlich aufgeräumt, als er die Hand seines Neffen ergriff. „Wie geht es dir, mein Junge?"

„Würdest du mich der Dame vorstellen?" Joshua betrachtete die Röte, die in die Wangen der jungen Frau stieg, und ließ seinen begehrlichen Blick über ihre üppigen Lippen zu ihren Augen und zurück zu ihrem Mund wandern. Eine Wolke engelsgleicher Locken umrahmte ihr Gesicht und fiel über ihre Schultern. Dunkle Augenbrauen bildeten einen sanften Bogen über ihren schokoladenbraunen blitzenden Augen.

Joshua hatte nur zögernd die etwas ruppige Einladung seines Onkels für die Weihnachtsparty angenommen. Normalerweise feierte er Weihnachten nicht. Als er die dunkelhaarige Schönheit neben seinem Onkel entdeckt hatte, hatte er einen Moment lang geglaubt, bei ihr handelte es sich um die erwähnte Überraschung. Nachdem Überraschungen zu dieser Jahreszeit sich grundsätzlich als unangenehm herausstellten und nachdem er genau wusste, wie gerissen sein Onkel war, hätte er sich beinahe umgedreht, um zu seiner Hütte in Tahoe zu fahren, wie jedes Jahr an Weihnachten.

Doch nun beschloss er, erst mal abzuwarten. Der zarte, schlanke Körper der Fremden war Grund genug, doch etwas länger zu bleiben. Zunächst mal. Ihr dezenter Duft war äußerst verlockend. In ihr dunkles Haar hatte sie einen Kranz geflochten. Ihre Haut wirkte durch das flammend rote, bodenlange Kleid blass und zart. Der Stoff schmiegte sich von ihrem Hals bis zu den Knöcheln eng an ihren Körper, ohne auch nur ein Anzeichen von Unterwäsche ahnen zu lassen.

Hitze fuhr durch seinen Körper, als er sah, wie ihre kleinen Brüste sich hoben und senkten. Sie tat ihr Bestes, um ungerührt zu wirken, doch die Lady war sich seiner Anwesenheit genauso bewusst wie er sich ihrer.

Joshua spürte den bekannten Adrenalinstoß und fragte sich, ob sie genauso wie er an zerwühlte Leintücher und schweißnasse Haut dachte.

„Jessica Adams, darf ich Ihnen meinen Neffen Joshua Falcon vorstellen?"

Der Name kam ihm bekannt vor. „Sie sind die Innenarchitektin, von der mein Onkel immer so schwärmt? Sie machen Ihre Arbeit gut."

Ein Lächeln umspielte ihre Mundwinkel. „Danke. Es ist immer ein Vergnügen, für Simon und Patti zu arbeiten."

Und es wäre ein Vergnügen, sie in seinem Bett zu haben. „Lass uns alleine, Onkel", sagte er, ohne ihn anzusehen. Jessie grinste ein wenig, als er seinen Onkel zur Seite schob. Joshua konnte sich nicht daran erinnern, jemals so heftig auf eine Frau reagiert zu haben. Die Ohrringe mit den kleinen Weihnachtskugeln blitzten in ihrem dunklen Haar auf. Sie hielt das kühle Weinglas an den klopfenden Puls an ihrem Hals.

Er musste sich gehörig zusammenreißen, um sie sich nicht wie ein Neandertaler über die Schulter zu werfen und zu seiner Schlafstelle zu zerren. Der Gedanke überraschte ihn. Er war kein impulsiver Mensch, und er neigte auch nicht zu erotischen Fantasien. Er vergrub die Hände in seinen Taschen. Vielleicht sollte er den Schaden begrenzen und sie einfach stehen lassen. Sex war eine Sache, ein Übermaß an Emotionen eine ganz andere.

Verflucht. Weihnachten holte immer seine schlimmste Seite hervor. Ihm war bewusst, dass er Jessie mit unverhohlenem Begehren anstarrte. Sein Blutdruck schoss noch mal um zehn Punkte nach oben, als sie ein ersticktes Stöhnen ausstieß.

„Sind Sie alleine hier?", fragte er.

Entweder sie war noch zu haben oder eben nicht. Er hatte noch nie im Leben um eine Frau gekämpft. Obwohl, dachte Joshua überrascht, in diesem Fall könnte ich sogar dazu in der Lage sein.

Sie lächelte. „Von den anderen 299 Partygästen abgesehen, ja."

Sie hatte unglaubliche Lippen, einen Schmollmund, der aber nicht launisch wirkte. Joshua wollte ihn schmecken. Nur ein Mal. Beinahe hätte er sich vorgebeugt und es einfach getan, aber er zwang sich dazu, sich nicht zu rühren. Sein Begehren wuchs ins Unermessliche. Er wollte sie, sie war noch zu haben und schien ebenfalls interessiert zu sein. Diese Party gestaltete sich doch noch recht erfreulich.

Er lächelte. „Kann ich Sie nach Hause bringen?"

„Eigentlich bin ich gerade erst gekommen", sagte sie gedehnt, ihre Augen blitzen. „Aber danke für das Angebot. – Simon", sie wandte sich mit einem Lächeln, das seine Haut zum Prickeln brachte, an seinen Onkel, „ich hätte gerne noch ein Glas von diesem vorzüglichen Chateau Dingsbums."

Simon warf ihnen einen wissenden Blick zu, schnappte sich dann ihr Glas und ging in die Küche.

Jessie legte den Kopf ein wenig schief, um zu ihm aufsehen zu können. In den funkelnden, dunklen Tiefen ihrer Augen entdeckte er ein Lachen. Sie flirtete mit ihm auf Teufel komm raus. Und war absolut unwiderstehlich. Am liebsten hätte Joshua seine Hände tief in ihrem Haar vergraben, um nachzuprüfen, ob es tatsächlich so weich war, wie es aussah. Er wollte mit den Fingern über ihre zarten Rundungen fahren. Er wollte sie in einem von Kerzen beleuchteten Zimmer auf kühle Laken legen und sie lieben, bis sie zerfloss wie warmer Honig.

Aber alles der Reihe nach.

„Bevor wir gehen", sagte er rundheraus, „möchte ich etwas klarstellen. Ich bin verheiratet."

Offenbar überrascht warf sie ihm einen verdutzten Blick zu. „Grundgütiger, ein Frauenheld mit Integrität. Wie erfrischend."

Er hatte ihre Antwort mit Spannung erwartet. Irgendetwas an ihr gab ihm das Gefühl, dass sie nichts mit den Frauen gemeinsam hatte, mit denen er sich normalerweise einließ. Und er fragte sich erst gar nicht, wieso er ihr die Wahrheit gesagt hatte, was sonst nicht seine Art war. Vielleicht würde sie nun sofort zu irgendeinem Schmierenblatt rennen und den Redakteuren diese Neuigkeit verkünden.

Seine Ehe war schließlich überhaupt keine Ehe. Sie existierte nur auf dem Papier, mehr nicht. Ihm war das klar, seiner sogenannten Frau war es klar. Aber diese Frau mit den glühenden Augen und den üppigen Lippen würde das sicher nicht verstehen.

Zum ersten Mal seit er ein kleiner Junge war, fühlte Joshua, dass er errötete. „Es handelt sich um eine rein geschäftliche Verbindung. Ihr ist es völlig egal, was ich tue. Wir haben uns seit sieben Jahren nicht mehr gesehen."

„Die Arme."

„Wir haben diese Vereinbarung gemeinsam getroffen", sagte er.

„Und warum erzählen Sie mir das?"

„Damit keine Missverständnisse aufkommen. Ich fühle mich sehr zu Ihnen hingezogen. Zum Teufel, um es ganz direkt zu sagen: Ich will Sie, Jessie Adams. Aber ich bin nicht an einer längerfristigen Beziehung interessiert, und eine Heirat steht überhaupt nicht zur Debatte."

„Weil Sie bereits verheiratet sind."

„Weil ich grundsätzlich nicht am heiligen Stand der Ehe interessiert bin. Ich habe aus rein beruflichen Gründen geheiratet und meine Frau aus finanziellen. Wenn das ein Problem für Sie ist, sagen Sie es gleich."

„Das Problem ist", entgegnete Jessie mit zuckersüßer Stimme, „dass es mich so oder so nicht interessiert. Ich finde es ein wenig anmaßend von Ihnen zu glauben, es würde mich interessieren, nachdem wir uns erst seit wenigen Minuten kennen. Ihr Familienstand hat für mich überhaupt keine Bedeutung."

„Gut." Joshua fiel erst jetzt auf, wie verdammt langweilig sein Leben in letzter Zeit verlaufen war. Es war lange her, dass sein Blut dermaßen gekocht hatte.

„Lassen Sie mich raten. Ihre Frau ist eine zierliche, blauäugige Blondine?"

Joshua sah sie ausdruckslos an. Er erinnerte sich nur vage. Vera war groß und dünn gewesen. Aber blond? Oder rothaarig? Wie auch immer. Irgendwie hatte er die Kontrolle über das Gespräch verloren. Er war sich nicht sicher, wann oder wie, aber es irritierte ihn. „Was tut das zur Sache?"

Ihre braunen Augen funkelten teuflisch. „Ich versuche Sie darauf hinzuweisen, dass ich nicht Ihr Typ bin."

„Woher wollen Sie wissen, was mein Typ ist?"

Jessie klimperte mit ihren langen Wimpern. „Klein, blond und vollbusig. Soll ich Ihnen die Namen aufzählen?"

„Ich schätze, ich weiß sie noch", entgegnete er trocken und kniff die Augen ein wenig verstimmt zusammen. Die Zeitschriften thematisierten dauernd seinen Frauengeschmack. Und sie hatte auch noch die Nerven, frech zu grinsen.

„Warum sind Sie so an meinen Frauenbekanntschaften interessiert?", fragte er leise und fand mit einem Mal große, schlanke, dunkelhaarige Frauen extrem ansprechend. Die Luft um sie herum schien mit Elektrizität aufgeladen.

„Wie bitte?" Die kleine Miss Naseweiß war offenbar einen Moment lang von seinem Mund abgelenkt. „Man kommt um Ihre Heldentaten kaum herum, nachdem jede Zeitung und jedes Magazin dieses Thema so faszinierend findet."

Ein Punkt an die Lady dafür, dass sie sich so schnell wieder gefangen hatte.

Joshua blickte nach unten. Ihre Brustwarzen zeichneten sich durch den Stoff des Kleides deutlich ab. Als er sie betrachtete, richteten sie sich ein wenig auf. Er unterdrückte ein Stöhnen und verlagerte sein Gewicht auf das andere Bein.

„Himmel", sagte sie mit belegter Stimme, „Sie sind ziemlich direkt."

„Noch ein wenig direkter, und ich würde Ihnen sagen, dass ich mit Ihnen schlafen will."

Sie lächelte. „Ich fürchte, das haben Sie gerade getan."

„Ich bin wohl kaum der erste Mann, der mit Ihnen ins Bett möchte."

„Aber Sie sind der Erste, der es nach so kurzer Zeit geradeheraus sagt, und das vor etwa dreihundert Zeugen." Sie rührte sich nicht, als er seine Hand auf ihren Rücken legte. Er konnte beinahe spüren, wie ihre Haut unter seiner Berührung vibrierte.

„Ich möchte Sie sehen."

„Sie sehen mich doch."

„Ohne diese ganzen Menschen um uns herum."

„Falls Sie übers Wochenende bei Simon wohnen, werden wir hin und wieder aufeinandertreffen."

„Das ist für meinen Geschmack etwas zu vage." Er betrachtete ihr lebhaftes Gesicht. Ihre Augen funkelten, als sie die Arme vor der Brust verschränkte. Sein Mund wurde trocken.

Er wollte sie. Er musste sie einfach besitzen. Und zwar bald.

„Einige von uns werden morgen zum Fallschirmspringen gehen, und nachdem es zu weit ist, um heute noch nach Hause und morgen ganz früh wieder hierherzufahren, werde ich bei Simon übernachten. Sie können uns ja begleiten, Joshua."

Als er hörte, wie sie mit heiserer Stimme seinen Namen aussprach, hätte er sie am liebsten in seine Arme gerissen. Er sehnte sich nach ihren Lippen, wollte sie mit dem Rücken gegen die Wand drücken und sie hier und jetzt in Simons Wohnzimmer nehmen, vor all den Gästen. Er konnte sich nicht daran erinnern, jemals so erregt gewesen zu sein.

Jessie trat einen kleinen Schritt zurück. „Ich habe mal gehört, der Mensch soll sein Leben so leben, als ob sein Tagebuch jeden Tag in der Zeitung veröffentlicht würde." Sie sah ihn mit diesen großen braunen Augen an. „Ich habe Ihr Tagebuch seit Jahren in der Presse gelesen. Allein die Tatsache, dass ich mich hier mit Ihnen unterhalte, wird mir eine zweifelhafte Berühmtheit verschaffen. Ich weiß nicht, ob ich schon so weit bin."

Es war tatsächlich mehr als wahrscheinlich, dass ihr Zusammentreffen morgen früh in allen Boulevardzeitungen ausgeschlachtet werden würde. Ihm war das vollkommen schnuppe – es sei denn, sie würde versuchen, aus seiner heimlichen Ehe Kapital zu schlagen. Denn dann würden die Journalisten anfangen, herumzuschnüffeln und Vera zu suchen.

Trotz dieses Risikos fand er die Vorstellung, Jessie zu erobern, unwiderstehlich, und das lag nicht nur an ihrem herrlichen Körper. Sie war in der Lage, seinen Puls in Sekundenschnelle von null auf hundert zu beschleunigen, und er hatte nicht die geringste Ahnung, wieso.

„Ist Ihnen aufgefallen", fragte er mir rauer Stimme, „dass wir direkt unter einem Mistelzweig stehen?"

Ihre langen Wimpern flatterten, als sie aufsah und ihn dann lange anblickte. Ja, sagte dieser Blick. Natürlich wusste sie, wo sie standen.

„Verdammt, schauen Sie mich nicht so an." Ihm fiel auf, wie brüsk seine Stimme klang. „Was verlangen Sie für einen einzigen Kuss?"

„Hier?" Jessie blickte sich prüfend um.

„Ja, genau hier."

„Wie wäre es mit Chloroform?"

„Oh", entgegnete er spöttisch, „ich wüsste da etwas, das genauso gut funktioniert und leichter zu bekommen ist." Er winkte dem Ober und reichte ihr zwei Gläser Weißwein. „Bitte."

Jessie nahm automatisch beide Gläser in die Hände. „Was soll ich denn mit …"

Er berührte ihre Wange, ganz zart, und sie schloss die Augen und hob ihr Gesicht. Er küsste sie sanft auf den Mund. Herrgott, das war so, als ob man versuchte, nur eine einzige Erdnuss zu essen. Sie schmeckte nach Simons hervorragendem Chateau Coutet, nach Verlangen und nach noch etwas, das er nicht recht benennen konnte.

Sein Griff in ihrem lockigen Haar verstärkte sich, als ihre Zungen sich kurz berührten. Er bewegte seine Lippen gekonnt, Jessies Lider flatterten und schlossen sich dann. Er spürte, wie ihre kleinen Brüste sich in seine Haut brannten, als sie sich an ihn lehnte. Er fühlte ihr leises Stöhnen, zog sie fester an sich und verlor sich in ihrer Hingabe.

Dann war es plötzlich vorbei.

Gerade noch hatte er eine anschmiegsame, willige Frau im Arm gehalten, und im nächsten Augenblick hielt er zwei Gläser in den Händen, während sie ein paar Schritte abgerückt war.

„Rufen Sie mich bei Gelegenheit an." Jessie winkte kurz und verschwand dann in der Menge, noch bevor er sich von seiner Überraschung erholen konnte.

Joshua stand da wie vom Donner gerührt.

Jessies bonbonfarbener Fallschirm segelte über das Weingut auf den Eukalyptusbaum in der Nähe von Simons Haus zu. Joshua schirmte seinen finsteren Blick gegen die starke Wintersonne ab. Er hatte in der Nacht nur wenig Schlaf gefunden. Bei dem Gedanken, dass sie beide unter demselben Dach waren, hatte er sich unruhig hin und her geworfen. Sie war so nah und zugleich so weit entfernt.

In seiner Fantasie erschien sie ihm irgendwie überlebensgroß. So dynamisch, so umwerfend lebendig. Sie hatte dieses *je ne sais quoi*, wie es die Franzosen nannten, dieses unbeschreibliche Etwas.

Joshua hielt sich selbst für keinen sonderlich fantasievollen Mann. Aber auf jeden Fall musste er Jessie Adams unbedingt wiedersehen. Sich davon überzeugen, dass seine Erinnerung an den vergangenen Abend genauso real war wie ihr unverkennbarer Sex-Appeal.

Joshua liebte Sex. Und er wollte Jessie. So einfach war das. Und doch … Er kniff die Augen zusammen. Er konnte es nicht benennen, aber an ihr war etwas ganz Besonderes. Etwas Komplexes, das ihn total faszinierte.

Etwas, verdammt noch mal, das viel mehr ansprach als nur seine Libido.

Was natürlich eine ziemlich unsinnige Vermutung war, die sich auf ein nur wenige Minuten dauerndes Gespräch stützte.

Zumindest wollte er noch einmal mit ihr sprechen, bevor er nach San Francisco zurückfuhr. Endlich diese dumme Fantasie loswerden, die sich ihm in der vergangenen Nacht so eingeprägt hatte. Ganz ehrlich, er war doch emotional überhaupt nicht in der Lage, mit einer Frau mehr als Freundschaft und Sex zu teilen.

Nicht umsonst wurde er „Eisklotz" genannt.

Hoch über ihm erfasste ein Windstoß die dünne Fallschirmseide, Jessie versuchte fieberhaft gegen den plötzlichen Richtungswechsel anzukämpfen. Ein Kampf, den sie verlieren würde.

„Verflucht." Joshua rannte los, als er sah, wie ihre Füße die Baumwipfel streiften. Hinter ihm heulte der Motor des Sicherheitswagens auf, die Reifen drehten auf der Schotterstraße durch. Joshua sprintete auf die andere Seite der Bäume und sah, wie sich wogende Seide über Jessies hingestreckten Körper legte.

Schnell raffte er den Stoff zusammen und schleuderte ihn hinter sich, bis er sie davon befreit hatte. Sie blickte grinsend zu ihm hoch.

„Gott, das war fantastisch!" Sie setzte sich auf und wischte sich kleine Zweige und Dreck von den Armen. Der hautenge violette Elastananzug schmiegte sich an jeden straffen Zentimeter ihres langen Körpers.

„Sie kleine Irre", rief Joshua aufgebracht, sein Herz

hämmerte noch immer wie verrückt. „Sie könnten tot sein."

Jessies Lächeln verrutschte ein wenig, als sie ihren violetten Helm abzog. Etwas, das er nicht deuten konnte, flackerte in ihrem Blick auf.

„Gut, meine Landung ließ ein wenig zu wünschen übrig." Sie warf ihren Zopf über die Schulter. „Daran muss ich noch arbeiten." Sie streckte eine Hand aus. „Ziehen Sie mich hoch."

Er hatte sich das also doch nicht nur eingebildet. Tatsächlich schien sie das Leben geradezu zu inhalieren, es mit einem großen Löffel zu essen und dabei jeden einzelnen köstlichen Augenblick zu genießen. Er wusste, dass sie im Bett genauso sein würde. Begierig. Scharf. Leidenschaftlich und wild. Er wollte in ihren heißen, braunen Augen ertrinken. „Sie mögen's gerne gefährlich, nicht wahr?"

„Sie haben ja keine Ahnung!", entgegnete Jessie atemlos. Mit einem Ruck zog er sie auf die Füße und an seine Brust.

„Ich möchte es an Ihnen schmecken." Joshua atmete ihren bereits vertrauten Duft ein, den nicht mal Staub und Eukalyptus überdecken konnten.

„Was wollen Sie schmecken?", fragte sie dicht an seinen Lippen. Dann blickte sie zu ihm hoch, die Hand gegen seine Brust gedrückt. Ihre Finger bewegten sich, aber ihr Blick blieb ruhig. „Was wollen Sie schmecken?", wiederholte sie heiser.

„Die Gefahr." Er stürzte sich auf ihre Lippen wie ein Verhungernder auf ein Festmahl. Wenn er ein paarmal mit ihr geschlafen hatte, würde diese nagende Gier immer mehr nachlassen, bis man sie schließlich gut ignorieren konnte.

Als er zurücktrat, konnte er auf ihrem Mund noch den Abdruck seiner feuchten Lippen schimmern sehen. Er reichte ihr den Helm.

„Ich rufe Sie am ersten Januar an", sagte er. Ohne ihren irritierten Blick zu beachten, wandte er sich um und lief davon. Es war das Schwerste, was er in den letzten Jahren getan hatte.

2. KAPITEL

Wie versprochen rief Joshua Jessie am Neujahrstag an.

Und Jessie sorgte dafür, dass sie nicht zu Hause war.

Er rief am zweiten, am dritten und am fünften Januar erneut an. Sie ließ ihn auf den Anrufbeantworter sprechen, während sie in der Küche saß und zuhörte. Sein Ton wurde von Anruf zu Anruf kühler und ungeduldiger.

Insgesamt sechs ziemlich arrogante Nachrichten hinterließ er innerhalb von zwei Wochen. Sie hatte nicht die Absicht, ihn so schnell zurückzurufen. Offenbar war er es nicht gewöhnt, ignoriert zu werden.

Ihr war klar, dass sie ein gefährliches Spiel spielte. Sie musste den richtigen Zeitpunkt abpassen, damit Joshua nicht das Interesse verlor.

Bald. Sehr bald, dachte Jessie, als sie über die enge Straße hinauf zu ihrem Cottage fuhr. Sie war überrascht, nein, geradezu verblüfft gewesen, als Joshua zugegeben hatte, verheiratet zu sein. Vor allem, dass er so ehrlich über die Art seiner Ehe gesprochen hatte, verwirrte sie.

Wenn sie nicht seine Frau wäre, wäre sie vermutlich mit einer höflichen Ausrede davongelaufen. Ihre Mutter hatte eine Menge verheiratete Liebhaber gehabt. Das Ende war immer traurig und chaotisch gewesen.

Sie seufzte. Seine Ehrlichkeit hatte sie entwaffnet, sie hatte beinahe ein schlechtes Gewissen. Aber er war nach wie vor der „Eisklotz". Kalt. Hart. Rücksichtslos.

Er war auch nach wie vor ihr abwesender Ehemann. Und er war derjenige, der ihr geben würde, was sie so verzweifelt wollte. Ein Baby. Ein eheliches.

Es war die zweite Januarwoche und ziemlich kalt für Nordkalifornien. Der Wind schnitt durch ihre Jacke, als sie ausstieg. Es war nach drei, sie hatte das Mittagessen ausfallen lassen, um ein spezielles Tapetenmuster in einem Designerladen in der Stadt zu besorgen. Ihr Magen knurrte.

In dem kleinen Cottage war es warm. Schnell schloss sie die Haustür hinter sich und eilte in die Küche. Sie liebte diese Hütte. Das war ihr Zuhause. Sicher, warm und das beständigste Heim, das sie jemals gehabt hatte. Joshuas Anwalt, Felix Montgomery, hatte sie unter seine Fittiche genommen und sie an diesem verwirrenden Tag vor sieben Jahren seinem Sohn Conrad vorgestellt.

Con hatte ihr nicht nur angeboten, das Cottage zu bewohnen, sondern ihr auch einen Nebenjob in seinem Architekturbüro gegeben, während sie die Schule besuchte. Conrad und sein Partner, Archie, hatten das Cottage für sie in ein bezauberndes Heim umgebaut, und später dann, nachdem sie ganztägig als Innenarchitektin für Conrad zu arbeiten begonnen hatte, ein Studio hinzugefügt.

Sie hatten ihr geholfen, ihr Leben zu ändern, und waren im Verlauf der Jahre zu ihren besten Freunden geworden; sie waren wie die Brüder, die sie nicht hatte.

Das Telefon klingelte. Jessie stellte den Anrufbeantworter ab.

„Hallo?"

„Wo zum Teufel haben Sie gesteckt?"

Sie holte tief Luft. „Ich schätze, Sie haben sich verwählt", sagte sie und legte auf.

Das Telefon klingelte erneut. Jessie warf einen Teebeutel in einen Becher mit Wasser und stellte ihn in die Mikrowelle. Das Telefon hörte nicht auf zu schrillen. Die Mikrowelle klingelte. Sie drückte den Teebeutel aus und schüttete etwas Milch in den Becher. „Hallo?"

„Das hier ist extrem zeitaufwendig", rief Joshua verärgert.

„Wer ist dran?"

Kurzes Schweigen. „Joshua Falcon."

„Oh. Tut mir leid. Ich habe eine Menge komische Anrufe bekommen", sagte Jessie freundlich. Sie setzte sich auf den kleinen runden Tisch genau in den schwachen Sonnenstrahl, der durchs Fenster fiel, und schlug den Kalender neben dem Telefon auf.

„Ich rufe Sie seit Wochen an."

„Verflixt. Und ich habe das jedes Mal verpasst." Sie versuchte erst gar nicht, ernsthaft zu klingen. „Ich war aber auch dermaßen beschäftigt."

„Ich ebenfalls", entgegnete er kühl. „Ich komme gerade von einer wichtigen Geschäftsreise zurück, aber ich nehme mir trotzdem die Zeit, Sie anzurufen."

Jessie grinste. „Wo waren Sie denn?" Ihr Magen knurrte.

„In Irland."

„Ich wollte immer viel reisen. Erzählen Sie mir von Irland." Sie zerrte das Telefonkabel hinüber zum Schrank und betrachtete die Suppendosen.

Mit ihm übers Telefon zu sprechen war viel leichter und sicherer, als ihn direkt vor sich zu haben. So konnte sie seine Augen nicht sehen. Oder seinen Mund. Oder sein Rasierwasser riechen. Zwar wollte sie ein Baby von diesem Mann, aber sie wollte sich keinesfalls in ihn verlieben.

Jessie wehrte sich gegen die Liebe, denn der Weg dahin war steinig und voller Schlaglöcher. Zum Glück war Joshua längst nicht mehr ihr großer Schwarm wie noch vor Jahren. Sie hatte mit ansehen müssen, was die Liebe aus ihrer Mutter gemacht hatte. Nein, besten Dank. Das war nichts für sie. Begehren und Lust reichte in diesem Fall vollkommen aus. Das war schnell. Schmerzlos. Befriedigend. Kein Theater. Keine Verpflichtungen. Vielleicht war das kaltblütig, aber zumindest würde sie genau wissen, wer der Vater ihres Kindes war. Niemand würde verletzt werden. Im Gegenteil, jeder bekam, was er wollte.

Der Plan war gut.

Sie konnte nur beten, dass sie ganz schnell schwanger werden würde.

Sie klemmte sich den Hörer zwischen Kinn und Schulter, öffnete eine Dose Tomatensuppe und schüttete sie zusammen mit etwas Wasser und Milch in eine Schüssel.

Joshua schilderte ihr die typische Reader's-Digest-Tour durch Irland. In den passenden Momenten murmelte sie „mhm" oder „faszinierend". Faszinierend wäre es sicher auch gewesen, doch sie war viel zu angespannt, weil sie sich fragte, wann sie ihn wiedersehen würde.

Wenn das so weiterging, würde sie noch ein Magengeschwür bekommen.

Sie war davon überzeugt, dass ihre beunruhigenden Gefühle sofort verschwinden würden, sobald sie ihm wieder gegenüberstand. Es war ihr gelungen, ihm seit Simons Weihnachtsparty aus dem Weg zu gehen. Leider war im Januar wie immer nicht viel los in der Raumausstatterbranche. Dabei hätte sie sich gerne mit jeder Menge Arbeit abgelenkt. Sie musste ihn bald sehen, auch wenn das Timing nicht optimal war.

„Also gut. Genug von der Reise erzählt." Er klang erschöpft. „Wann zum Teufel kann ich Sie sehen?"

„Wie wäre es mit morgen Abend?" Jessie blickte auf ihren Kalender, in dem der kommende Tag mit einem dicken X gekennzeichnet war. Sie hatte genau ausgerechnet, wie lange sie ihn zappeln lassen musste – sie wollte nicht eine Sekunde mehr mit ihm verbringen als unbedingt notwendig. Die Tatsache, dass sie sich zu ihm hingezogen fühlte, gefährdete ihren Plan schon genug. Sie musste sich auf ihr Ziel konzentrieren, egal, was kam.

„Heute Abend", drängte er.

„Heute Abend bin ich beschäftigt." Sie log ihn fröhlich an, stand auf und stellte die leere Schüssel und den Löffel ins Waschbecken. „Ich habe morgen Abend Zeit oder nächsten Mittwoch. Ihre Entscheidung." Der nächste Mittwoch war rot umkringelt. Und unterstrichen. Mit geschlossenen Augen betete sie, dass er sich für den zweiten Vorschlag entscheiden würde.

„Ich hole Sie morgen Abend um sieben ab."

„Nein, wir treffen uns um halb acht bei Noble's in

der Nähe der Fisherman's Wharf", entgegnete sie. Eine lange Pause entstand. Jessie hielt den Atem an. Hatte sie es zu weit getrieben?

Dann lachte er freudlos. „Mein Gott, Sie sind vielleicht eigen. Na gut. Noble's um halb acht." Und schon summte das Freizeichen in ihrem Ohr.

Sie ließ sich auf den Stuhl fallen und schloss die Augen. Sie hatte es tatsächlich getan. Schnell nahm sie noch einmal den Kalender zur Hand und fuhr zärtlich mit dem Finger über die Tage, die sie rot umkringelt und unterstrichen hatte. In diesen Nächten war sie besonders empfängnisbereit. Sie musste ihn also nur noch eine Woche hinhalten, bis sie den nächsten Eisprung hatte. Ihr Ziel rechtfertigte jegliches Unbehagen, all die kleinen Gewissensbisse. Solange sie sich nur genauestens an ihren Plan hielt, würde sie zum Schluss den Hauptpreis absahnen.

Jessie war völlig ruhig, cool und gefasst, als sie am nächsten Abend exakt um halb acht das Noble's Restaurant betrat. Sie trug ein hochgeschlossenes rotes Kleid mit Flügelärmeln. Mondän und sexy genug, um ihn zugleich verrückt zu machen und auf Distanz zu halten.

Joshua erhob sich zur Begrüßung. Plötzlich kam ihr das Kleid viel zu kurz vor, der Stoff viel zu dünn, er schien sich auf eine Art an ihren Körper zu schmiegen, wie es zu Hause nicht der Fall gewesen war.

„Hallo, Jessie. Sie sehen noch fantastischer aus als das letzte Mal." Seine blassen Augen funkelten im Kerzenlicht, als er ihre Hand ergriff und sie neben sich auf die Bank zog. Ein elektrischer Stoß fuhr durch ihren Arm.

„Als Sie mich das letzte Mal gesehen haben, war ich total dreckig." Ach Gott, er roch ja so gut. Er sah so beunruhigend männlich aus. Und saß viel zu nah neben ihr. Jessie rutschte Richtung Fenster.

„Sie hatten einen hautengen Elastananzug an."

Sie spürte seinen Atem auf ihren Lippen. Sein intensiver Blick hatte eine hypnotische Wirkung, und sie vergaß fast zu atmen, als er heiser flüsterte: „Seit Wochen träume ich davon, Ihnen den Anzug auszuziehen."

Jessie ließ sich einen Moment Zeit, damit ihre Nerven sich beruhigen konnten, und griff dann nach der Speisekarte. Wenn sie es richtig anstellte, konnte sie sich für nächste Woche mit ihm verabreden, wenn der Zeitpunkt optimal war. Ein Abendessen für eine Nacht mit ihm. Zwei Verabredungen.

Das bekomme ich hin. Auf jeden Fall.

„Der Fisch ist hervorragend hier." Der Puls hämmerte in ihren Ohren. Sie zwang sich, sich endlich zu entspannen. Schließlich wusste sie, wie dieser Abend enden würde. Er nicht.

Der Ober kam an den Tisch. „Zweimal die Empfehlung des Tages", sagte Joshua, ohne sie zu fragen und ohne auch nur eine Sekunde den Blick von ihr zu wenden.

Er trug Hemd, Krawatte und Jackett, seine breite Brust war nur Zentimeter von ihr entfernt. Wie sie wohl nackt aussehen würde? Glatt und weich oder behaart? Es war erschreckend, wie gerne sie ihn berührt hätte, um genau das herauszufinden. „Vielleicht würde ich ja gerne etwas anderes haben."

„Geht mir genauso." Joshua strich ihr eine Locke aus dem Gesicht. Seine Berührung ließ sie zusammenzucken. „Aber das bekomme ich nicht, bevor wir nicht gegessen haben." Vermutlich schaute sie ihn so verblüfft an, wie sie sich fühlte. Er warf ihr ein schiefes Lächeln zu. „Mir ist es völlig egal, was die Empfehlung des Tages ist, solange es nur schnell geht."

Jessie unterdrückte einen hysterischen Lachanfall. „Wir hätten auch zu McDonalds gehen können."

„Sie haben das Restaurant gewählt."

„Ich bin am Verhungern." Gott. Sie waren so heiß aufeinander, dass sie sich gegenseitig vermutlich zu Asche verbrennen würden.

Er rutschte von der Bank und streckte ihr die Hand hin.

„Wohin gehen wir?" Automatisch ergriff Jessie seine Hand.

„Wir tanzen", sagte er bestimmt. „Ich muss Sie im Arm halten." Er dirigierte sie auf die kleine, leere Tanzfläche und zog sie in seine Arme.

Es war ein angenehmes Gefühl, so fest an ihn gepresst zu tanzen. Viel zu angenehm. Jessie versuchte, ein wenig Abstand zu schaffen, doch Joshuas Arme hielten sie unbarmherzig fest.

Seine breite Brust unter ihren Händen fühlte sich himmlisch an. Sie blickte fragend zu ihm auf. Würde ihr Kind gerade Joshuas Nase haben? Seine blassblauen Augen? Seinen schönen Mund?

Die kleine Band spielte einen langsamen Blues. Lieber Gott, das ist gefährlich, dachte Jessie, als Joshua sie gekonnt über die Tanzfläche dirigierte und dabei den engen Kontakt ihrer Körper noch intensivierte. Als sie seine Erektion spürte, hätte sie von der Größe schockiert sein mussen, doch stattdessen machte ihr Herz einen Sprung. Sie drückte sich noch etwas fester an ihn, damit die Bewegungen ihrer Körper das Verlangen wenigstens etwas linderte. Als er ihre Hand nahm und sie an seine Brust drückte, streifte er ihre Brustwarzen, die sich sofort aufrichteten und erregend gegen den Stoff des Kleides rieben. Sie erschauerte sehnsuchtsvoll.

Das war kein Versehen gewesen. Natürlich nicht. Er begann, sie sanft zu streicheln, und Jessie hätte am liebsten aufgeschrien.

Seine Hand brannte heiß auf ihrer Hüfte, als er sie noch fester an sich zog. Sein Daumen liebkoste sie unerträglich sanft. Sie bekam am ganzen Körper Gänsehaut, ihr wurde glühend heiß, ihr Herz klopfte zum Zerspringen.

Junge, Junge. Das hier grenzt an Sex.

Joshua küsste sie auf die Stirn. Jessie wurde ganz schwindlig vor Verlangen. Sie bemühte sich, ein Gespräch zu beginnen, um nicht den Verstand zu verlieren.

„Hier bei Noble's habe ich meinen ersten richtigen Job als Innenarchitektin gehabt. Erst nachdem Con Charlie davon überzeugt hat, dass ..."

Sie sah zu ihm hoch, während sie sprach. Warum nur musste er sie so anschauen? Sie leckte sich über die

Lippen und verlor den Faden.

Joshuas Augen glühten. „Sie haben fantastische Arbeit geleistet." Seine Hand bewegte sich an ihrer Hüfte entlang. Sie spürte, wie sie zwischen den Beinen feucht wurde und die Augen automatisch halb schloss.

Ihre ganze Haut war überempfindlich, wie elektrisiert. *Reiß dich zusammen, Jessie.* „Woher wollen Sie das wissen? Sie haben sich ja noch nicht einmal umgesehen." Ihr gelang ein Lächeln, dann legte sie ihm eine Hand über die Augen. Sie hatte über die impulsive Geste nicht nachgedacht, aber offensichtlich war es ein Fehler, seine nackte Haut zu berühren, egal, an welcher Stelle. Ein riesiger Fehler.

„Sagen Sie mir, was Ihnen daran gefällt."

Ihre Stimme klang irgendwie erstickt. An ihrer Hand spürte sie seinen heißen Atem, seine Hüften bewegten sich in einem langsamen, uralten Rhythmus, der sie fast wahnsinnig machte. Jessie wand sich ein wenig, legte ihren Ellbogen auf seine Schulter und spürte das Spiel seiner Muskeln, als sie sich zur Musik wiegten. Wann hatten ihre Füße aufgehört, sich zu bewegen?

„Mir gefällt der Teppich. Und die Mahagonitäfelung, die raffinierte Beleuchtung des Panoramas." Dass er so aufmerksam war, machte ihr ein wenig Angst. *Du musst aufpassen, Jessie.* „Und die Kupferlampen und die Tanzfläche." Sie spürte, wie seine Augen sich unter ihren Fingern bewegten.

„Jesus", sagte er heiser und liebkoste ihre Schläfe. „Sie duften nach Sünde."

Sie zog ihre prickelnden Finger zurück und schwor

sich, ab jetzt ihre Hände bei sich zu behalten. Seine Lippen glitten über ihre Wange.

„Würden Sie für mich im Bett auch so sexy stöhnen, Jessie? Würden Sie wimmern?" Seine Zähne spielten mit ihrem Ohrläppchen. „Sie sind so heiß und süß." Er hielt inne, atmete genauso hastig wie sie, und als er wieder zum Sprechen ansetzte, war es nur ein Flüstern an ihrer Wange. „Liegen Sie nachts in Ihrem Bett und stellen sich vor, wie Sie sich unter meinem Körper winden? Wie fantastisch es sich anfühlen würde, wenn ich tief in Ihnen wäre?"

Sie sah das Bild in lebhaften Farben vor sich. Ihr Mund wurde trocken. Sie warf ihm einen kühlen Blick zu. „Um ehrlich zu sein ... nein."

„Lügnerin." Seine blassen Augen glühten so heiß wie Lava. „Ich kann sehen, wie sehr Sie mich wollen. Ich sehe, wie Ihr Herz schlägt." Er legte zwei Fingerspitzen auf den Puls an ihrem Hals. „Genau hier." Dann zog er die Hand zurück, zufrieden, dass ihr Herz nun sogar noch heftiger schlug.

„Mir gefällt es gar nicht, wie ich mich in Ihrer Gegenwart benehme, Jessie Adams. Das ist völlig untypisch für mich, und ich mag es nicht." Seine Worte klangen wie eine Liebkosung. Und wie ein Fluch.

Sie lächelte, doch eine verängstigte kleine Stimme in ihrem Innern konnte ihm nur recht geben. „Ich dachte, ich mache Sie heiß."

„Oh, das ist auch so. Zweifellos." Seine Kieferknochen begannen zu mahlen. „Zur Hölle, im Augenblick wäre es mir völlig schnuppe, wenn sämtliche Journalisten der Welt hier versammelt wären. So sehr will ich Sie."

Sein Gesicht war nur Zentimeter von ihrem entfernt. Sie konnte sich in seinen Augen spiegeln. Jessie grub ihre kurzen Fingernägel in die Handfläche, bis sie wieder Vernunft angenommen hatte.

„Wow", sagte sie unschuldig. „So sehr?" Sie hatte ihr Leben lang beobachtet, wie Männer dieses „Ich-will-dich-bis-ich-dich-habe"-Spiel spielten. „Dann ist es ja gut, dass wir in der Öffentlichkeit sind."

„Das ist auch der einzige Grund, warum ich Ihnen nicht die Kleider vom Leib reiße." Er runzelte die Stirn. „Normalerweise bin ich ein sehr geduldiger Mann. Gratulation, Sie haben meine Geduld überstrapaziert." Er fuhr zärtlich über ihr Kinn und hinterließ eine glühende Spur. Mit dem Daumen berührte er ihre Unterlippe.

„Sie und ich haben unterschiedliche Prioritäten, Joshua." Sie kämpfte gegen ihre Lust an. „Ihre Erwartungen zu erfüllen steht ganz unten auf meiner Liste. Zufällig habe ich ein eigenes Leben, und Sie spielen darin nur eine sehr kleine Rolle."

„Das wird sich ändern, Jessie. Sehr bald werde ich eine Hauptrolle übernehmen."

Seine Arroganz und Selbstsicherheit waren nicht etwa gespielt.

„Seien Sie mal nicht zu optimistisch, Mr. Falcon. Das hier ist unser erstes Date, und ich mag es überhaupt nicht, wenn ein Mann mir sagt, was ich zu tun und zu lassen habe."

Sein Blick ruhte auf ihrem Mund, dann sah er ihr direkt in die Augen. „Wollen Sie mir etwa erzählen, dass wir kein Liebespaar werden?"

„Das habe ich noch nicht entschieden. Bisher." Sie ignorierte, wie ihre Nerven vibrierten und bekämpfte diese unerwünschte Anziehungskraft, bei der es sich sowieso nur um eine körperliche Schwäche handelte, wie eine Grippe, die auch wieder vorbeigehen würde.

„Sie werden es als Zweiter erfahren, wenn ich einen Entschluss gefasst habe." Sie blickte zum Tisch, wo der Ober bereits auf sie wartete. „Oh, unser Essen ist da."

Sie gingen zurück zu ihrem Tisch. Joshua setze sich und breitete ein wenig verärgert die Serviette auf seinem Schoß aus. „Sind Sie immer so widerspenstig?"

„Lassen Sie es mich so ausdrücken: Ich bin extrem wählerisch. Ich springe nicht einfach so mit jemandem ins Bett. Und ganz ehrlich: Ich muss erst mal darüber nachdenken, ob ich meine Unterwäsche in Ihrer Sammlung sehen will."

„Können wir uns morgen treffen?", presste er hervor. Seine Pupillen waren geweitet vor Begehren. Ein Teil von ihm liebte offenbar die Herausforderung. Der andere Teil wollte sie. Sofort.

Bitte Gott, das nächste und letzte Mal, das ich ihn treffen will, ist der kommende Mittwoch. Also mal sehen, wie es Mister Ungeduldig gefällt, noch eine Woche zu warten. Sie stöhnte innerlich auf. So wie sie sich benahm, würde sie von ihm am Ende nur noch einen Kondensstreifen zu sehen bekommen.

„Lassen Sie uns mal sehen, ob wir diesen Abend unbeschadet überstehen, ja?"

Seine Augen blitzten belustigt auf. Jessie fürchtete, dass er genau wusste, was sie vorhatte. Er lehnte sich mit desinteressiertem Gesichtsausdruck zurück, während er einen Blick über sie gleiten ließ. „Wir warten einfach ab, wer von uns zuerst die weiße Fahne schwenkt, okay?"

Jessie entspannte ihre Muskeln. Sie besaß überhaupt keine weiße Fahne. Offenbar hatte er nicht die geringste Ahnung, wie starrköpfig und entschlossen sie sein konnte.

Keiner von uns beiden wird heute Abend noch Sex bekommen, rief sie sich ins Gedächtnis. Nach dem Abendessen wollte sie schön brav nach Hause fahren. Alleine. Ab jetzt würde wieder sie die Spielregeln aufstellen. Das fühlte sich doch gleich viel besser an. Sie hatte alle Fäden in der Hand.

Er glaubte das vielleicht noch nicht.

Aber sie wusste es.

Es war ein strahlend schöner, aber immer noch recht kühler Sonntagnachmittag. Joshua schlenderte neben Jessie über den Antiquitätenflohmarkt. Sie trug eine Jeans, in der ihre langen Beine und ihr herzförmiger Hintern fantastisch aussahen, einen kurzen, knallorangen Pullover und einen hell gemusterten Schal. Das Outfit war typisch für Jessie. Sie trug diese gewagten Farben nicht, um Aufmerksamkeit auf sich zu ziehen, das wusste er, obwohl sich natürlich viele Männer nach ihr umdrehten. Jessie liebte bunte Farben einfach. Fröhliche Farben, wie sie sagte, als sie seine braune

Hose, das hellblaue Hemd und die dunkelblaue Windjacke missbilligend beäugte.

Die Straßen waren überfüllt und laut. Normalerweise hätte er diesen Platz nicht ausgewählt, um einen Sonntagnachmittag zu verbringen. Schon gar nicht mit Jessie. Er zog es vor, sich in schicken und modernen Gegenden aufzuhalten. Außerdem wollte er diese Frau ganz für sich alleine haben. Am besten in seinem großen, schwarz lackierten Bett.

Wegen einer unvorhergesehenen Geschäftsreise war er außer Landes gewesen und hatte sie seit einer Woche nicht mehr gesehen. Doch immer wieder war ihr Gesicht in den unpassendsten Momenten vor seinem inneren Auge aufgetaucht. Was ihn fürchterlich ärgerte.

Jessie blieb an einem Tisch mit Kitsch stehen, schaute interessiert über angeschlagene Tassen und angelaufenes Silber und plauderte ausgiebig mit der Verkäuferin, einer älteren Dame mit leuchtend rotem Haar und müdem Gesicht.

Joshua bewunderte Jessies dunkles Haar, das in der Sonne glänzte, die Form ihrer Wangen und ihre Lippen, wenn sie sprach. Sie sprach auch mit den Händen. Munter, lebhaft, an Fremden interessiert. Sie so zu sehen versetzte ihm einen Stich, und er musste sich eingestehen, dass er eifersüchtig war, weil er sie alleine für sich haben wollte.

Und doch war er jedes Mal, wenn er sie mit anderen sprechen sah, noch mehr bezaubert. Sie konnte gut mit Menschen umgehen. Das, was ihn so anzog, zog auch andere Leute an. Jessies offensichtliche Freude am Leben, ihr Enthusiasmus, ihr Vergnügen an ganz einfachen, alltäglichen Dingen. Er schaute die Frau an, als Jessie wegen eines bestimmten Stücks auf dem überladenen Tisch fragte.

Die Frau erwachte durch Jessies Aufmerksamkeit, durch ihr Interesse, zum Leben. Es hätte ihn kaum überrascht, wenn sie Jessie alles einfach geschenkt hätte.

„Sie hat erwartet, dass Sie handeln", sagte Joshua, nachdem sie mit Jessies Errungenschaft weitergingen, einer angeschlagenen Teekanne, für die sie anstandslos den geforderten Preis gezahlt hatte. Was für ein lächerliches altes Teil.

Jessie drückte die Kanne an die Brust. „Aber sie zieht ihre beiden Enkelkinder auf. Oh, sehen Sie mal hier!" Sie schnappte seine Hand und zerrte ihn durch die Menge zu einem Tisch auf der anderen Straßenseite.

Joshua betrachtete ihre ineinander verschlungenen Finger. Ihre Haut war so blass und zart, ihre Hand so klein. Ihm gefiel das Gefühl, sie in seiner zu halten. Er mochte es, ihr so nahe zu sein. Und er wollte sie dringender als seinen nächsten Atemzug.

Und zwar nicht nur in sexueller Hinsicht. Obwohl er natürlich begierig darauf war, sie nackt unter sich zu spüren. Doch genauso sehr wünschte er sich etwas von ihrer Lebenslust.

Er selbst hatte niemals so eine Begeisterung gespürt. Sie knisterte geradezu vor Energie. Sie war so herrlich, so unverfroren lebendig.

„Was ist?", fragte sie, als sie bemerkte, dass er sie unverwandt anstarrte.

Die schiebende Menschenmenge schien zu verschwinden, als Joshua ihr Gesicht in seine Hände nahm und sie zart küsste. Ihre Lippen waren so weich. Er schob seine Zunge in die warme Feuchtigkeit ihres Mundes. Sie schmeckte nach den Karamellbonbons, die sie kurz vorher gegessen hatte. Den Geschmack hatte er nie gemocht, doch jetzt liebte er ihn mehr als alles andere.

Er streichelte über ihren Rücken und hielt ihren biegsamen Körper leidenschaftlich an sich gedrückt. Die Sonne schien hell auf Joshuas geschlossene Augenlider und badete ihn in Gold. *Ich muss verrückt sein. Wir sind mitten auf der Straße, Herrgott noch mal! Von Hunderten von Menschen umgeben ...* Er erschauerte von Kopf bis Fuß, als Jessie mit beiden Händen über seine Wangen streichelte, während er sie küsste. Ihre flinke Zunge spielte mit seiner, schoss vor und zurück, bis Joshua ganz schwach vor Begierde war.

Einmal. Mehr brauchte er nicht. Einmal mit Jessie schlafen. Einmal in ihr sein. Mit absoluter Sicherheit würde das reichen, um sie endlich ein für alle Mal zu vergessen. Jessie Adams war einfach eine zu große Herausforderung. Er war daran gewöhnt, den Telefonhörer in die Hand zu nehmen und umgehend eine Frau zur Verfügung zu haben. Bei Jessie musste er auf der Hut sein.

Sie löste ihre Zunge. Schmerzhafte Enttäuschung legte sich schwer auf seine Brust. Nein. Er verstärkte seinen Griff. Aber Jessie war offenbar auch noch gar nicht fertig mit dem Kuss. Sie ließ ihre feuchten Lippen über seine wandern, einmal, zweimal, dann biss sie mit ihren starken, weißen Zähnen in seine Unterlippen und hörte nicht auf, sein Gesicht zu streicheln.

Niemals zuvor hatte Joshua so etwas erlebt. Himmel, natürlich war er schon oft genug erregt gewesen. Angemacht worden. Sex war schließlich etwas Schönes. Befriedigend. Und gut gegen Stress. Aber von Jessie wollte er … was? Mehr? Ihm wurde kurz ganz schwindelig, als sie sich an ihm rieb.

Sie war gefährlich … tödlich. Verflucht, er wollte keine Verpflichtung eingehen. Sie sollte genau so sein, wie die anderen Frauen, mit denen er geschlafen hatte. Sie musste genau so sein. Etwas anderes konnte er einfach nicht zulassen.

Schließlich löste sie ihre Lippen von seinen. „Wir wandern in den Knast, wenn wir nicht langsam aufhören."

Joshua betrachtete sie mit verschwommenem Blick. „Bitte?"

Jessie lächelte, ihre Lippen waren rosarot, feucht und ein wenig geschwollen vom Küssen. Ihr ungebändigtes Haar wehte in der kühlen Frühjahrsbrise, ein paar Strähnen hatten sich in seinem Pulli verfangen. Schweißten sie zusammen.

Joshua machte einen Schritt zurück und vergrub die Hände in den Taschen seiner Armanihose. „Ich mag keine Zärtlichkeiten in der Öffentlichkeit."

„Ach wirklich?" Jessies braune Augen funkelten. „Daran werde ich denken, wenn du mich das nächste Mal in der Öffentlichkeit küsst."

Ein weiteres Abendessen. Joshua hatte sich gelobt, diese Frau nirgends mehr zu treffen, wo es gefährlich werden konnte. Wie auf einem Flohmarkt. Oder auf einem Parkplatz. Oder neben ihrem Auto vor dem Kino im hellen Tageslicht.

Dass irgendetwas mit ihm nicht stimmte, wusste er schon lange. Er war nicht in der Lage, echte Gefühle zu haben. Oh, natürlich konnte er die meisten Leute an der Nase herumführen, und er war auch ziemlich stolz auf seine Fähigkeit, diese Illusion zu erschaffen. In Wahrheit hatte er aber noch nie emotionale Höhe- oder Tiefpunkte erlebt wie andere Leute. Offenbar fehlte ihm irgendein Gen.

Natürlich könnte er seinen gefühllosen, kalten Eltern die Schuld dafür geben. Aber er war inzwischen erwachsen, in der Lage, ihren Egoismus als das zu sehen, was er gewesen war. Nein, diese Schwäche musste er sich ganz alleine zuschreiben. Er war einfach nicht in der Lage, tief zu empfinden. Was er allerdings nicht als Problem empfand. Seit dreiunddreißig Jahren kam er hervorragend damit zurecht.

Es war einfach, sich nicht groß mit seinen Affären aufzuhalten. Niemand wurde verletzt. Er war aufrichtig, er sagte den Frauen immer, dass er kein Interesse an einer ernsthaften Beziehung hatte. Verdammt, er konnte einfach keine ernsthafte Beziehung führen. Das war nicht seine Art. Er überließ es immer den Frauen, ob sie bei ihm bleiben wollten oder nicht.

Sie konnten es akzeptieren oder nicht. So war er einfach. Ein Eisklotz eben.

Joshua hatte ganz kühl analysiert, wieso er sich so zwanghaft zu Jessie hingezogen fühlte. Er würde nicht zulassen, dass sie ihm nahe genug kam, um ihn bis zu seinem leeren Herzen zu durchschauen. Sie sollte nicht sehen, dass er wie eine leere Hülle durchs Leben ging. Wie Pinocchio wollte er so tun, als ob er ein echter Junge wäre. Leider aber hatte er ein Herz aus Stein. Wenn er überhaupt eines hatte.

Irgendwie war er ganz froh darüber, dass Jessie niemals erfahren würde, wie sehr er innerlich durch ihre Lebenslust aufblühte.

„Bist du sauer, weil ich ohne dich nach Paris geflogen bin?", fragte er. Sie war den ganzen Abend über sehr ruhig gewesen.

„Erstens." Jessie brach ein kleines Stück von dem Brot ab und reichte es ihm mechanisch. „Ich bin viel zu beschäftigt, um einfach mal so durch Europa zu schwirren. Zweitens wäre ich nicht mitgekommen, selbst wenn du mich gefragt hättest."

„Warum bist du dann so verärgert?"

Ihre braunen Augen waren so dunkel, dass sie fast schwarz aussahen, als sie ihm einen gereizten Blick zuwarf. „Du warst zehn Tage weg."

Joshua unterdrückte ein zufriedenes Lächeln. „Das ist doch nun wirklich keine lange Zeit, oder?"

Eine bedeutungsvolle Stille entstand, dann sagte sie: „Ich hasse solche Spielchen." Mit einem Mal sah sie ganz verloren aus. Ihr Blick war nicht mehr böse.

„Dafür spielst du aber erstaunlich gut", erklärte er.

Sie starrte ihn mit großen Augen an. „Ich werde

heute nicht mit dir schlafen."

„Erstens: Ich habe dich nicht darum gebeten." Er lächelte kalt. „Und zweitens, wenn wir zusammen im Bett liegen, werden wir nicht schlafen."

Jessie gab ein leises, knurrendes Geräusch von sich. „Ich war nur bereit, dich heute zu treffen, um dich zum Teufel zu …" Sie hielt inne und betrachtete eine Familie, die sich lärmend an den Nebentisch setzte.

„Was wolltest du sagen?" Joshua hob die Stimme. Das Kind hatte zu kreischen begonnen, als seine Mutter es in einen Kinderstuhl bugsierte. „Jessica?"

Sie wandte sich ihm mit gedankenverlorenem Blick zu. „Was?"

„Du bist heute gekommen, um mich zum Teufel zu …" Er wusste verdammt gut, was diese kleine Hexe ihm sagen wollte. Und er würde sie darüber informieren, dass er sehr wohl zum Teufel gehen würde, nachdem er mit ihr im Bett gewesen war und sie geliebt hatte, bis sie sich an ihren eigenen Namen nicht mehr erinnern und ihn vor allem nicht mehr so verrückt machen konnte.

„Ich wollte dir sagen …" Sie sah ihn verwirrt an, blickte dann wieder auf das brüllende Baby. In Sekundenschnelle hatte sie sich wieder im Griff. Sie lächelte. Herrgott, er hatte noch nie etwas so Betörendes gesehen wie Jessies Lächeln. „Ich wollte dir sagen, dass ich dich vermisst habe", sagte sie heiser.

Der Ober war offenbar darauf spezialisiert, in den unpassendsten Momenten aufzutauchen. Denn genau diesen Augenblick wählte er, um die Vorspeisen zu servieren. Er hantierte mit den Salaten und Tellern herum und füllte dann ihre Wassergläser. Joshua schickte ihn mit einem Starren davon.

Bevor sie ihn zum Teufel jagte, bevor er völlig den Verstand verlor, musste er mindestens eine Woche mit dieser aufregenden Frau im Bett verbringen. Es gefiel ihm überhaupt nicht, dass er die Situation nicht völlig unter Kontrolle hatte. Sie warf ihm erneut ein süßes, mildes Lächeln zu und nahm die Gabel zur Hand.

So etwas hatte er noch nicht erlebt. Zumindest nicht, wenn zwei Menschen sich so offensichtlich zueinander hingezogen fühlten. Jessie Adams war mindestens genauso scharf auf ihn, wie er auf sie. Und trotzdem hielt sie ihn auf Abstand.

Auf der einen Seite ärgerte ihn ihre Zurückweisung. Auf der anderen Seite bewunderte er ihre Selbstbeherrschung. Wenn sie schließlich irgendwann miteinander schlafen würden, sollte er vorher vielleicht vorsorglich die Feuerwehr informieren.

Er glitt mit der Hand über ihren Schenkel. Jessie zuckte zusammen, packte dann seine Hand und legte sie zurück auf den Tisch. Einen Sekundenbruchteil lang blitzten ihre Augen auf. Das Kind am Nebentisch plapperte mit seinem hellen Stimmchen vor sich hin und zog Jessies Aufmerksamkeit auf sich. Dann sah sie ihn mit einem liebevollen Blick an und trank einen Schluck Wasser. Ihre Wangen waren gerötet.

Sie legte sich die Serviette auf den Schoß. Und wieder trafen sich ihre Blicke; ein warmes, sanftes Lächeln lag auf ihren Lippen. Pures Begehren schoss durch seinen Körper, sein Puls beschleunigte sich.

Verdrießlich sagte er: „Ich begehre dich sehr, Darling, wenn du also nicht langsam aufhörst, mich so anzusehen ..."

Sie lachte ihr tiefes, heiseres, verflucht aufregendes Lachen. Ein paar Köpfe drehten sich nach ihr um, Leute lächelten sie reflexartig an. „Benimm dich", sagte sie streng.

Ihr Mund, blass, ohne Lippenstift, reizte ihn unerträglich. Verflucht sei sie. „Unmöglich. Du hast dieses sexy Kleid nur angezogen, um mich verrückt zu machen. Das hat funktioniert. Jetzt musst du dafür bezahlen."

Er beugte sich über den Tisch und küsste sie kurz. Ganz unerwartet spürte er eine Sekunde lang ihre Zunge. Künftig musste er also auch noch gut besuchte Restaurants auf die Liste der gefährlichen Orte setzen. Ein Stromstoß jagte durch seinen Körper, erschrocken versuchte er, sich aus ihrem Bann zu lösen. Sie zog eine Augenbraue in die Höhe und fuhr fort zu essen.

Joshua gefiel es, wie sehr sie das Essen genoss. Eine seidige Haarsträhne fiel ihr über die Schulter. Am liebsten hätte er auch den Rest ihres Haares von den Nadeln befreit und gesehen, wie zerrauft es aussehen würde, wenn sie miteinander geschlafen hatten. Schon bei dem Gedanken daran wurde er hart.

„Erzähl mir von Paris", forderte Jessie ihn auf und beugte sich nach vorne. „Was dir gefallen hat. Was du gehasst hast. Nach was riecht diese Stadt? Bist du im Regen an der Seine spazieren gegangen? Wie ist das Essen dort?"

Joshua musste darüber lachen, wie die Fragen aus ihr

herausprudelten. Typisch Jessie. Wenn sie ihn mit ihrer ganzen Aufmerksamkeit überschüttete, war er wie berauscht. In dem flackernden Kerzenlicht sah ihre Haut durchsichtig und unglaublich zart aus. Zwar hatte sie ihre langen, eleganten Beine unterm Tisch versteckt, aber er spürte, wie ihr Fuß seine Wade streifte.

Sobald dieser erste Zauber verflogen war, würde er nicht mehr so viel Zeit und Energie darauf verwenden müssen, sie ins Bett zu bekommen. Er wollte seine Zeit nicht damit verschwenden, sich vorzustellen, wie es war, mit ihr zu schlafen. Er wollte es einfach tun und sich dann wieder voll und ganz auf Falcon International konzentrieren.

Tagtäglich kaufte er finanzschwache Firmen auf, stellte kompetente Manager ein und verkaufte die Firmen, sobald sie schwarze Zahlen schrieben. Er fühlte sich an diese Unternehmen emotional genauso wenig gebunden wie an die Frauen, mit denen er ausging. Alles in seinem Leben war kontrolliert, geplant und zeitlich begrenzt.

Wobei er den Zeitpunkt des Endes wählte.

Es war schon Jahre her, dass er sich so viel Zeit damit gelassen hatte, eine Frau zu verführen. Und noch länger war es her, dass er eine Frau so sehr begehrt hatte wie jetzt Jessie. Wenn er genauer darüber nachdachte, konnte er sich überhaupt nicht an einen solchen Fall erinnern. Und ihm fiel auch keine Frau ein, die ihm derart gut zuhörte, ohne ihm einfach nur imponieren zu wollen – vielleicht erklärte das seine unerhörte Geduld mit ihr.

Und die Tatsache, dass er überhaupt noch hier war.

Und so wahnsinnig erregt.

In den letzten Wochen hatte er, meist während der transatlantischen Telefongespräche, herausgefunden, dass sie viele gemeinsame Interessen hatten: alte Filme, japanisches und italienisches Essen, Skifahren. Weniger interessierte er sich fürs Fallschirmspringen oder Bungee-Jumping. Jessies Vorliebe für gefährliche Sportarten entsetzte ihn. Obwohl er nicht wusste, wieso, wollte er diese komplizierte Frau besser verstehen, und deshalb brachte er das Thema erneut zur Sprache.

„Ich kapiere deine Begeisterung einfach nicht", sagte er schließlich, nachdem sie ihm von einem kürzlichen Kletterausflug erzählt hatte. „Was genau findest du an der Gefahr so spannend?" Ihre Haut war so zart, ihre schlanken Hände sahen beinahe zerbrechlich aus. Er verkniff es sich, sie zu berühren. Er war kein typischer Händchenhalter. Er runzelte die Stirn. Selbst die Vorstellung, die Hand dieser Frau zu halten, war reizvoll.

„Alles." Ihre Augen sahen geheimnisvoll dunkel aus in dem schummrigen Licht. Ihr Blick wanderte wieder zum Nebentisch und dann zurück. Das Baby hämmerte mit einem Löffel auf das Tablett am Kinderstuhl.

„Ich schätze, es handelt sich um denselben Adrenalinschub, den du hast, wenn ... du weißt schon, wenn du eine Firma aufkaufst. Man hat dieses berauschende Gefühl, am Leben zu sein. Man kann das Gefühl von Macht verdoppeln. Ich fühle mich dann unbesiegbar..." Sie zuckte mit den schmalen Schultern. „Das ist schwer zu erklären. Warum kommst du das nächste Mal nicht einfach mit?" Sie warf ihm einen rätselhaften Blick zu, den er nicht recht ergründen konnte.

„Danke", sagte Joshua trocken und nahm einen Schluck Wein. „Ich bleibe lieber bei den Fusionen und Übernahmen. Dabei kann ich mir wenigstens nicht die Knochen brechen."

„Das habe ich zum Glück bisher auch noch nicht. Glaub mir, ich stehe nicht auf körperlichen Schmerz. Es geht nur um den Rausch."

„Du tust Dinge, die ganz klar die Gefahr bergen, dass du dich verletzt oder sogar stirbst. Und das gefällt mir nicht." Das gefiel ihm sogar ganz und gar nicht, wie er wütend erkannte.

„Ich bin immer sehr vorsichtig." Sie beobachtete ihn mit einem seltsamen Ausdruck in den dunklen Augen. „Bisher hat sich noch nie jemand Sorgen um mich gemacht." Ein schmerzliches Lächeln lag auf ihren Lippen, sie schaute auf ihre Lasagne und dann wieder in seine Augen. „Ich werde wahrscheinlich sowieso bald damit aufhören." Schon wieder blitzte etwas in ihrem Blick auf und war dann wieder verschwunden.

„Irgendwie bezweifle ich, dass jemand dich dazu bringen könnte, etwas zu tun, was du nicht tun willst." Seine Stimme war kühl.

Sie nahm das Weinglas in die Hand.

„Wenn die Gründe stimmen …", sie prostete ihm zu, „… wäre das schon möglich."

„Ich hasse diesen Mann!" Jessie knallte die Küchentür hinter sich zu und stürmte mit großen Schritten in Conrads und Archies Zimmer.

Conrad unterdrückte ein Grinsen. „Schon wieder ein gemütliches Abendessen?" Er faltete die Zeitung auf seinem Schoß zusammen.

„Brrr." Jessie begann, hin und her zu laufen. „Das ist kein bisschen lustig. Ich habe schon tausend Chancen verpasst, weil er immer wieder auf diesen verfluchten Geschäftsreisen ist. Verdammt! Und ich beginne ihn zu mögen!" Jessie ließ sich auf einen Polsterstuhl fallen und drückte sich ein Kissen an die Brust. „Ich will diesen verflixten Mann nicht mögen. Sieh mich nicht so an, Archie! Hör auf!" Sie schnitt eine Grimasse. „Wenn das so weitergeht, bin ich so alt wie eine Großmutter, bevor wir überhaupt mal so weit kommen."

Archie versuchte, sein Lächeln hinter einem Buch zu verstecken. Conrad hingegen gelang es, halbwegs interessiert zu wirken. „Guter Gott", sagte er. „Klingt ja fast so, als würdet ihr eine Beziehung aufbauen, bevor ihr miteinander in die Kiste steigt. Wie ungewöhnlich."

Jessie streckte ihm die Zunge raus. „Sehr komisch." Sie kickte die Schuhe von den Füßen und zog die Beine an. „Keiner von uns will eine Beziehung." Sie betonte das Wort, als ob sie von einer Seuche spräche. „Ich will nur, dass er zum richtigen Zeitpunkt am richtigen Ort ist, verdammt."

3. KAPITEL

Nebel hüllte Pier 39, das malerische Touristenmekka aus Geschäften und Restaurants an der Fisherman's Wharf, in einen unwirklichen Zauber. Jessie hakte sich bei Joshua unter und passte sich seinem Schritttempo an. Tropfen glitzerten in ihrem dunklen Haar wie flüssige Diamanten. Ihre Schritte hallten auf dem Holzsteg, als sie fröhlich zwischen den Kübeln mit bunten Frühjahrsblumen und den unvermeidlichen mit Kameras bepackten Touristen spazierten.

Jessie zog Joshua an der Hand. „Komm schon. Ich möchte die Robben sehen."

Sie beugte sich über das Geländer, um einen besseren Blick auf die Tiere zu haben, die sich auf speziell angefertigten Plattformen im Wasser rekelten. „Süß, oder?"

Joshua lachte. „Ja, wirklich süß." Er stellte den Kragen ihres knallroten Wollmantels auf. Seine Hände fühlten sich warm auf ihrer eisigen Haut an. „Du erfrierst ja." Er zog seinen eigenen Schal aus und packte Jessie bis zu den Augenbrauen ein. Sie kicherte. „Wie wäre es mit ein paar Litern heißem Kaffee?"

„Und Kuchen?"

„Und Kuchen."

Sie gingen jetzt schneller und fanden ein kleines, verstecktes Café, in dem es warm war und einladend duftete. Sie wählten einen winzigen Tisch mit Blick auf die Boote, mit denen Touristen auf die Insel Alcatraz schipperten, und bestellten Kaffee, noch bevor sie ihre Mäntel ausgezogen hatten.

„Hier gibt's nur etwa dreißig verschiedenen Kuchensorten. Wir könnten ein Stück von jedem bestellen", schlug Joshua vor, als Jessie sich in die Karte vertiefte. Sie streckte ihm die Zunge raus.

Joshuas Augen verdunkelten sich. „Ich kann mir viel interessantere Dinge vorstellen, die du mit deiner Zunge anstellen kannst."

„Schlimmer Junge." Sie lächelte den jungen Mann an, der in diesem Moment ihren Kaffee servierte und ihre weitere Bestellung aufnehmen wollte. Er fiel beinahe über den Tisch. Joshua seufzte. Jessie hatte diesen Effekt auf Männer jeder Altersklasse.

Nachdem sie den Kuchen bestellt und die Mäntel ausgezogen hatten, begannen sie ausführlich über die Ausstellung zu diskutieren, die sie eine Woche vorher zusammen besucht hatten, sprachen dann über Joshuas letzte Reise nach Japan und über den großen Auftrag, an dem Jessie gerade arbeitete, die Ausstattung eines kleinen Hotels in Marin.

Der Ober brachte den Kuchen und verschwand. Jessie griff nach der Gabel, legte sie dann aber wieder weg.

„Ich habe Angst, Conrad zu enttäuschen." Gedankenverloren begann sie, ihre Serviette in kleine Stücke zu reißen. „Die Leute, denen das Hotel gehört, besitzen auch ein kleines Weingut in Napa. Sie sind ziemlich einflussreich, wahrscheinlich werden sie Con eine Menge Aufträge erteilen, wenn ich meinen Job gut mache." Sie spielte mit den Serviettenschnipseln herum.

„Ich habe gesehen, was du kannst, Jessie. Du bist eine

großartige Innenarchitektin. Die können von Glück sprechen, dass du für sie arbeitest."

Sie errötete. „Wirklich?"

„Wirklich. Aber falls deine Bedenken dich davon abhalten, dein Zitronenbaiser zu essen, dann …"

„Finger weg!" Jessie zog den Teller näher an sich und nahm die Gabel wieder in die Hand. Lächelnd bot sie ihm ein Stück an. Er schloss die Lippen um ihre Gabel. Heute Abend würde sie unter ihm liegen. All die Leidenschaft, die er bisher unterdrückt hatte, würde explodieren, bis sie beide zu erschöpft waren, sich noch zu rühren.

„Danke." Er war so erregt, dass er schon befürchtete, vielleicht Fieber zu haben. Seit Monaten köchelte er vor sich hin. „Es gefällt mir, wie du zu essen genießt. Du isst so viel wie ein Footballspieler und hast die Figur einer Nymphe. Wo steckst du das alles nur hin?" Sein Blick wanderte über ihren schlanken Körper und blieb einen Moment an ihren kleinen Brüsten hängen.

„Nun, da jedenfalls offensichtlich nicht!" Jessie wurde rot. „Schau dir lieber die Babyrobben oder so was an. Ich kann nicht essen, wenn du mich anstarrst wie ein Löwe, der gerade eine Antilope verschlingen will."

„Hm. Weich, saftig und rosa."

Jessie verdrehte die Augen. Joshua rechnete damit, dass sie spätestens in einer Stunde das Café verlassen würden. Zu Hause hatte er eine exzellente Flasche Cristal kühl gestellt. Er riss sich zusammen. „Erzähl mir, was für ein hinreißendes Kind du warst."

"Ich war überhaupt kein hinreißendes Kind. Ich war ein hässliches, wildes Mädchen." Sie lächelte. "Es war gar nicht leicht für mich, Freunde zu finden. Meine Mutter und ich sind ständig umgezogen. Von Wohnung zu Wohnung, von Stadt zu Stadt, manchmal auch von Bundesstaat zu Bundesstaat. Ständig musste ich in eine andere Schule gehen."

"Militärdienst?"

"Schulden."

Er runzelte die Stirn. "Ihr wart arm."

"Ich schätze schon, obwohl ich das damals nicht wusste. Die Dinge waren einfach, wie sie waren."

"Und wann hast du diese Liebesbeziehung zum Essen begonnen?" Er konnte es kaum erwarten, endlich ihren gierigen kleinen Mund überall auf seinem Körper zu spüren. Sich Jessie im Bett vorzustellen war weitaus angenehmer als darüber nachzudenken, wie arm und bedürftig und einsam sie gewesen war. Aus irgendeinem Grund machte ihn dieser Gedanke wütend und … er fühlte sich verdammt noch mal einfach unbehaglich.

"Oh, das ist lange her. Ich habe mit sechs oder sieben gelernt zu kochen, weil ich sonst nichts zu essen bekommen hätte. Meine Mutter tendierte dazu, solche Nichtigkeiten zu vergessen. Einmal hatten wir einen wunderbaren italienischen Nachbarn, dem ich manchmal beim Kochen zusehen durfte. Schon im Treppenhaus roch es immer fantastisch." Sie schloss die Augen und atmete tief ein. "Knoblauch. Tomaten. Lecker. Heißes, selbst gebackenes Pizzabrot. Manchmal saß ich einfach auf dem Boden vor seiner Tür und habe geschnüffelt. Alleine der Geruch von Knoblauch reicht, und ich denke sofort an diese Zeit."

„Mein Gott, Jessie." Er hatte sie nie als Kind vor sich gesehen, nur als sinnliche Frau, die dazu geschaffen war, einen Mann im Bett glücklich zu machen.

Mit einer abwehrenden Handbewegung wischte sie sein Mitgefühl weg. „Ich muss dir nicht leidtun. Glaub mir, als Kind fand ich das alles total aufregend. Ich dachte, hungrig zu sein wäre normal. Und ich habe gelernt, wie man Spaghetti richtig kocht."

„Das ist Kindesmissbrauch."

„Von meiner Mutter? Nein, sie hat mir nie wehgetan. Sie hat mich nur …"

„… vernachlässigt." Himmel, kein Wunder, dass sie so aß. Es würde niemals genug Essen geben für das kleine Kind, das am Verhungern war. So erklärte sich auch, dass sie immer darauf bestand, die Reste einpacken zu lassen, selbst in den feinsten Restaurants.

„Das war alles ein wenig komplizierter." Jessie biss sich auf die Lippen und schwieg einen Moment. Ihre Blicke trafen sich. „Meine Mutter hat nebenbei als Prostituierte gearbeitet, damit wir über die Runden kamen. So. Jetzt ist es raus. Uff. Als Teenager habe ich sie dafür gehasst, für das, was sie getan hat, dafür, dass wir so leben mussten. Ich war ein Unfall, sie weiß nicht, wer mein Vater ist. Vor sechs Jahren ist sie gestorben. Ich kann ihren Lebensstil nicht gutheißen, aber ich habe sie geliebt." Ihre Augen wirkten ungewöhnlich düster. „Jetzt, wo sie nicht mehr da ist, vermisse ich sie irgendwie. Familie ist wichtig, Joshua. Ganz gleich, was passiert."

„Familie", wiederholte er leidenschaftslos und mit finsterem Blick. „Ich dachte schon, meine wäre schlimm, aber mit deiner Kindheit verglichen war meine ein Spaziergang."

„Erzähl mal. Du sprichst immer nur von Simon und deinem Cousin Paul the Playboy."

„Möchtest du noch ein Stück Kuchen?"

„Was glaubst du denn?" Sie winkte dem Ober zu, formte das Wort „Apfel" mit ihren Lippen und fixierte dann Joshua wieder mit ihren schokoladenbraunen Augen. „Verrate mir all die kleinen Familiengeheimnisse der Falcons."

„Kannst du in den Klatschblättern nachlesen. Da scheint wirklich alles drinzustehen."

„Die erfinden doch den ganzen Kram. Danke", sagte sie an den Ober gewandt, der mindestens die Hälfte des Kuchens für Jessie abgeschnitten hatte. „Oder sollte die Geschichte, dass du mit einer Außerirdischen ein Kind hast, doch wahr sein?"

Joshua grinste. „Das habe ich gar nicht mitbekommen."

„Es gab sogar ein Foto", nuschelte Jessie mit vollem Mund.

„Echt?"

„Mhm." Sie schluckte. „Keine Familienähnlichkeit. Nun erzähl schon."

Ich hätte so jemanden wie dich, Jessie Adams, gut in meinem Leben gebrauchen können. Wenn er zurückdachte, hatte er das Gefühl, immer schon gefühlskalt gewesen zu sein. „Ich bin überwiegend von unseren Angestellten aufgezogen worden, bis ich eines Tages in ein Internat verfrachtet wurde", sagte er kurz angebunden. Es war ihm unangenehm, jetzt selbst auf dem heißen Stuhl zu sitzen.

„Armer kleiner reicher Junge."

Joshua starrte sie einen Moment lang an, dann schüttelte er den Kopf. „Überhaupt nicht. Ich hatte alles, was ich brauchte."

„Nicht ganz. Ich wette, du hast deine Mutter vermisst."

„Ich habe sie nur vermisst, wenn ich zu Hause war. Weil sie immer irgendwo unterwegs war. Nein, was ich wirklich wollte, war eine Spielzeugeisenbahn", erklärte er, verärgert über ihre Fehleinschätzung. „Stattdessen wurde einmal um unser komplettes Anwesen eine Gleisanlage mit echter Bimmelbahn gebaut. Das war nicht gerade das, was ich mir für mein Zimmer vorgestellt hatte. Ich wollte natürlich immer das, was die ‚normalen' Kinder auch hatten. Ein Jo-Jo oder ein blaues Klappmesser oder eine braune Lederbomberjacke, wie sie der Sohn eines unserer Angestellten hatte. Ziemlich dumm von mir, denn ich hätte von meinem Taschengeld Hunderte davon kaufen können. Aber komischerweise war das nicht dasselbe. Schließlich ist mir klar geworden, dass das alles überhaupt keine Rolle spielt. Für mich wurde gut gesorgt, ich hatte eine hervorragende Schulbildung und habe schließlich auch gelernt, harte Arbeit zu schätzen. Ich wollte kein Stümper werden, sondern Verantwortung übernehmen."

„Ach, Joshua ..."

„Auf der anderen Seite, was ich jetzt wirklich gerne hätte, ist, dass du mit mir nach Hause kommst."

Jessie lächelte beinahe traurig. „Tut mir leid, Romeo. Schlechtes Timing."

„Verdammt."

„Das kannst du laut sagen. Wie wäre es mit einem weiteren Stück Kuchen?"

„Wann trefft ihr euch wieder?", fragte Archie.

„Heute Abend. Hört mal, Jungs. Verklärt die Situation nicht. Es geht hier schlicht und ergreifend um Sex." Nur dass es jedes Mal, wenn sie sich trafen, komplizierter wurde. Sie schüttelte den Kopf, als Archie ihr Kaffee nachschenken wollte. „Für mich keinen mehr, danke." Jessie stand auf und spülte die Tasse im Waschbecken aus. Dann trocknete sie sich die Hände ab und rief über die Schulter: „Wir gehen zu Noble's. Er sagt, es gäbe etwas Besonderes zu feiern."

„Valentinstag", erklärte Archie fröhlich.

„Er wird dich endlich ins Bett bekommen", sagte Conrad missmutig und fuhr sich mit den Fingern durch das blonde Haar.

„Nein, wird er nicht", entgegnete Jessie eisern und hängte das Handtuch wieder auf. „Da kann er sich auf den Kopf stellen, es wird nicht passieren." Dann lächelte sie. „Zumindest nicht in den nächsten zwei Wochen. Also brauche ich die gute Unterwäsche bis dahin nicht rauszusuchen."

„Du solltest besser losziehen und richtig aufregende

Unterwäsche besorgen." Archie zwinkerte ihr verschwörerisch zu.

Conrad ging zu Jessie und hob ihr Kinn. „Du solltest dir nicht eine Sekunde lang einbilden, dass der Eisklotz eine ehrbare Frau aus dir macht. Das wird nicht passieren. Du weißt es, wir wissen es, du kannst deinen süßen Hintern darauf verwetten, dass er nicht den geringsten Gedanken daran verschwendet. Ich wette, dieser Typ hat noch nie in seinem Leben Hackbraten gegessen."

„In diesem Fall bin ich eine ehrbare Frau. Nämlich seine. Zumindest so lange, bis ich geschieden bin. Ich will nicht, dass einer von uns sich verliebt, egal wer", rief ihm Jessie in Erinnerung. „Ich will nur mein Kind." Und mit heilem Herzen aus dieser Geschichte herauskommen.

„Dann, meine Liebe, schlage ich vor, dass du keine Unterwäsche kaufen gehst", sagte Conrad mit weicherem Ton, „sondern noch mal die Presseartikel über Falcon liest, bevor du deine Temperatur misst."

Joshua schenkte ihr zum Valentinstag rosa Diamanten. Sie saßen an einem von Kerzen beleuchteten Tisch bei Noble's. Joshua beobachtete ihre Reaktion.

„Vielen Dank, Joshua. Sie sind wunderschön. Aber ich möchte nicht, dass du mir Geschenke machst." Wieder lag dieser unergründliche Blick in ihren Augen.

„Magst du keine Ohrringe?", fragte er sarkastisch, weil ganz klar war, wie sehr ihr der Schmuck gefiel.

Jedes Geschenk, das er Jessie machte, war eine Art

Test. Sie konnte schließlich nicht jedes ablehnen. Und sich auch nicht jedes Mal so aufrichtig freuen. Niemand war so gut. Er musste dafür sorgen, dass seine Gefühle für sie wieder auf ein akzeptables Niveau fielen.

„Ich liebe Ohrringe, je größer, desto besser. Und diese sind absolut fantastisch." Sie berührte einen der großen, pinkfarbenen Tropfen. „Was sind das für Steine?"

„Diamanten."

Jessie errötete, am liebsten hätte er sie berührt. Er stellte sich vor, wie er seine Lippen an der Hitze ihrer Wangen wärmte.

„Ich meine die rosa Steine."

„Diamanten", wiederholte er.

„Diamanten." Jessie wurde blass. „O mein Gott. Joshua! Die müssen ja … die sind riesig!"

„Fünf Karat." Er hatte seine Sekretärin wie immer aufgefordert, die Rechnung in der Schachtel zu lassen. Vermutlich würde er die Ohrringe noch einmal zu sehen bekommen, bevor sie dann irgendwo angeblich verloren wurden.

„Bitte, ich finde sie toll, aber ich kann sie nicht annehmen." Sie riss sich einen der Ohrringe ab. „Ich mag großen, glänzenden Modeschmuck. Ich würde ja durchdrehen, wenn ich die verlieren würde." Sie legte den Ohrring so vorsichtig auf den Tisch, als ob er zerbrechlich wäre. Joshua nahm ihn und steckte ihn wieder an ihr Ohr. „Behalte sie. Sie sind versichert." Gespräch beendet.

Sie saßen nebeneinander, er spürte die Wärme ihres Schenkels. Sie trug ihr Haar zu einem sexy Knoten zusammengefasst. Die rosa Diamanten schimmerten und malten Regenbogenprismen auf ihre zarten Wangen. Das Kerzenlicht tanzte in ihren Augen, während sie die Paare beobachtete, die sich langsam auf der winzigen Tanzfläche bewegten. Die rosa Jacke knisterte, als sie sich bewegte und ihn fragend anblickte.

„Du brauchst gar nicht zu fragen", murmelte er heiser; sein Atem ließ eine ihrer lockigen Strähnen flattern. Er hatte nicht vor, noch einmal mit ihr zu tanzen, bevor er seinen Hunger auf sie nicht im Bett gestillt hatte. Denn im Moment war er eine tickende Zeitbombe. „Wenn ich dich jetzt im Arm halte, bleibt mir nichts anderes übrig, als dich hier auf dem Boden zu nehmen. Hart und schnell."

Sie lächelte dieses verflucht aufregende rätselhafte Lächeln, das die Neuronen in seinem Hirn immer derart unter Strom setzte, dass seine Muskeln zu zucken begannen.

„Ich will dich", murmelte er. „Sofort." Er hielt ihre Hand fest, als sie sich etwas zurücklehnen wollte. „Du hast mich länger hingehalten als jede Frau zuvor."

Der warme Schein der Kerze flackerte auf ihrem Gesicht, tauchte es in goldenes Licht und ließ ihre dunklen Augen strahlen. Er richtete seinen Blick auf ihren feucht schimmernden Mund. Mit der Zunge fuhr sie sich über die Unterlippe. Joshua unterdrückte ein Stöhnen. Sie beugte sich nach vorne und legte die Ellbogen auf den Tisch. Dabei verschob sich ihr Dekolleté so, dass er die weichen Rundungen ihrer Brüste sehen konnte. Er riss sich von dem Anblick los, und sie gab einen tiefen, kehligen Laut von sich.

„Ich schätze, du mischst dieses Zeugs unter mein Essen." Sie sprach so leise, dass er sie kaum verstehen konnte. „Ich habe mich noch nie in meinem Leben so gefühlt."

Joshua räusperte sich. „Was für Zeugs?"

Jessies Augen schimmerten feucht, sie errötete tief. „Spanische Fliege."

Joshua glaubte, explodieren zu müssen. „Die Spanische Fliege wird in Wahrheit aus den Knochen von Käfern hergestellt."

Sie zog eine Grimasse.

Joshua musste sich das Lachen verkneifen. „Das juckt ein bisschen, gut, aber man braucht es nicht, um Sex zu haben." Falls überhaupt möglich, errötete sie noch tiefer und gab ein kleines, verlegenes Stöhnen von sich. Sein Körper vibrierte vor Begehren. „Wir beide haben einfach eine Überdosis der guten alten Lust abbekommen." Er hob sein Glas. „Auf alles Neue!"

„Auf alles Neue." Jessie prostete ihm zu und lächelte strahlend. Dann aß sie fröhlich ihre Garnelen auf.

Inzwischen hatten sich noch mehr Strähnen aus ihrem Knoten gelöst und sich in den Ohrringen verhakt. Er befreite sie und ließ dann die Hand in ihrem Nacken verweilen. „Du weißt doch, dass wir miteinander schlafen werden, Jessie. Ich war weiß Gott sehr geduldig und habe lange genug gewartet. Aber das werde ich nicht länger tun. Ich bin kein Mann, der ewig auf egal was wartet. Ich will jetzt eine Antwort von dir."

Jessie legte eine Hand auf ihre Tasche, etwas, was sie

oft tat, als ob es sich um einen Talisman handelte. „Du hast mir keine Frage gestellt."

„Dann frage ich jetzt."

„Ich bin mir nicht ganz sicher, was."

Er zog ein gefaltetes Dokument aus der Hemdtasche und schob es über den Tisch. „Ich möchte, dass du meine Geliebte wirst, Jessie." Seine Stimme wurde eine Oktave dunkler, seine Augen blitzten, als er ihren Mund beobachtete. Zögernd nahm sie das Papier, trank einen Schluck Wasser. „Was ist das?"

„Ein Vertrag. Eine rechtskräftige, verbindliche Vereinbarung." Sein stechender Blick erinnerte sie an den eines Raubvogels. „Lies es."

„Ich hätte es lieber, wenn du mir eine kurze Zusammenfassung gibst." Unter dem Tisch ballte sie die Fäuste. Ein Vertrag! Dieser Bastard. Und sie hatte schon Schuldgefühle gehabt, weil sie so kaltblütig vorging.

„Ab heute bis zum Jahresende bist du meine Geliebte", sagte er ausdruckslos. „Ich zahle deine Miete. Kaufe deine Kleider. Dafür gibst du mir für diese Zeit exklusive Rechte." Ganz klassisch. Seine Treue wurde gar nicht erwähnt.

Sie erinnerte sich an Frankie, einen Fünfzehnjährigen, in den sie einmal wahnsinnig verliebt war. Als sie versuchte, ihn zu küssen, hatte er sie als Nutte beschimpft, sie sei genau wie ihre Mutter. Drei Kinder hatten einschreiten müssen, um ihn von ihr zu befreien. Sie hatte ihm die Nase gebrochen und ihm ein blaues Auge verpasst. Jetzt fragte sie sich, wie viele Leute wohl nötig wären, um sie von Falcon loszureißen.

„Du willst mich doch genauso wie ich dich."

Ja. Und wenn ich schon vor Monaten mit dir geschlafen hätte, würde das jetzt nicht so wehtun. „Und ich kann dir gar nicht sagen, wie leid mir das tut."

„Du musst dich nicht dafür entschuldigen, dass du mich willst, Jessie. Du bist eine erfahrene Frau. Du kennst das Spiel. Du willst mich, und ich will dich. Ich kann ein sehr großzügiger Liebhaber sein." Er berührte einen Ohrring, der gegen ihren Hals strich und ihr einen kalten Schauer über den Rücken jagte. „Ich werde dir jeden Wunsch erfüllen."

Sie versuchte, sich zu beruhigen, und holte tief Luft. „Du willst, dass ich einen Vertrag unterschreibe." Das war nicht als Frage gemeint.

„Was hast du erwartet?", fragte er ungerührt. „Einen Handschlag, ein Gentlemen's Agreement?"

Jessies Lachen klang spröde, auch in ihren eigenen Ohren. „Ich kann dir sagen, warum das nicht möglich ist. Weil keiner von uns beiden ein Gentleman ist." Sie zögerte. „Was passiert, wenn meine Zeit abgelaufen ist?", fragte sie mit belegter Stimme. „Soll ich einfach verschwinden, sozusagen auf dem großen Friedhof begraben werden wie deine anderen Geliebten?"

Joshua sah sie nur an. Er war so verdammt kalt. Zornig gab sie ihm das Papier zurück. „Ich enttäusche dich nur ungern, Joshua, aber nicht jede Frau findet dich unwiderstehlich. Ich habe gedacht, ich könnte das hier tun, aber nein, danke."

Das war zu unpersönlich, zu kalkuliert. Sie hatte wirklich geglaubt, dass sie damit umgehen könnte, aber sie hatte sich geirrt. Sehr geirrt. Fällt dir ziemlich früh ein, Jessie, dachte sie höhnisch.

„Ich will mehr als das. Ich verdiene mehr als das."

„Zehntausend im Monat."

„W...Wie bitte?"

„Zehntausend im Monat, steuerfrei. Die Wohnung und die Klamotten. Und ein Auto."

Jessie biss die Zähne zusammen. „Ich habe nicht von Geld gespr..."

„Zwölftausend. Das ist mein letztes Angebot."

Schwarze Flecken tanzten vor ihren Augen. „Du kannst dieses Papier nehmen und es dir in den ..."

Sie schnappte ihre Tasche und sprang auf. Er packte sie am Handgelenk, als sie versuchte, an ihm vorbeizugehen. Mit der anderen Hand hielt er ihr den Vertrag hin. „Nimm ihn. Lies ihn. Ich gebe dir zwei Wochen Zeit, dich zu entscheiden."

Jessie starrte auf ihn hinunter, ihr Atem ging hastig. „Eine meiner besten Eigenschaften", sagte sie kühl und riss die Hand weg, „ist, dass ich mich immer schnell entscheide. Du bist ein selbstgerechter Bastard, und ich bin unendlich froh, dass ich nicht mit dir geschlafen habe. Du kalter, arroganter ..." Ihr Herz schlug so schnell, dass sie befürchtete, ohnmächtig zu werden. „... Trottel."

Sie musste hier raus. Jetzt. Mit kalten Händen nahm sie das Papier, faltete es klein zusammen und rollte es dann zu einem Röhrchen. „Hier." Sie drückte es an seine Brust. „Das entspricht ungefähr deiner Größe."

Der Vertrag fiel in seinen Schoß. Er hielt ihr Handgelenk schmerzhaft umklammert. „Jessie …"

Sie machte sich los, zog die Ohrringe ab, legte sie vorsichtig neben seine Kaffeetasse und lief eilig aus dem Restaurant.

Verflucht noch mal. Konnte dieser Mann denn gar nichts richtig machen? An jedem ihrer fruchtbaren Tage im Januar war er nicht in der Stadt gewesen. Auch im Februar nicht. In ein paar Wochen hätten alle Signale auf Grün gestanden, und mit etwas Glück wären sie dann auch mal zur selben Zeit am selben Ort gewesen.

Aber nein. Stattdessen hatte er sie so dermaßen in Rage gebracht, dass sie ihm beinahe seine arrogante Nase gebrochen hätte. Jessie hätte sich vor Ekel am liebsten übergeben.

Sie fuhr durch die Toreinfahrt. Das war ein typischer Fall von: Überleg dir gut, worum du bittest, es könnte dir erfüllt werden. Und, Himmel, sie hatte tatsächlich darum gebeten. Ein eisiger Wind fegte um ihr Auto. Jessie starrte mit stumpfem Blick auf ihr Cottage. Dann wurde der Schmerz in ihrer Brust so groß, dass sie die Stirn aufs Lenkrad legte und die Augen schloss.

Sie war schon so nah dran gewesen. So verdammt nah dran. Tränen der Wut und Enttäuschung tropften unter ihren geschlossenen Lidern hervor. Sie hämmerte mit der Faust aufs Lenkrad. „Ich will ein Baby." Ihre Stimme brach und sie schlug erneut drauf los. „Du hast mir versprochen, mir meinen Herzenswunsch zu erfüllen. Du schuldest mir mein Baby, du Mistkerl."

Jessie hob den Kopf und schaute in die Dunkelheit,

auf die schaukelnden Baumwipfel neben ihrer Hütte. Joshua Falcon ging an eine menschliche Beziehung genauso heran wie an ein Geschäft. Warum hatte sie das überrascht? Für ihn war das ein und dasselbe.

Sie hatte noch zwei Wochen Zeit, sich wieder zu beruhigen. Ich werde an meinem ersten fruchtbaren Tag zu ihm gehen, dachte sie wütend und knirschte mit den Zähnen.

Ich werde ihn verführen.

Wenn ich ihn nicht vorher umbringe.

4. KAPITEL

Jessie drückte auf die verzierte Klingel an der Tür von Joshuas Eigentumswohnung in San Francisco. Er hatte erwähnt, dass er nur selten unter der Woche zu Hause war und lieber in seinem Penthouse im Falcon Building blieb, statt die vierzig Minuten zu seinem Haus außerhalb der Stadt zu fahren.

Sie hatte ihre Kleidung mit Bedacht gewählt. Sie trug ein moosgrünes Wildlederkostüm mit kurzem Rock, das ihre wenigen Rundungen vorteilhaft zur Geltung brachte, und Pumps in derselben Farbe. Ihr Haar hatte sie mit Kämmen nach hinten gesteckt, wo es in wilden Locken über ihre Schultern fiel. An den Ohren baumelten Glücksklee-Ohrringe. Außerdem hatte sie die Scheidungspapiere in die Handtasche gepackt, sie war also hervorragend vorbereitet.

Ihr Herz schlug laut, als sie Schritte hörte. Die Tür wurde geöffnet. Joshua betrachtete sie ausdruckslos, sein schöner Mund sah streng aus.

Jessie rutschte das Herz in die Hose, zumindest bis ihr auffiel, dass sein Blick auf ihren Mund fixiert war. Dann trafen sich ihre Blicke für einen Moment. Sofort schoss ihre Körpertemperatur in die Höhe.

„Du hast dir ganz schön viel Zeit gelassen." Er stieß die Tür weiter auf. Ohne abzuwarten, ob sie ihm folgte, drehte er sich um und schlenderte durch die große Marmorhalle und verschwand in einem Zimmer. Er überließ es Jessie, die Tür zu schließen und ihm nachzugehen.

Das Wohnzimmer war teuer eingerichtet und hatte einen atemberaubenden Blick auf die Stadt und die beleuchtete Golden-Gate-Brücke. Tagsüber musste die Aussicht geradezu spektakulär sein. In dem schwarzen Granitkamin zwischen den großen Fenstern prasselte ein Feuer. Auf dem riesigen Tisch aus Granit und Chrom lagen Papiere und Akten verstreut. Ein Teller mit nicht angerührten Sandwiches war zur Seite geschoben und durch ein Telefon und Notizbuch ersetzt worden. Joshua stand vor einer eingebauten Bar. Als sie über den dicken Teppich lief, drehte er sich um. „Weißwein?"

„Ich hätte lieber eine Cola."

Er füllte Eis in ein Glas und schenkte ihr ein. Beide schienen sie fasziniert von dem sich bildenden Schaum zu sein.

„Danke." Jessie nahm das Glas und freute sich darüber, wie kühl ihre Stimme klang. Wie unglaublich wohlerzogen wir doch sind.

Unaufgefordert setzte sie sich, das Glas fest in beiden Händen. Das Leder passte sich schnell ihrer Körpertemperatur an. Es war viel zu bequem. Sie rückte nach vorne an den Rand, während Joshua sich auf das Sofa ihr gegenüber setzte und sie durch halb geschlossene Lider beobachtete.

Mit geübten Augen schaute Jessie durch den großen Raum. Alles hier war technisch betrachtet absolut in Ordnung. Die Gemälde und Skulpturen waren teuer und von diskreten Lichtern gut beleuchtet. Der rotweinfarbene Teppich mit schwarz-weißem Rand erstreckte sich über den riesigen Raum bis zu den Fenstern. Die steif und korrekt zusammengebundenen Vorhänge passten zum Teppich. Niemand konnte in dieses Fenster im zweiundzwanzigsten Stock über der Stadt blicken. Drei butterweiche schwarze Ledersofas formten ein U vor dem Kamin und den beiden Fenstern mit dieser unglaublichen Aussicht auf die Lichter der Stadt.

Aber es war nicht das geringste Leben in diesem Raum.

„Conrad hat seinen Job hervorragend gemacht, aber wer auch immer für die Dekoration zuständig war, muss ein Androide gewesen sein." Conrad hatte architektonisch offenbar völlig freie Hand gehabt, unbegrenzte finanzielle Möglichkeiten und einen Klienten, der sich für das Projekt erst interessierte, nachdem es fertiggestellt war. Leider Gottes hatte Joshua dem Innenausstatter dieselben Freiheiten zugestanden.

Jessie war es wichtig, ihre Kunden von Anfang an in den Prozess mit einzubeziehen. Für sie war es wichtig, dass die Kunden mehr als nur ihr Geld investierten. Denn wenn sie mit einem Haus fertig war, sollte daraus ein Heim geworden sein. Geprägt von der Persönlichkeit ihrer Kunden.

Joshua zog wegen ihres Androiden-Kommentars eine Augenbraue in die Höhe. „Es handelt sich hier um eine Geschäftswohnung." Er blickte sich nicht um. Seine Aufmerksamkeit war hundertprozentig auf Jessie gerichtet. „Ich bin absolut zufrieden damit."

Sie sprachen doch von der Einrichtung ... oder nicht?
„Ich wollte dich nicht stören." Sie hob das Kinn, in der

Absicht, genau das zu tun – diesen Mann aus Eis zu stören, bis er endlich schmolz. Falls sie ihm vorher nicht körperliche Gewalt antat. Sie sah ihn durch ihre langen Wimpern hindurch an.

Sein Blick konnte einem Frostbeulen bescheren. Das war wohl der Grund, warum man ihn Eisklotz nannte. Sein Gesichtsausdruck hatte sich nicht im Geringsten verändert, seit sie ins Zimmer gekommen war. Innerlich musste sie lächeln, weil sie wusste, dass unter dieser harten, rauen Schale der wahre Joshua Falcon versteckt war. Sie würde das dicke Eis zum Schmelzen bringen, damit die darunterliegende Lava zum Vorschein kam. Selbstverständlich nur so viel, dass sie sich daran nicht verbrennen konnte, aber genug, um Joshua am Kochen zu halten, bis sie hatte, was sie wollte. Dann konnte er gerne wieder einfrieren.

„Du störst mich, seit ich dich das erste Mal gesehen habe, Jessie", bekannte Joshua trocken. „Du solltest besser hier sein, um Ja zu sagen. Wenn nicht, dann scher dich sofort zum Teufel." Seine Stimme klang tief und grob.

Er sah sie an – oh, doch nicht mehr so kalt –, und er musterte ihren Körper, als ob sie nackt wäre. „Ich warte nicht eine Sekunde länger auf dich."

„Nein?" Ihre Wangen röteten sich, als sie versuchte, ihren Atem unter Kontrolle zu bekommen. Sie bedeckte den heftig schlagenden Puls an ihrem Hals mit der Hand. Solange er sie so ansah, fiel es ihr schwer, nicht zu vergessen, dass sie diejenige war, die die Richtung bestimmte. Ihre Brustwarzen richteten sich auf und drückten gegen den BH, ihre Haut fühlte sich an wie nach einem Sonnenbrand.

Ihre Blicke verhakten sich ineinander, während sie das Glas an die Lippen hob.

„Wieso bist du gekommen?" Sie sah, dass er hart schluckte, doch er blinzelte nicht einmal, während er sie betrachtete. Er hatte den hypnotisierenden Blick einer Schlange. Ich werde dich bekommen, sagte dieser Blick. Ich werde dich von Kopf bis Fuß verschlingen. Ich beginne bei dem rasenden Puls an deinem Hals und arbeite mich langsam nach unten vor.

Dumme Fantasie. Pure Wunschvorstellung.

Jessie hörte ihr Herz laut schlagen. Beruhige dich, Mädchen. Für Joshua war das alles hier rein geschäftlich und körperlich. Das durfte sie nie vergessen.

Na und? Für sie war es doch genauso, oder etwa nicht?

Warum aber schlug ihr Herz dann viel zu schnell? Und wieso waren ihre Handflächen feucht? Und warum schmerzten ihre Brustwarzen vor Sehnsucht? Und warum, Gott helfe ihr, konnte sie spüren, wie ihr Höschen nass wurde?

„Du hast mir zwei Wochen gegeben, Joshua", entgegnete sie sanft, *und das Timing ist perfekt*. Sie schlug die Beine übereinander und bemerkte, dass er sein Glas fester umklammerte, als seine Augen ihrer Bewegung folgten.

„Hast du deine Meinung geändert?" Sie hielt die Luft an, als sie seine Antwort abwartete. Es dauerte, bis sie kam.

„Nein. Aber ich bin schon neugierig zu erfahren, warum du deine geändert hast."

Jessie zuckte mit den Schultern, wobei ihre Brustwarzen gegen den Stoff des BHs rieben, was ihr einen Schauer durch den Körper jagte. Sie schluckte schwer und kämpfte dagegen an, wegzusehen. Wie hatte sie jemals glauben können, sein Blick wäre kalt? Er glühte, heiß und klar. Sie schluckte erneut und sagte so ruhig es ging: „Das ist das Vorrecht der Frau."

„Ich bin aber noch immer ein … als was hast du mich so treffend bezeichnet? Als einen selbstgefälligen Bastard?"

„Und einen kalten, arroganten Trottel", half Jessie freundlich nach. „Aber ich bin trotzdem hier."

„Warum?"

„Ich bin wahnsinnig in dich verliebt." Wahnsinnig in die Vorstellung verliebt, schwanger aus diesem Raum zu gehen.

„Das solltest du nicht." Seine Stimme war eiskalt, im Gegensatz zu seinen Augen.

Jessie blickte ihn groß an. „Okay, ich bin nicht wahnsinnig in dich verliebt." Und ich habe vor, auch nichts daran zu ändern. Eine Frau müsste verrückt sein, sich für ihn so verletzlich zu machen. Nur die Tatsache, dass sie unbedingt ein Kind von diesem Mann wollte, hinderte sie daran, so schnell sie nur konnte wegzulaufen und ihm die Scheidungspapiere von Timbuktu aus zuzuschicken.

Sie musste sich ihm nähern.

Sie wollte dieses Baby.

Niemand würde dabei verletzt werden.

Joshua bekam, was er wollte.

Sie bekam, was sie brauchte.

Und außerdem war nicht zu leugnen, dass sie sich voneinander angezogen fühlten.

„Hast du jemals geliebt?", fragte sie neugierig, weil sie wissen wollte, ob einmal eine Frau sein Herz gebrochen hatte.

„Ich liebe meine Arbeit."

„Das ist nicht dasselbe."

„Es ist alles, was ich brauche", sagte er knapp. „Können wir jetzt weitermachen?" Er blickte sie durchdringend an, stand dann auf und durchquerte den Raum. Er zog eine Schublade auf und kam mit einem zerknitterten Papier zurück. „Bist du deshalb gekommen, Jessie?" Er fixierte ihren Mund und ließ dann seinen Blick sanft wie ein Streicheln zu ihren Augen wandern. „Um das hier zu unterschreiben?"

Jessie hielt den Blickkontakt. Heiß war es in dem Zimmer. Sie wünschte, er würde ein Fenster öffnen oder das Feuer löschen … oder sie anfassen. Warum nur hatte sie plötzlich dieses Bedürfnis, ihn zu berühren? Diese strengen Lippen zu küssen? Mit den Fingern durch sein sorgfältig gekämmtes Haar zu fahren? Sie ballte die Hände zu Fäusten. Was hatte er gefragt? Der Vertrag. „Ehrlich gesagt, nein."

„Was willst du dann verdammt noch mal hier?" Joshua warf den zerknitterten Vertrag auf den Tisch.

Jessie atmete tief ein und sagte ruhig: „Ich werde diesen Vertrag nicht unterschreiben, aber ich werde mit dir schlafen." Jetzt. Sofort. Bald? O bitte, bald.

„Ich werde dich nicht heiraten."

Jessie hob eine Augenbraue. „Wer hat dich darum gebeten?" Sie machte eine abwehrende Handbewegung. „Ich habe nicht den Wunsch, zu heiraten. Wir können miteinander schlafen, bis ich …" Mein Kind empfangen habe. „Bis wir genug voneinander haben. Ein paar Tage oder Wochen …" Sie zuckte mit den Schultern. Schon wieder sorgte diese Bewegung dafür, dass ihre Brustwarzen am Stoff ihres BHs kratzten. Diesmal konnte sie nicht verhindern, dass sie erschauderte.

„Ein Jahr."

„Zu langfristig für mich."

„Langfristig?" In seinem Gesicht begann ein Muskel zu zucken. „Zwölf Monate?"

„Das ist sogar viel zu lang." Jessies Lachen klang leichtfertig, ein wenig spöttisch. „Davon abgesehen wissen wir beide, dass so ein Vertrag vor Gericht sowieso niemals Bestand hätte."

Das ließ er gelten. Er warf ihr einen glühenden Blick zu. „Möchtest du nicht wenigstens die Regeln wissen?"

Jessie nahm einen Schluck. „Nein." Vorfreude schoss durch ihre Adern, heizte ihren Körper so auf, dass es nicht leicht war, die kühle Fassade aufrechtzuerhalten. Nachdem der schwere Teil nun hinter ihr lag, sollte sie sich eigentlich etwas entspannen können. Stattdessen waren ihre Nerven zum Zerreißen gespannt. Er wollte sie noch genauso sehr wie vorher.

Trotz der Cola war ihr Mund trocken, sie fuhr sich mit der Zunge über die Lippen. Sein Blick verharrte auf ihrem Mund, die Augen hatte er halb geschlossen. Jessie spürte diesen Blick überall auf ihrem Körper.

„Warum tust du das, Jessie?"

„Ich habe dir doch gesagt, dass ich wahnsinnig in dich ver…"

Joshua streichelte ihr ein wenig verärgert durchs Haar. „Herrgott, du bist nicht in mich verliebt!"

Vor Lust wie betrunken begann Jessie ihren Triumph zu genießen. „Ach ja, ganz vergessen. Ich bin keinesfalls in dich verliebt." Sie unterdrückte ein Lachen und streichelte sein Knie. Adrenalin schoss durch ihren Körper, ihre Haut schien zu summen. Sie mochte das Gefühl, wie der Stoff ihres BHs gegen ihre Brustwarzen rieb, und sehnte sich danach, Joshuas Lippen dort zu spüren. Heiß und feucht …

„Ich habe in einer Stunde eine Verabredung zum Abendessen", erklärte sie ihm beiläufig. „Gibt es noch etwas, das ich wissen müsste, bevor ich gehe?"

Er mahlte mit dem Kiefer. Volltreffer.

„Der Vertrag sollte eigentlich zwölf Monate dauern. Vom 1. Januar bis zum 23. Dezember. Jetzt ist März. Wir haben Zeit verloren."

Hey, nicht meine Schuld. Jessie schaute in ihr Glas. Wenn er nicht in den entscheidenden Augenblicken immer auf Geschäftsreise gewesen wäre, müssten sie dieses Gespräch jetzt gar nicht führen. Stattdessen könnte sie schon längst zu Hause die Füße auf den Tisch legen und was Hübsches stricken.

„Verdammt, wir haben zwei Monate verpasst. Keine Verlängerung wegen guter Führung?", fragte Jessie ein klein wenig bissig. Sie wünschte nur, er würde endlich aufhören zu reden und sie berühren. Sie war zwar nicht in ihn verliebt, aber sie begehrte ihn. Wer hätte gedacht, dass Lust so übermächtig sein konnte? So überwältigend?

Sie grub die Finger in das weiche Leder, schlug die Beine übereinander und stellte sie dann wieder gerade. Mein Gott, so etwas hatte sie noch nie zuvor erlebt. Das konnte nicht normal sein. Er hatte sie noch nicht mal berührt, doch ihr ganzer Körper stand in Flammen. Sie versuchte, sich zu konzentrieren. „Was, wenn du ihn verlängern willst?"

„Das werde ich nicht", entgegnete er schonungslos. „Durch diese Vereinbarung haben wir beide exklusive Rechte. Wir werden in dieser Zeit niemanden sonst treffen. Also vergiss deine Verabredung für heute Abend", sagte er mit harter Stimme.

„Gut." Sie wollte seine Hände auf ihrer nackten Haut spüren, auf ihren fieberheißen Brüsten, auf ihren schmerzenden Brustwarzen. Sie wollte seinen Mund spüren … überall. Hitze stieg ihr in die Wangen, sie unterdrückte ein Stöhnen. Was sagte sie da …? „Solange du einverstanden bist, dass ich dich auch nicht teilen werde."

Ein bösartiges Funkeln war in seinen Augen. „Eifersüchtig, Jessie?"

„Nein", entgegnete sie fest, trank den Rest der Cola und stellte das leere Glas auf den Tisch. „Nur anspruchsvoll. Ich möchte sicher sein, dass wir beide uns ganz genau verstehen. Ich werde dich nicht betrügen, und ich erwarte dasselbe von dir. Ein Ausrutscher, und ich betrachte unsere Vereinbarung als hinfällig."

Ihr Blick war ruhig, ihr Puls drehte fast durch.

„Ich kümmere mich um die Verhütung."

„Darum habe ich mich bereits gekümmert", sagte Jessie leise.

„Schön. Ich habe eine Wohnung im Sunset District. Ich möchte, dass du umgehend dort einziehst."

„Nein, danke. Ich habe ein wunderbares Cottage, in dem sich auch mein Studio befindet. Ich werde nicht mein ganzes Leben wegen der paar Monate umkrempeln."

Ein einziges Mal, dachte Jessie sehnsuchtsvoll. Ein einziges Mal sollte reichen.

Die Atmosphäre in dem Raum knisterte vor erotischer Spannung. Er beugte sich nach vorne, legte die Ellbogen auf die Knie und betrachtete sie beinahe träge. Er hatte den aufregendsten Mund der Welt. Sie legte zwei Finger auf ihre Lippen. In seiner Wange begann ein Muskel zu zucken.

„Ich werde dort nicht mit dir schlafen. Nicht unter Archies und Conrads fürsorglichem Blick. Du wirst dahin kommen müssen, wo ich gerade bin."

Jessie salutierte zackig. „Jawohl, Sir." Sie musste sich zwingen, nicht frustriert aufzuschreien. Beeil dich, um Himmels willen, ich verbrenne innerlich!

„Ehrlich gesagt schlafe ich nicht gerne mit Frauen in meinem Bett. Wenn der Wecker klingelt, wird Barlow dich nach Hause bringen."

„Wham-bam, thank you Ma'am?" Ja! Wham-bam

ist okay. Und zwar am besten innerhalb der nächsten zehn Sekunden.

„Du hast die Wahl."

Jessie seufzte. „Um wie viel Uhr werde ich aufstehen müssen, um nach Hause zu gehen?"

„Um drei."

„Drei Uhr morgens."

„Du hast die Wahl."

„Das erwähntest du bereits. Gut. Drei Uhr morgens."

„Ich akzeptiere, dass du in deinem Cottage bleibst, solange du immer verfügbar bist, wenn ich dich brauche."

„Ich bezweifle ernsthaft, dass du jemals jemanden brauchen wirst, Joshua." *Und wenn wir in diesem Tempo weitermachen, muss ich noch einen Monat warten, bis irgendwas passiert, in welchem Fall ich vermutlich durchdrehen werde.*

„Mach dir bloß keine romantischen Vorstellungen von wegen Liebe", sagte er kühl. „Das hier ist schlicht und ergreifend eine geschäftliche Vereinbarung."

„So sieht es aus. Ich habe noch nie jemanden getroffen, der seine Gefühle so fest im Griff hat. Kein Wunder, dass du Eisklotz genannt wirst." Jessie fragte sich, wie er wohl reagieren würde, wenn sie ihn einfach am Kragen packte und zu Boden riss.

„Es ist nicht nötig, dass du mich verstehst. Ich will nichts anderes als ein beiderseitig befriedigendes sexuelles Arrangement."

Jessie hätte am liebsten die Arme nach oben gerissen. Man könnte diesem Mann leicht glauben, dass er vollkommen hart und kalt war – wenn man seine Augen nicht sehen würde, die so heiß waren wie Laserstrahlen. Seine Selbstkontrolle war absolut phänomenal. „Ich würde mich etwas besser fühlen, wenn du wenigstens ein Mindestmaß an Emotionen zeigen würdest. Ich bin hier schließlich nicht die Einzige, deren Hormone durchdrehen, wenn wir zusammen sind. Fühlst du denn überhaupt nichts?" Sie bekam langsam eindeutig kalte Füße. O Gott. Was hatte sie sich nur dabei gedacht?

„Was dich betrifft fühle ich etwas verdammt Primitives."

„Was du allerdings nicht zeigst", stichelte Jessie.

„Wenn ich die Kontrolle verlieren würde, wärst du eine Woche lang nicht in der Lage zu laufen."

Jessie war fest entschlossen, es diesem kaltherzigen Mann zu zeigen. Beinahe hätte sie sich erwartungsvoll die Hände gerieben, doch sie zwang sich, sich weiterhin locker und lässig zu verhalten. „Dann lass mich das Ganze noch einmal zusammenfassen, damit wir beide wissen, wo wir stehen. Solange es dauert, sind wir uns treu. Wir werden in deiner Wohnung miteinander schlafen, und der Chauffeur wird mich morgens um drei nach Hause bringen. Ist das so in etwa richtig?", fragte Jessie gleichgültig, denn das würde sowieso höchstens zweimal der Fall sein. „Hauptsache, ich muss nicht die passenden Farben tragen." Sie blickte sich in dem schwarzen, burgunder- und silberfarbenen Zimmer um.

„Ich kaufe deine Kleider."

„Ich kaufe meine Kleider selbst."

„Dann betrachte die Garderobe, die ich beschaffe, als Uniform."

„Ich gehe nicht davon aus, dass dieser Job auch einen Rentenplan beinhaltet? Wie sieht es mit Krankenversicherung und Gewinnbeteiligung aus?"

„Du bist verdammt cool, was diese Geschichte betrifft", rief Joshua böse, zwischen Bewunderung und Verärgerung hin- und hergerissen. Wann genau hatte er die Kontrolle über dieses Gespräch verloren? Sie sollten endlich mit diesem verdammten Gerede aufhören. Die Vereinbarung war eine vollendete Tatsache. Gott, er wollte sich auf sie stürzen, sie packen und ins Bett zerren wie ein primitiver Steinzeitmensch.

Das Leder ihres Kostüms sah butterweich aus, allerdings nicht annähernd so weich wie ihre blasse Haut. Er konnte ihre Nippel ganz deutlich erkennen. Er unterdrückte das brennende Verlangen, seine Lippen daraufzudrücken. Er wollte ihr die Kleider herunterreißen und ihren Körper schmecken. Er wollte tief in sie eindringen und spüren, wie ihre feuchte Hitze ihn umschloss.

Er war erregt wie ein Fünfzehnjähriger, der zum ersten Mal eine nackte Frau sieht. Er könnte sich zusammenreißen. Grundgütiger, er könnte. Aber noch nie war es so schwer gewesen. Er hatte Angst, sich zu bewegen, weil er dann vielleicht jegliche Kontrolle verlieren würde.

„Ja, das bin ich, nicht wahr?", unterbrach Jessie seine Gedanken. Sie faltete die Hände auf dem Schoß und sah ihn aus dunklen, ruhigen Augen an. Ihre Selbstbeherrschung brachte sein Blut zum Kochen. Von der Sekunde an, wo er ihr die Tür geöffnet hatte, war er nervös gewesen. So viel zum Thema Eisklotz. Was zur Hölle war an dieser Frau dran, dass er das latente, primitive Bedürfnis hatte, sie zu überwältigen? Er hatte sich schon oft genug zu Frauen sexuell hingezogen gefühlt. Und doch hatte es nur wenig Willenskraft gebraucht, um seine Gier zu bezähmen.

„Sind wir dann fertig mit dem Reden?", fragte er durch zusammengebissene Zähne.

„Ich schätze schon ..."

Mit einer schnellen Bewegung, die sie vollkommen überraschte, sprang Joshua auf, lief mit drei Schritten auf sie zu, packte sie an den Schultern und zog sie vom Sofa hoch. Den leisen Schrei, der auf ihren Lippen lag, erstickte er mit seinen Lippen.

Zuerst war es ein beherrschender, harter Kuss. Sie sollte wissen, dass er derjenige war, der sagte, wo es langging. Sie gehörte ihm, verdammt noch mal. Doch in der Sekunde, in der Jessie begriff, was er da tat, entspannte sich ihr Körper. Sie schlang die Arme um seinen Hals und streichelte ihm mit einer Hand durchs Haar.

Das ließ seinen Kuss zarter werden. Gott, ihr Mund fühlte sich so verdammt gut an. Er wusste gar nicht mehr, was er eigentlich hatte beweisen wollen. Sie schmeckte süß, ihre Lippen waren weich, ihre Zunge angriffslustig. Sie duftete nach frischer Luft und Spaß. So verführerisch, so feminin. Es fühlte sich unglaublich gut an, sie in seinen Armen zu halten. Er vergrub eine Hand in ihrer seidigen Mähne, die unter seinen fordernden Fingern lebendig zu werden schien. Mit der anderen Hand streichelte er über ihre schmale Taille, über ihre sanft gerundete Hüfte, ihren festen Hintern und zog sie noch enger an seinen hungrigen Körper.

Joshua seufzte, als ihre Zunge sanft seine Lippen liebkoste. Sein Griff verstärkte sich. „Der Handel ist abgeschlossen", flüsterte er heiser an ihrem Hals. Er nestelte an den Knöpfen ihrer Jacke herum und begann sie, in fieberhafter Eile zu öffnen. „Da ist noch eines", brummte er. Ihre Hände machten ihn ganz verrückt, sie versuchte, sein Hemd aus der Hose zu ziehen. Er biss sie ganz zart, sie stöhnte auf, und das machte ihn noch wilder.

„W…was denn?" Er hörte ihre Stimme wie aus weiter Entfernung, dann verklang sie komplett, weil ihre Hände seine nackte Brust berührten. Mit der anderen Hand tastete sie über seinen Rücken nach oben, fuhr mit den kurzen Nägeln die Wirbelsäule entlang. Die andere Hand rutschte tiefer, zu seinem Bauch hinunter. Sie knöpfte seine Hose auf. Ihre blasse Haut war gerötet, ihre Augen waren dunkel wie Schokolade. Sie ließ seinen Blick nicht los.

„Wage es nicht, jemals … mein Gott, Jessie", ächzte er, als sie eine Hand auf seinen Penis legte. „Wage es bloß nicht … ach je, Frau! … Wage es niemals, einen anderen Mann auch nur anzusehen. Ich würde ihn umbringen."

„Gut", entgegnete Jessie schwach, und half ihm dabei, ihre Jacke aufzuknöpfen.

„Zwölftausend Dollar im Monat."

Ihre Lippen bewegten sich über sein Gesicht. „Zehntausend … du … sagtest … zehn …" Sie öffnete seine

Lippen mit ihrer Zunge, während er ihre Jacke achtlos auf den Boden warf.

Joshua bedeckte ihren Po mit den Händen, presste sie hart gegen seine Erektion. Nicht in der Lage, sich von ihrem herrlichen Mund zu lösen, küsste er sie erneut. „Zwölf", stöhnte er, und sie biss ihm zart in die Unterlippe.

Ihre Knie wurden weich, als er ihren Rock abstreifte.

„Ich ... brauche ... dein Geld ..." Seine Hand rutschte unter ihren Slip. „... nicht." Er zog das Höschen weiter nach unten und sie rieb sich an ihm. „Ich ...", sie akzentuierte jedes Wort mit einem kleinen Kuss, „habe ... meinen ... J-job." Das letzte Wort sprach sie an seinem Bauchnabel aus.

Joshua erschauerte. „Schön." Seine Finger spielten mit ihrem Haar. „Schön", sagte er noch mal, ein wenig abgelenkt, weil sie seine Shorts herunterzog und dabei absichtlich seine steinharte Erektion berührte. Viel zu zart. Viel zu flüchtig. „O Gott. Einfach schön."

Gemeinsam sanken sie langsam zu Boden. Joshua schob eine Hand in ihren Nacken und zog ihren Kopf an sich, um ihr einen leidenschaftlichen Kuss zu geben, der sie beide bis ins Mark erschütterte. „Du wirst mich noch umbringen."

Jessie strampelte sich aus dem Rock und dem Slip, der sich um ihre Fesseln gewickelt hatte, und zog ihm das Hemd aus. Jetzt war er endlich auch vollkommen nackt. „Ich kann nicht aufhören", sagte sie atemlos, ihre Hände streichelten seine breite, behaarte Brust. „Ich ... bin ... noch ... nicht ... fertig ... mit ... dir!"

Sein Lachen wurde von der herrlich weichen Haut ihrer rechten Brust gedämpft, diese kleine, perfekte Brust. Er strich mit den Lippen über die harte Brustwarze, nahm sie dann zwischen die Zähne und saugte an ihr. Wollüstig wölbte Jessie sich ihm entgegen und begann, an seiner Schulter zu knabbern. Er schmeckte nach Seife und Salz. Sein Duft stieg ihr zu Kopf wie ein guter Wein. Der Teppich kratzte an ihrem nackten Rücken, aber das war ihr egal. Viel faszinierender war es, die Brusthaare von Joshua auf ihren empfindlichen Brüsten und ihrem Bauch zu spüren.

„Gibt es … da … vielleicht … ah! … noch etwas?" Sie öffnete den Mund, atmete tief ein und schloss die Augen, als er sich wieder über ihre Brüste beugte. Saugte. Leckte. Saugte … Heftige, scharfe Lust zuckte in ihrem Schoß. Sie rang nach Luft. Seine Finger fühlten sich rau und heiß auf ihrer Haut an, als er ihre andere Brust streichelte und sie weiter mit seinem Mund, den Zähnen und der Zunge verwöhnte.

„Mir … fällt … im … Moment … nichts … ein. Gott, du schmeckst so gut." Er drehte den Kopf, um sich ihrer anderen Brust zu widmen. Sein weiches, dunkles Haar kitzelte, sie bekam eine Gänsehaut und drückte seinen Kopf an sich.

Jessie seufzte genüsslich, als Joshuas Zunge eine heiße Spur zwischen ihren Brüsten und hinunter zu ihrem Bauchnabel zog. Sie konnte das Zittern nicht unterdrücken, das sie bei dieser intimen Berührung ergriff.

Er hob seinen Kopf und sah sie mit verschleiertem Blick an. „Berühr deine Brüste, Jessie. Schließ die Augen und spiel mit deinen hübschen Nippeln, als ob es meine Hände wären."

Jessie bedeckte ihre vor Sehnsucht schmerzenden Brüste. Die Brustwarzen fühlten sich herrlich hart an. Sie begann, sie zu streicheln. Gott, war das gut. Es stillte ein wenig ihre Gier. Sie konnte spürten, wie Joshua an ihrem Bauch lächelte. Während sie ihre Spitzen zwischen den Fingern drückte und rollte, hauchte Joshua mit heißen Lippen Küsse auf ihren Bauchnabel, ihre Taille, ihre Hüften.

Jessies Körper begann zu beben, ein leises Stöhnen entrang sich ihrer Kehle, als seine Lippen den schmalen Streifen ihrer Schamhaare zwischen ihren Schenkeln berührten. Mit seinen Händen umfasst er ihre Hüfte und begann mit langsamen Zungenschlägen, ihre Mitte zu öffnen. Zutiefst erregt wand sie sich unter ihm, als er ihre Schenkel sanft weiter auseinanderdrückte, um dann mit seiner Zunge ihre Klitoris zu umspielen. Leidenschaftlich bog sie sich ihm entgegen. Sie brauchte mehr. Weniger. Mehr, verdammt. Sie krallte ihre Finger in sein Haar, als seine Zunge tief in sie eintauchte.

Ihr stockte der Atem. Seine Finger würden Kratzer auf ihren Hüften hinterlassen, aber das war ihr egal. Sie konnte nicht mehr richtig atmen. Sie konnte nicht mehr denken.

Ein leises Klopfen machte sich in ihrem Bauch bemerkbar und verschob sich heiß und köstlich nach unten, als er mit einem Finger in sie drang. Ihre Muskeln zogen sich zusammen. Er nahm einen zweiten Finger hinzu, und Jessie ächzte leise. Sein feuchter Mund legte sich wieder auf ihre Klitoris, und gemeinsam begannen die Lippen und Finger einen wahnwitzigen Tanz, der sie fast um den Verstand brachte.

Er begann mit den Fingern zu kreisen, er saugte fester. Jessie schrie laut auf, als sie mit harten Zuckungen kam, die eine Ewigkeit zu dauern schienen. Ihre Finger verkrallten sich in seinem Haar, einen Moment lang wurde es schwarz um sie.

Als sie die Augen wieder öffnete, sah sie sein Gesicht über sich. Sie hob einen bleischweren Arm, legte ihn um seinen Nacken und zog ihn an sich. Sein Körper war schweißnass.

Sofort begann ihr Herz wieder schneller zu schlagen. Er küsste sie. Sie konnte sich selbst auf seinen Lippen schmecken. Seine Zunge schob sich fordernd in ihren Mund. Nie zuvor hatte Jessie jemanden auf diese Weise geküsst. Und noch nie hatte jemand sie derartig mit Aufmerksamkeit überschüttet. Es war berauschend. Sie umspielte seine Zunge, ahmte seine Bewegungen nach.

Er stützte sich mit den Ellbogen am Boden ab, sein Schoß und sein dicker, pulsierender Schaft lagen schwer zwischen ihren Beinen.

Reiß dich zusammen!, dachte Jessie, erschrocken darüber, wie hitzig sie auf ihn reagierte. Sie hatte es nicht so sehr genießen wollen. „Mehr", forderte sie, als sie endlich wieder in der Lage war, zu sprechen. Aufreizend bewegte sie ihre Hüften.

„Mehr?"

Verängstigt von der Tiefe ihrer Empfindungen, begann ihr Herz aus einem völlig anderen Grund als vorher wild zu schlagen. Sie konnte es sich nicht leisten, für Joshua Falcon Gefühle zu entwickeln.

Das konnte sie nicht. Würde sie nicht. Durfte sie nicht.

Sie war nur aus einem einzigen Grund hier. Und durch Oralsex würde sie das, was sie wollte, nicht bekommen.

Bitte tu nichts, was mich an dich bindet. Lass uns einfach Sex haben, ganz unpersönlich. Bitte.

„Bring es zu Ende", flehte Jessie. Sie musste mit ihm schlafen und verschwinden. Und sie wollte so weit wie möglich vor ihm fliehen.

„Geduld." Joshua strich ihr das verschwitzte Haar aus dem Gesicht; seine Augen blickten sanfter als je zuvor. „Ich möchte dich ansehen. Du bist so schön. So schön und so atemberaubend erregt. Die perfekte Geliebte."

Der letzte Satz versetzte ihr einen merkwürdigen Stich. Ja, dachte Jessie, nichts anderes bin ich, eine Geliebte. Es ist eine Geschäftsbeziehung. Gib mir, was ich will, und ich gebe dir, was du willst. Ein fairer Handel …

O Gott. Bitte nimm nicht mehr als meinen Körper.

Jessie zerrte an seiner Schulter, bis er mit seinem ganzen Gewicht auf ihr lastete. Sie fasste nach unten und umschloss seinen großen, harten Penis. Er fühlte sich dick und seidig und … lebendig an. „Ich möchte dich tief in mir spüren", flehte sie, obwohl sie nicht sicher war, ob sie ihn ganz aufnehmen konnte. O Gott. Was sollte sie tun, wenn er nicht hineinpasste?

„Er wird wunderbar hineinpassen, vertrau mir", murmelte Joshua an ihrem Hals, und Jessie wurde klar, dass sie die Frage laut ausgesprochen haben musste.

Mit einem heiseren Stöhnen glitt er in ihre feuchte Hitze. Jessie schnappte nach Luft, als er sie ausfüllte und sanft weitete. O so sanft ... „Oh ... ja ... gib's ... mir ... Baby", keuchte sie.

Er stieß tief in sie hinein.

Jessie schrie überrascht auf, als sie den scharfen Schmerz spürte und versuchte, sich zu befreien. Sie gab einen wehklagenden Laut von sich und vergrub ihre Nägel in seinem Rücken. Er hörte nicht auf, und darüber war sie ungeheuer froh. „Mehr. Mehr. Mehr", stöhnte sie, als sie sich an seine Größe gewöhnt hatte. „Ich will dich. Ich will dich. Ich will dich."

Seine großen Hände umfassten ihre Hüften, und er warf ihr ein wildes, triumphierendes Lächeln zu. „Du hast mich." Dann bewegte er sich wieder, stieß in sie hinein und sie fühlte sich wie in der Achterbahn während der Fahrt nach oben.

Er stieß schneller, tiefer, härter. Jessie schlang die Beine um seine pumpenden Hüften, grub ihre Absätze in seine Flanken und spürte das Zucken seiner Muskeln.

Es war mehr, als sie ertragen konnte. Jessies Kopf schlug auf den Boden. Ihr Körper fühlte sich zu gespannt an, um heil zu bleiben. „Ich kann nicht ..."

„Du willst mehr?", fragte er mit vor Anstrengung angespanntem Kiefer, sein dunkles Haar klebte an seiner Stirn. „Noch mehr?" Sein blasser Blick schien sie zu verschlingen.

Jessie versuchte, ihren Blick scharf zu stellen. „Nein. Ja."

Er drang tiefer in sie ein. „Ja?"

Sie stöhnte.

Er zog sich fast vollständig zurück. „Nein?"

Sie umklammerte ihn fester und drückte mit den Beinen seinen Schoß an sich. „Bastard."

„Stimmt. Aber heißt das nun ja oder nein?" Er stieß fest zu.

„Ja, ja, ja", jammerte sie. Ihre Hüften wölbten sich seinen Stößen entgegen, ihr Körper schrie nach Erleichterung. Lange Strähnen lagen auf ihrem Gesicht und ihren Brüsten. Sie fuhr über Joshuas schweißüberströmten, harten Rücken, spürte, wie seine Muskeln sich bogen und krümmten. „Jetzt", rief sie, heiser und atemlos, ihr ganzer Körper stand in Flammen. „Bitte. Ich kann nicht mehr."

„Nein." Er hörte nicht auf, sich zu bewegen. Er variierte den Rhythmus, die Geschwindigkeit, die Tiefe seiner Stöße, bis sie kurz vor dem Höhepunkt war. Dann zog er sich ein wenig zurück, bis der Augenblick vorbei war, und ließ ihren schmerzenden, nach Erleichterung lechzenden Körper zurück.

„Jetzt. Jetzt. Jetzt", schrie Jessie benommen.

„Jetzt?"

„Ja, verdammt noch mal. Jetzt!" Sie stieß ihren Schoß nach vorne, zwang ihn mit ihren Absätzen tiefer in sich. Nur noch ein tiefer Stoß, dachte sie, nur noch einer …

Er fuhr mit der Hand zwischen ihre nassen Körper und begann, sie zu streicheln.

„Joshua!" Jessies Körper verkrampfte sich, und sie schrie laut auf, als sie den Höhepunkt erreichte.

Joshua behielt seinen schnellen Rhythmus bei, bis er ebenfalls aufschrie.

Er brach auf ihr zusammen, riss ihren Körper mit, bis sie nebeneinander auf dem dicken Teppich lagen. Dann zog er sie an sich und streichelte sanft ihren Rücken. Sein Atem ging schnell, seine Zärtlichkeit brachte sie zum Schmelzen.

„Ist es immer so?" Jessie entfuhr ein Gähnen, sie kuschelte sich in seine schützenden Arme. Er lachte. Ihre Lider fühlten sich zu schwer an, sie konnte die Augen nicht offen halten. Er küsste sie aufs Haar.

„Nein, normalerweise ist es nicht so hart und schnell. Manchmal ist es sanft und langsam." Überrascht stellte er fest, dass er in ihr wieder steif wurde. Joshua bewegte seine Hüften und genoss ihre schläfrige Wärme.

„Gib's mir, Baby?", fragte er amüsiert.

Sie kniff die Augen zusammen, zuckte mit den Schultern, schloss die Augen dann wieder und entspannte sich. „Ich schaue eine Menge Filme, was soll ich sagen?"

„Die Möglichkeiten sind unermesslich", sagte er trocken. „Wir haben genug Zeit, sämtliche Nuancen des sexuellen Dialogs zu erforschen." Er blickte auf sie herab und sah, wie ihre schönen Brüste sich gleichmäßig hoben und senkten. Belustigt stellte er fest, dass sie, Vertrag hin oder her, seine neue Geliebte war und tief schlief.

Zart streichelte er ihr über das wunderschöne Gesicht, das noch immer gerötet und feucht vom Liebemachen war, und flüsterte ironisch: „Danke für die Warnung, dass du noch Jungfrau warst, Jessie."

Jessie hatte keine Lust, jemanden zurückzurufen, der sie zur unchristlichen Stunde von seinem versteinert dreinschauenden Chauffeur hatte nach Hause bringen lassen. Und der dann am nächsten Tag anrief, als ob nichts Weltbewegendes geschehen wäre. Ihr eigenes Auto hatten unsichtbare Kobolde irgendwann in der Nacht zum Cottage gefahren.

Joshua hatte eine Nachricht auf ihrem Anrufbeantworter hinterlassen, dass er für zwei Tage in New York wäre. Am liebsten hätte sie ihn gefragt, ob der Sex mit ihr so schlecht gewesen war, dass er die Stadt umgehend verlassen musste. Sie konnte nur hoffen, dass die vergangene Nacht erfolgreich gewesen war. Sie glaubte nicht, dass sie es noch einmal durchstehen würde. Der Orgasmus war so heftig gewesen, dass es sie in Angst und Schrecken versetzte. Sie war erschüttert und zitternd zurückgeblieben, nicht mehr so sicher, dass sie die Situation unter Kontrolle hatte.

Jessie bog in die schmale Straße ein, die zu dem Cottage führte. Seit Stunden sehnte sie sich nach einem heißen, dampfenden Bad. Es war Mitternacht, und sie war völlig erschöpft. Sie hatte einen Kunden in Redding besucht, drei Stunden Fahrt. Nachdem sie mit Karen King über Gardinen und andere Accessoires gesprochen hatte, waren sie nach draußen gegangen und hatten die Pferde angeschaut, die Karen und ihr Mann züchteten.

Ihre Tiere hatten bereits Wettbewerbe von Kanada bis Brasilien gewonnen. Das Haus war voller Trophäen und Schleifen.

Als sie das letzte Mal dort gewesen war, hatte Karen sie auf ein zahmes Pony gesetzt, worüber sie sich lachend beschwert hatte. Dieses Mal hatte sie wieder mit einem gemächlichen Ausritt gerechnet, doch Karen hatte ihr Billy gegeben. Als Jessie feststellte, dass das Pferd völlig andere Vorstellungen hatte als sie, war es bereits zu spät. Davon konnte ihr verschrammter Körper eine Geschichte erzählen.

Erst jetzt stellte Jessie überrascht fest, dass Joshuas Wagen auf ihrer Einfahrt stand. Eiseskälte schlug ihr ins Gesicht, als sie aus dem Auto stieg. Der Wind fuhr durch die kahlen Äste und raunte um das kleine steinerne Cottage.

Die Scheiben seines Wagens waren beschlagen.

„Wo zur Hölle warst du?", fragte er, sprang aus dem Auto und folgte ihr zur Haustür.

Jessie steckte den Schlüssel ins Schloss, stieß die Tür aber nicht auf. „Entschuldige bitte?" Das hatte ihr gerade noch gefehlt. Joshua griff über sie hinweg, öffnete die Tür und schob sie in die angenehme Wärme.

„Du hast mich schon verstanden." Kaum hatte er die Tür hinter sich zugeknallt, begann er auch schon, ihren grasgrünen Wollmantel aufzuknöpfen.

„Ja, aber ich kann es nicht glauben", zischte sie, zu müde, sich zu wehren. Er ging ganz schön geschickt mit diesen Knöpfen um. Sein Handrücken berührte ihre Brüste, ihre Nippel richteten sich sofort auf. „Hättest du mich heute gebraucht?"

„Was soll das ...", begann er, offensichtlich verblüfft über ihre gereizte Stimmung. Dann, als er ihr den Mantel ausgezogen hatte, sah er, in welchem Zustand ihre Jeans und ihr Pulli waren. Er kniff die Augen zusammen. Den Pulli konnte sie in den Müll werfen, sobald sie wieder genug Kraft dafür hatte.

„Wer hat dir das angetan?", fragte Joshua mit tödlicher Ruhe. Vorsichtig zog er ihr den zerrissenen Pulli über den Kopf. Jessie zuckte vor Schmerz zusammen.

In den letzten Stunden hatte Jessie sich nichts anderes gewünscht, als ein langes, heißes Bad, schon gar kein Verhör. Sie blickte in sein versteinertes Gesicht, neugierig, wie er auf ihre Antwort reagieren würde. „Billy", sagte sie traurig.

„Billy?", wiederholte Joshua kalt.

Jessie seufzte. „Billy, der Mistkerl. Das Pferd." Sie war einfach zu müde, ihn weiter auf die Folter zu spannen. „Er weiß überhaupt nicht, wie man mit einer Lady umzugehen ..."

„Billy ist ein Pferd?"

Jessie warf ihm einen schiefen Blick zu. „Hatten wir nicht eine mündliche Abmachung getroffen?"

„Stimmt", entgegnete Joshua zerknirscht.

„Also, warum denkst du dann, dass ich sie sofort brechen würde?" Du blöder Idiot!

„Tut mir leid", entgegnete er steif. „Ich hatte deinen Hang zur Gefahr vergessen."

Das Gefährlichste war wohl im Augenblick, dass in der Küche unzählige scharfe Messer herumlagen. Sie seufzte. Ihn jetzt zu ermorden würde ihr Leben nur noch komplizierter machen. Davon abgesehen hätte sie dafür eine Menge Energie gebraucht. Sie seufzte noch einmal laut auf.

Joshua warf ihr einen beunruhigten Blick zu. „Warst du beim Arzt?" Er untersuchte ihren Körper mit seinen Händen, die kalt und unglaublich zärtlich waren, während seine Augen hart und fiebrig wirkten. „Brauchst du einen Arzt?"

„Nein und nein." Sie brauchte mehr als seine Hände auf ihrem Körper. Jessie blickte zu ihm auf. „Ich kenne die Vorgehensweise in einem solchen Fall nicht so genau. Was muss ich tun, wenn ich möchte, dass du mich in den Arm nimmst? Muss ich so lange warten, bis wir Sex haben?" Sie sah, wie seine Lippen zuckten. „Denn du kannst mir glauben, sosehr mir gefallen hat, was wir gestern Nacht getan haben, glaube ich nicht …"

„Oh, ich denke, ich kann mit etwas Zärtlichkeit umgehen, ohne sofort das animalische Bedürfnis zu haben, dich auf den Boden zu werfen und über dich herzufallen."

Er zog sie sanft in seine Arme. Nie zuvor hatte Jessie sich so wundervoll gefühlt. Ihre Lippen berührten sich. Zu kurz.

Jessie küsste ihn fordernder. Was ihr an Erfahrung fehlte, machte sie mit ihrer Begeisterung wett. Ihre Zunge erforschte seinen Mund, er stöhnte und drückte sie fester an sich. Jessie jammerte leise vor Schmerz. Sofort ließ er sie los.

„Das heilt schnell", versprach sie.

„Das hoffe ich", entgegnete Joshua trocken, hob sie hoch und lief mit ihr zur Treppe. Jessie quietschte kurz auf.

„Was glaubst du, warum ich mich dir drei Tage lang nicht genähert habe?"

Jessie legte ihren schmerzenden Kopf an seine Brust. *Vielleicht, weil du so verdammt komisch bist?* „Ich dachte, du hättest das Interesse verloren", flüsterte sie so leise, dass sie schon dachte, er hätte sie nicht gehört, weil er darauf nichts sagte.

„Ich habe die Stadt verlassen, damit ich nicht sofort wieder auf dem Boden über dich herfalle."

„Du bist nicht über mich hergefallen." Jessie war entrüstet. Typisch Mann, die Lorbeeren für sich selbst einzuheimsen.

Oben angekommen ging Joshua zum Badezimmer. „Wenn ich gewusst hätte, was du vorhast, während ich nicht da bin, dann …"

Jessie versteifte sich. „Ja?"

„Dann hätte ich gesagt, sei vorsichtig." Er machte einen Rückzieher. Kluger Mann. Jessie entspannte sich wieder. Noch nie im Leben hatte sie jemand irgendwohin getragen. Es fühlte sich herrlich an.

Er beugte sich nach vorne und drehte den Hahn auf, Wasser schoss in die Badewanne. „Verdammt, du hast ja überall blaue Flecken. Warum kannst du dir nicht ein nettes kleines Hobby suchen, sagen wir … Gobelinsticken?" Er seufzte.

„Meine Reize scheinen dich ja nicht zu überwältigen." Jessie stellte sich vor, wie ihr geschundener Kör-

per aussehen musste, und doch war sie zu müde, sich zu wehren, als er begann, sie auszuziehen, als ob sie drei Jahre alt wäre. Das Badezimmer füllte sich mit Dampf.
„Gleich läuft das Wasser über."

„Ich werde nicht mit einer Frau schlafen, die kaum stehen kann." Er drehte das Wasser in dem Moment ab, in dem es die perfekte Höhe erreicht hatte. Dieser Mann konnte entsetzlich genau sein.

„Ich könnte mich hinlegen", bot ihm Jessie an. „Die Badematte ist weich und flauschig."

Joshua schüttelte amüsiert den Kopf. „Ich komme später darauf zurück. Erzähl mit von Billy. Rein mit dir."

Sie steckte einen Finger ins Wasser. „Zu heiß."

Er drehte den Kaltwasserhahn auf. Jessie stand da und ließ zu, dass er ihren zerschrammten, von Gänsehaut übersäten Körper sah und überlegte, ob sie vielleicht zu hart auf den Kopf gefallen war. Denn sie fand die Art, wie Joshua sie betrachtete, eher erregend als peinlich.

„Unglücklicherweise hat Billy schon vorher mit Leuten wie mir zu tun gehabt. Und er war kein Gentleman. Es ist mir gelungen, drei Sekunden auf ihm zu bleiben. Angefühlt hat es sich wie drei Jahre. Er konnte der Herausforderung nicht widerstehen."

Joshua runzelte die Stirn. Er war ihr sehr nahe, der Dampf verstärkte den Duft seines Rasierwassers. Ihr Herz begann zu hämmern. Sie hoffte, dass er sie küssen würde. Sie hoffte, dass sie noch genug Kraft aufbringen würde, wenn er es tat, denn der Zeitpunkt wäre noch immer goldrichtig.

Er stellte das Wasser ab. „Billy hat also gewonnen." Jessie wollte das heiße, dampfende Bad genießen, leider war sie viel zu müde, um sich zu rühren. Sie warf Joshua einen flehenden Blick zu. Er nahm ihre Hand und half ihr in die Badenwanne.

„Au, au, au", jammerte Jessie, als das heiße Wasser ihre Haut rötete. Sie hatte überhaupt keine Lust mehr, tapfer zu sein.

„Ich sag doch, Gobelinsticken", erklärte er und nahm den Waschlappen, der über dem Abflussrohr hing. Jessie rutschte zentimeterweise unter Wasser und sah ihm dabei zu, wie er den Waschlappen mit nach Pfirsich duftender Seife einrieb.

„Laaangweilig."

Joshua fuhr mit dem Lappen über ihre Brust. Sie blickte nach unten. Ihre aufgerichteten Brustwarzen ragten aus dem Wasser. Sie schaute hoch. Würde er etwas dagegen unternehmen?

„Mach die Augen zu."

„Wieso?"

„Weil ich dein Gesicht waschen will. Also Augen zu, du störrisches Weib."

Jessie gehorchte. Er strich mit dem Lappen über ihre Wangen, ihre Nase, ihre Stirn und den Hals.

„Warte", sagte er warnend, bevor sie die Augen öffnen konnte.

Es fühlte sich gut an. Joshua ließ warmes Wasser über ihr Gesicht laufen. Sie versuchte erst gar nicht mehr, die Augen zu öffnen.

Sie konnte jeden einzelnen Finger in dem Waschlappen spüren, als er sich wieder um ihren Hals kümmerte und dann über ihr Schlüsselbein fuhr.

Er fluchte, als er offenbar weitere Prellungen entdeckte. „Ich hoffe, dass sie diesen Gaul zum Schlachter schicken."

Jessies Augenlider schienen jeweils eine Million Kilo zu wiegen. Ihr ganzer Körper pochte und schmerzte, sie wollte nichts anderes als schlafen. „Es ist ein nettes Pferd."

„Ja, klar." Seine Hand bewegte sich über ihre Nippel. Ah. Sofort richteten sie sich wieder auf. Und andere Teile ihres Körpers wurden ebenfalls lebendig. Sie rutschte hin und her, Wasser floss über den Rand. Sie hörte nicht, wie es auf den Boden klatschte. Ihre Lippen zuckten. „Ist deine Hose nass?"

„Ja." Er klang belustigt.

Jessie blinzelte. Er war ihr sehr nahe. Seine Pupillen waren dunkelblau umrandet. „Du könntest dich ausziehen und zu mir reinkommen." Das klang um einiges dringlicher, als sie es beabsichtigt hatte. „Schon gut. Ich bin heute sowieso nicht in der Stimmung für irgendwelche Spielchen – oh, das fühlt sich herrlich an." Der Waschlappen war verschwunden, nun säuberte er mit der blanken Hand ihre offenbar sehr schmutzigen Brustwarzen.

„Das gefällt dir, nicht wahr?"

„Hm", stöhnte sie. Ihr Körper rutschte noch tiefer ins heiße Wasser. Nur Joshuas Hand an ihrem Hinterkopf verhinderte, dass sie ertrank. Der Sturz vom Pferd und die lange Rückfahrt in der Dunkelheit hatten sie völlig erschöpft. Sie fühlte sich erschlagen und war unglaublich froh, Joshua bei sich zu haben.

„Jetzt bin ich zum zweiten Mal nackt", murmelte sie schläfrig. Joshua lachte, während er weiterhin ihren Busen streichelte und unwiderstehliche Dinge mit ihren Brustwarzen anstellte. Sie hätte am liebsten laut geschnurrt.

„In deinem ganzen Leben?" Er klang so amüsiert, dass sie ein Auge öffnete.

„In deinem ganzen Leben." Sie gähnte. „Du hast mich bisher nur einmal nackt gesehen. Mmm, das fühlt sich herrlich an." Sie spuckte etwas Schaum aus, als er Wasser über sie schöpfte. Ein warmes Rinnsal kitzelte ihre Brüste.

„Ich werde dich noch tausendmal nackt sehen, Jessie", versprach er. „Und am liebsten ohne das hier." Er zeichnete unter Wasser die Kratzer auf ihrer Haut nach. Ein fantastisches Gefühl.

„Er hat mich echt beim Wort genommen, verdammt."

„Wer?"

„Gott. Als Kind habe ich gebetet, niemals so einen großen Busen zu bekommen wie meine Mutter. Der war wirklich riesig." Jessie gähnte erneut. „Ich hätte ein paar Jahre warten sollen, bis meine Brüste größer waren, bevor ich diese Bitte ausspreche."

„Du bist perfekt, so wie du bist", sagte er heiser, sein Atem strich über ihr nasses Gesicht. „Mehr wäre zu viel."

Sie wollte ihm noch etwas sagen, aber die Mischung

aus warmem Wasser und den unerträglich zarten Liebkosungen ließ sie alles andere vergessen. Sie wollte sagen ...

Jessie schlief ein.

Joshua betrachtete ihr Gesicht. Er hatte schon vorher Frauen gebadet. Aber die waren immer hellwach gewesen. Eine schlafende Frau zu waschen war neu. Ihre unerhört langen, schwarzen Wimpern ruhten auf ihren von der dampfenden Hitze geröteten Wangen. Auf ihren Lippen lag ein schwaches Lächeln.

Joshua senkte den Kopf und küsste sie. Ihr Mund war weicher als alles, was er je berührt hatte. Schlafende Schönheit, dachte er.

Ihre süßen Brüste schienen auf dem Wasser zu schwimmen, er strich über eine zarte, rosige Brustwarze. Sie zog sich sofort zusammen. „Verdammt, Jessie ..."

Noch nie hatte er eine Frau so sehr gewollt. Warum fühlte es sich so gut an, ihr beim Schlafen zuzusehen?

Als sie am nächsten Morgen in die Küche kam, sah sie so fit und gut gelaunt aus wie immer. Sie trug ein Männerhemd mit achtlos hochgekrempelten Ärmeln und Jeans.

Sie riss die Augen auf, als sie ihn am Küchentisch sitzen sah. „Na, guten Morgen", sagte sie dann fröhlich. Er war nicht weniger überrascht als sie. Er konnte sich nicht erinnern, wann er zum letzten Mal eine Nacht bei einer Frau verbracht hatte, ohne mit ihr zu schlafen. Und obwohl er bereits drei Tassen Kaffee getrunken hatte, war er noch immer nicht hinter den Grund gekommen.

„Lass mich mal", sagte er, stand auf und durchquerte den Raum, weil er sie einfach berührten wollte. Sie streckte die Arme aus, er zog den Ärmel nach unten und krempelte ihn dann ordentlich auf. Mit blitzenden Augen hielt sie ihm den anderen Arm hin. Ihre Haut war warm, ihr Haar duftete nach Shampoo.

Sie hatte sich das feuchte Haar zu einem Pferdeschwanz zusammengebunden, der einen nassen Fleck auf ihrer Schulter hinterließ. Ihm fiel auf, dass sie überhaupt kein Make-up trug. Jede andere Frau hätte versucht, die Kratzer zu übermalen. Er betrachtete ihre klare Haut und ihre ehrlichen braunen Augen. An dieser Frau war nichts Unechtes.

„Wie geht es dir?" Er streichelte mit dem Daumen über ihre Wange. Sie lächelte.

„Hervorragend."

„Hervorragend?" Joshua reichte ihr eine Tasse Kaffee. Vorsichtig setzte sie sich auf einen hohen Hocker. Der Kieferntisch wackelte, obwohl eine Streichholzschachtel unter ein Bein geklemmt war.

„Wie kann es sein, dass du dich nicht ganz schrecklich fühlst? Du hast überall Blutergüsse, das muss doch höllisch wehtun."

„Ah, ist das gut." Jessie inhalierte den Kaffee geradezu. „Natürlich tut es weh. Aber trotzdem fühlt es sich gut an. Die Prellungen und all das sind doch völlig harmlos. Ich hatte so viel Spaß gestern, das ist es wert." Sie schenkte sich Kaffee nach, stand dann auf und öffnete den Kühlschrank wie ein Kind, das gerade aus der Schule gekommen war. „Lust auf 'ne halbe kalte Pizza?"

Joshua blickte auf seine Rolex. „Es ist Viertel nach sieben."

Jessie grinste ihn über die Schulter an. „Und das heißt …"

„Normalerweise essen die Leute morgens Müsli."

„Ich esse abends Müsli." Jessie holte eine große, ziemlich speckige Schachtel heraus und legte sie auf den Tisch. Ein Stück Pizza war noch übrig. Sie schaute ihn mit blitzenden Augen an. „Oder wie wäre es mit Spaghettiresten?"

5. KAPITEL

Zum Glück neige ich nicht zu exzessivem Trinken oder Wutanfällen, dachte Jessie und schluckte zwei Aspirin, eher gegen die durch Joshua verursachten Kopfschmerzen als gegen die Krämpfe. Sie blickte auf ihren Kalender.

Sie war nicht schwanger.

Ihr Zyklus war zwar eher unregelmäßig, aber trotzdem gab es keinen Zweifel. Die Enttäuschung war wie ein Faustschlag in den Magen. Ihr Hals war seit Stunden zugeschnürt, die Augen glänzten vor ungeweinten Tränen.

Die Treffen mit Joshua entwickelten sich immer mehr zu richtigen Dates. Und sie wollte mit diesem verfluchten Mann keine Dates haben. Es war, als ob das Schicksal ihr ein Schnippchen schlagen wollte, als ob die Götter forderten, dass sie ihn erst richtig kennenlernen müsse, bevor sie ihr ein Kind schenkten.

Jessie ging die Treppe hinunter zu ihrem Studio. Sie wusste alles, was sie über Joshua Falcon wissen musste. Er war ungeduldig, arrogant, gebieterisch und unhöflich. Außerdem war er ein großzügiger, rücksichtsvoller und wunderbarer Liebhaber. Sie stöhnte auf. Zwar behauptete sie ihren Freunden gegenüber, dass die Beziehung mit Joshua nichts Persönliches war, doch sie wurde von Tag zu Tag intensiver.

Das gefiel ihr überhaupt nicht. Er sollte in ihrem Leben nur einen einzigen Zweck erfüllen. Und das durfte sie niemals aus den Augen verlieren. Es nützte nichts, zu jammern und zu klagen. Wenn sie nicht schwanger war, dann war das nicht zu ändern. Noch nicht.

Sie musste einfach weitermachen, bis es geklappt hatte.

Sie trat einen Schritt zurück und betrachtete mit verschränkten Armen die Tapetenmuster auf dem dreihundert Jahre alten Esstisch, den sie für einen Spottpreis erstanden hatte, und stellte sich das Muster und die Struktur zusammen mit allen andern Möbeln im Wohnzimmer ihres Kunden vor.

Ihr eigenes Heim hatte sie in den Grund- und Sekundärfarben eingerichtet, die sie so liebte. Auf dem sonnengelben Leinensofa lagen blaue, rote und grüne Plüschkissen. Überall standen Tontöpfe mit Gräsern oder Ästen. In den großen Spucknapf aus Kupfer auf ihrem Zeichentisch hatte sie den Strauß aus Iris und Narzissen gestellt, den Joshua ihr vor ein paar Tagen geschickt hatte.

Ihr Kunde, ein ehemaliger Zahnarzt, bestand auf viktorianischen Möbeln und Laura Ashley. Langsam ging Jessie noch weiter zurück, formte mit ihren Händen einen Rahmen, durch den sie das Stillleben auf dem Tisch beäugte. „Perfectomundo!" Sie knallte gegen einen harten Körper. „Joshua." Sie fiel in seine Arme.

Er hob ihr Gesicht und begann sie hungrig zu küssen. Jessie schlang die Arme um seinen Hals, zog ihn fest an sich und seufzte, als er mit den Händen unter ihre Flanelljacke rutschte und ihre nackte Haut berührte.

Einen Tag nach dem Unfall mit Billy hatte sie Joshua

einen Schlüssel gegeben, den er heute zum ersten Mal benutzte.

Sie genoss das Gefühl, wie seine starken Hände ihren Rücken streichelten. „Was tust du hier?"

„Wenn das nicht ganz klar ist, lässt meine Technik offenbar zu wünschen übrig", entgegnete er trocken. „Ich wollte dich zum Abendessen einladen. Wie wäre es heute mit japanisch?"

„Wunderbar." Jessie machte sich los. Es wurde langsam viel zu leicht, sich von ihm berühren zu lassen. Und es war viel zu herrlich, wenn er seine Lippen auf ihre drückte. Sie spazierte durchs Zimmer, ließ sich dann auf ihren Stuhl fallen und speicherte ihre Dateien auf dem Computer ab. „Ich liebe japanisch." Sie blickte zu ihm auf. „Ich hatte eigentlich erwartet, dass es kompliziert werden würde, mich deinem Lifestyle anzupassen, aber so schlimm ist es gar nicht."

„Du würdest sämtliche Paparazzi der Welt in Kauf nehmen, wenn du nur was zu essen kriegst."

„Die Reisen sind auch nicht übel." Sie wollte ihn anfassen, aber sie ließ ihre Hände auf der Tastatur.

„Sehr gut, denn wir werden heute Abend in Tokio japanisch essen."

Sie hätte wissen müssen, dass mit Joshua nichts unkompliziert sein konnte.

„Nicht wir, Joshua." Jessie schloss das Buch mit den Tapetenmustern, wandte sich von ihrem Computer ab und legte den Arm auf die Stuhllehne. Joshua mit seinem dunklen Geschäftsanzug, der blaugrünen Krawatte und dem zurückgekämmten Haar wirkte kühl und geschäftsmäßig. Wie immer. Ihr war klar, dass sie selbst schrecklich aussehen musste, das Haar hatte sie irgendwie hochgedreht und mit ein paar Bleistiften festgesteckt. Sie war völlig ungeschminkt und trug eine ausgewaschene Jeans und ihr grünes Lieblings-T-Shirt, das ihr bis zu den Knien reichte. Sie hatte nicht mit ihm gerechnet. Morgens war er normalerweise in seinem Büro in der Stadt.

Sie hatte um drei Uhr seine Wohnung verlassen, und jetzt, sieben Stunden später, bestand er darauf, dass sie für einen Kurztrip nach Japan ihre Sachen packte. Darüber hatte er vergangene Nacht kein Wort verloren.

Sein Blick wurde kalt, distanziert. Es ärgerte ihn, dass sie ihn nicht begleiten wollte. Er presste die Lippen zusammen. „Teil unserer Abmachung ist, dass du mich auch auf Geschäftsreisen begleitest. Ich fliege in zwei Stunden. Du musst nicht viel packen. In Tokio wirst du zum Einkaufen ausreichend Zeit haben."

„Sag mir bitte nicht, was ich zu tun habe, Joshua. Ich habe Nein gesagt, und dabei bleibt es." Joshua versuchte immer, sie mit Einkaufstrips zu ködern. Das war offensichtlich für seine früheren Frauen ein überzeugendes Argument gewesen. Vielleicht sollte sie froh darüber sein, dass ihm nicht auffiel, wie anders sie war.

Es hatte ihm nicht gefallen, als sie den BMW abgelehnt hatte, den er ihr vor ein paar Wochen hatte liefern lassen. Er konnte nicht begreifen, warum sie so an ihrer alten Celica hing.

„Ich habe jede Menge Kleider – darum geht es nicht. Du musst mich einfach rechtzeitig benachrichtigen. Ich habe Kunden, um die ich mich kümmern muss, und zwei Chefs, die sich auf mich verlassen."

Mit bewegungslosem Gesicht vergrub Joshua die Hände in den Manteltaschen. Die helle Morgensonne schien in das Studio, und Jessie bemerkte, wie müde er aussah. Jedes einzelne Haar saß am richtigen Platz, und sein tadelloser Anzug und das weiße Hemd wiesen nicht eine einzige Falte auf. Doch auf seinem Gesicht war die Erschöpfung ganz deutlich zu erkennen. Dieser Mann arbeitete viel zu viel und zu lang.

Ihr Ton wurde weicher. „Ich bin wirklich gerne mit dir zusammen, das weißt du. Aber wir sind erst vor zehn Tagen aus Griechenland zurückgekommen …"

„Das hier ist rein geschäftlich. Das ist etwas ganz anderes als auf der Jacht."

„Es wird immer das Gleiche sein", entgegnete Jessie sarkastisch. Sie hatten sieben Tage auf seiner Jacht im ägäischen Meer verbracht. „Ich habe dich auch da immer erst nach Sonnenuntergang zu Gesicht bekommen."

Während die Männer in dem luxuriösen Salon über Geschäfte gesprochen hatten, hatten sich die Frauen an Deck gebräunt. Es hatte jede Menge Kellner gegeben, die griechische Sonne hatte auch die letzten blauen Flecken von Jessies Haut verschwinden lassen, und sie hatte sich die ganze Zeit über die Ehefrauen oder Geliebten der anderen Männer amüsiert, die wie Trophäen zur Schau gestellt wurden. Allerdings betrachtete sie jede Zeit als verschwendet, solange sie sie nicht mit Joshua im Bett verbrachte. Es waren ihre fruchtbarsten Tage gewesen. Nur deshalb hatte Jessie eilig ihre Termine verschoben.

„So viel Spaß es mir auch bereiten würde, ich kann nicht einfach spontan eine Woche freinehmen. Ich muss diese Arbeit noch beenden und treffe Dr. Low dann am Freitag."

„Soll Conrad doch hingehen."

„Con ist Architekt, kein Raumausstatter. Davon abgesehen: Jenn ist mein Kunde, Joshua." Sie stand auf und legte ihm die Arme um den Hals. Obwohl er sich offensichtlich nicht umstimmen lassen wollte, senkte er doch den Kopf und ließ es zu, dass sie ihn küsste.

Es gab nur einen Ort, an dem sich Joshua Falcon nicht einhundert Prozent unter Kontrolle hatte, und das war das Schlafzimmer. Sie wollte, dass er zumindest in dieser Hinsicht Wachs in ihren Händen war, und das war er. Sie wollte nicht darüber nachdenken, warum ihr das so ungeheuer wichtig war, warum sie das Gefühl brauchte, Macht über ihn zu besitzen. Sie wollte, dass er in ihren Armen dahinschmolz. Sie spürte, wie sein Körper langsam weniger steif wurde. Seine Lippen waren warm und lebendig. Als ihre Zungen sich berührten, zuckte sie kurz zusammen. Sie spürte seine Erektion an ihren Jeans.

Joshua umarmte sie fester, hob sie auf die Zehenspitzen und vergrub eine Hand in ihrem Haar. Sie hörte, wie die Bleistifte auf ihren Zeichentisch fielen, als Joshua sie nach hinten bog und sanft an ihrer Unterlippe saugte.

Plötzlich packte er ihre Handgelenke, löste sich aus ihrer Umarmung und ging einen Schritt zurück. „Komm mit mir, Jessie."

„Nein. Tut mir leid, dich enttäuschen zu müssen, Joshua. Aber ich habe auch ein Leben. Meine Arbeit ist mir wichtig, und wenn ich eine Verpflichtung mit einem Kunden eingehe, werde ich mich verdammt noch mal daran halten."

„Du hast eine Verpflichtung …" sagte er barsch und umfasste ihre Handgelenke noch fester. „Mir gegenüber. Und das ist viel wichtiger."

Jessie entwand sich seinen Fingern. Sein Griff hatte nicht wehgetan, und er ließ sie auch umgehend los. An den Tisch gelehnt warf sie ihm einen kalten Blick zu. Trotz ihres wild schlagenden Herzens versuchte sie, ruhig zu atmen. Er war so kalt wie der Frühlingswind, der draußen durch die Bäume strich.

„Ich werde mit diesen Kunden auch nächstes Jahr zusammenarbeiten, vermutlich auch übernächstes."

Sein Mund wurde zu einer schmalen Linie. Er verstand, was sie sagen wollte.

„Mit meinen Kunden werde ich lange zu tun haben, Joshua. Du hingegen wirst dich nächsten Januar nicht einmal mehr an meinen Namen erinnern. Ich werde Geliebte Nummer …", sie wedelte mit der Hand, „… was auch immer sein." Sie kreuzte ihre Finger hinter dem Rücken, weil sie gelogen hatte. Weil sie behauptet hatte, sie würde im Januar noch immer bei ihm sein. Dabei wollte sie spätestens nächsten Monat aus seinem Leben verschwinden.

„Ich werde zwei Wochen weg sein." Joshua betrachtete sie prüfend. Sie hatte keine Ahnung, worauf er wartete. Auf eine Kapitulation?

„Ich wünsche dir einen guten Flug."

Eine lange Pause entstand. „Ich möchte, dass du das Ressort einrichtest, das ich in Tokio baue."

Jessie schloss die Augen und seufzte innerlich. Das Multimillionenprojekt in Tokio war tatsächlich eine große Versuchung.

„Ich berate lieber private Kunden." Immer wieder hatte sie sich eingebildet zu wissen, was er dachte, und immer wieder musste sie feststellen, dass sie sich täuschte. Dieser Mann brauchte überhaupt nichts und niemanden. Wenn er sie in Tokio dabeihaben wollte, dann nur, weil es für ihn von Vorteil war.

Er hatte ihr mehrfach gesagt, was für eine wunderbare Gastgeberin sie war, wie gut sie sich mit seinen Geschäftspartnern und deren Frauen und Freundinnen verstand. Nun, dieses Mal musste er sich selbst um die Unterhaltung kümmern. Sie hatte anderes zu tun. Davon mal abgesehen war er schuld daran, dass sie unter PMS litt.

Sie lehnte sich über den Tisch und schlug den Kalender auf. „Lass uns diesen Trip rechtzeitig planen, dann kann ich mir Zeit nehmen …"

„Bis du so weit bist", sagte Joshua mit einer Stimme, die scharf genug war, um Eis zu zerschneiden, „habe ich bereits Evelyn Van Roosmalen unter Vertrag genommen." Er knöpfte seinen dunkelblauen Kaschmirmantel zu und schlenderte zur Tür. „Ich bitte niemals eine Frau, Jessie." Er griff nach der Klinke. „Deine Antwort reicht. Ich werde dich nicht noch mal fragen."

„Joshua …" Er schloss die Tür leise hinter sich.

„Verdammt!" Jessie warf sich auf den Stuhl. „Verflixt und zugenäht!"

Joshua schob den Papierkram zur Seite, auf den er sich seit drei Stunden zu konzentrieren versuchte. Diese verdammte Frau! Sie war seine Geliebte, Himmelherrgott noch mal! Was zur Hölle wollte sie eigentlich? Nie zuvor hatte er eine Frau gekannt, die ihm immerzu das Gefühl gab, durch brennende Reifen zu springen. Und sie schien das nicht einmal mit Absicht zu tun.

Sie beschwerte sich nie, war meist mit allem einverstanden und störte seinen Arbeitsalltag nicht im Geringsten. Er hatte sich daran gewöhnt, dass sie abends bei ihm zu Hause auf ihn wartete. Und daran, mit ihr gemeinsam das Abendessen zu kochen. Und es hatte ihm verdammt gut gefallen, sie nachts in seinem Bett zu haben.

Inzwischen fand er es sogar schon eher lästig, sie mitten in der Nacht wieder nach Hause zu schicken. Normalerweise war er derjenige, der nach dem Sex ging. Aber sie weigerte sich, ihn bei sich übernachten zu lassen.

Neben einer Frau aufzuwachen hatte ihm irgendwie immer das Gefühl von Nähe gegeben, die er keinesfalls wollte, eine Vertrautheit, die er nie wirklich empfunden hatte. Auf diese Weise war sein Sexleben einfach verlaufen – schnell, befriedigend und unpersönlich. Intimität war etwas anderes. Intimität bedeutete, verletzlich zu sein und die Kontrolle zu verlieren.

Vermutlich war es gut, dass die Affäre mit Jessie Adams vorbei war.

Joshua starrte auf die Wolken, die am Fenster des Flugzeugs vorbeizogen. In der Kabine war es kühl, so wie er es mochte. Nur dass er ganz schwach Jessies Parfüm in der Luft riechen konnte. Dabei war sie seit ihrer Reise nach Griechenland nicht mehr in seinem Flugzeug gewesen. Die Maschine war seitdem mehrfach gereinigt worden, und doch war ihr Duft noch präsent. Was ihn ärgerte. Joshua notierte schnell, dass die Crew das Flugzeug erneut schrubben sollte, und drückte dabei so fest auf den Stift, dass das Papier zerriss.

Schon früh war er dazu gezwungen gewesen, emotional unabhängig zu bleiben. Er hatte seine Lektion gelernt. Für ihn war es verdammt schwer, überhaupt jemandem zu vertrauen. Aber, verflucht, er wollte Jessie so gerne vertrauen. Und zwar so sehr, dass er manchmal alle Vorsicht fahren ließ, wie ein kriechender Hund, der um Streicheleinheiten bettelt.

Aus den Lautsprechern erklang ein verträumter Walzer von Brahms. Dazu hätte Jessie bestimmt gerne getanzt, hätte ihren schlanken Körper an ihn gepresst und ihm die Arme um den Hals gelegt. Ihr herrlich duftendes Haar hätte ihn am Kinn gekitzelt, während sie die Melodie ein wenig falsch mitgesummt hätte. Joshua ließ seinen Kopf gegen die Nackenstütze sinken und schloss die Augen. Schmerzen pochten in seinen Schläfen.

Wie konnte sie nur glauben, dass er angerannt kam, sobald sie mit den Fingern schnipste. Er brauchte sie nicht. Er brauchte überhaupt keine Frau, und am allerwenigsten sie. Sie war zu groß, und ihre Brüste waren verdammt noch mal viel zu klein …

Er wünschte, er hätte nicht an ihre Brüste gedacht, weil ihn das – wie alles an dieser Frau – erregte.

Hätte er sie doch nur nie kennengelernt. Niemals ihre weichen, vollen Lippen geküsst, sie niemals in den Armen gehalten oder ihre samtene Haut unter seinen Händen gespürt. Hätte sie doch niemals verschwitzt und keuchend unter ihm gelegen und seinen Namen gerufen, während ihr schmaler Körper immer und immer wieder erschauerte.

Er war schließlich nicht mehrfacher Millionär geworden, indem er sich von anderen hatte Vorschriften machen lassen. Er hatte das Sagen, und entweder die Leute gehorchten ihm, oder sie wurden eben aus seinem Leben gestrichen. Jeden Tag musste er Tausende von wichtigen Entscheidungen treffen. Und für Tausende Mitarbeiter waren seine Worte Gesetz. Jessie Adams war gefährlich. Sie erinnerte ihn an Dinge, die er nie gehabt hatte.

Erst vor fünf Stunden hatte er Jessie verlassen, und schon schrie sein Körper nach ihr. Er umklammerte die Armlehnen so fest, dass seine Knöchel weiß hervortraten. Er hatte sich schon viel zu sehr auf sie eingelassen. Selbstverständlich nicht emotional. Aber körperlich. Sein Körper brauchte sie wie eine Droge. Noch nie zuvor hatte es mit einer Frau sexuell dermaßen gut funktioniert, das war alles.

Jede andere Geliebte, die sich so verhalten hätte wie Jessie heute, hätte er sofort zum Teufel gejagt.

Verdammt, er hatte ja noch nicht mal Kontakt zu seiner Mutter, seit sie die Familie verlassen hatte, als er noch ein Kind war. Und heutzutage war er noch weit weniger versöhnlich als damals. Er hatte das Pech, dass zwei genusssüchtige, kaltschnäuzige Menschen zufällig seine Eltern waren. Seine Mutter war nur schwanger geworden, um Joshuas reichen und völlig unromantischen Vater an Land zu ziehen. Sie war bereits Ehefrau Nummer fünf gewesen, die Einzige, mit der er ein Kind hatte. Die Ehe dauerte drei Jahre. Joshua war immerzu Gegenstand ihrer Machtspielchen gewesen.

Niemand hatte ihn gewollt, obwohl beide um ihn gekämpft hatten. Ihnen war es dabei aber nur um Geld und Macht gegangen. Wenn er bei seinem Vater war, wollte seine Mutter ihn zurückhaben. Wenn er bei seiner Mutter war, schossen ihre Ausgaben in unglaubliche Dimensionen, gnadenlos quetschte sie seinen Vater aus. Bis sein Onkel Simon und der Familienanwalt darauf drangen, dass der kleine Joshua in ein Internat geschickt wurde, wo er gar nicht erst damit rechnen musste, dass sich jemand für ihn interessierte, und deshalb auch nicht enttäuscht werden konnte.

Seine Mutter hatte er also nie wiedergesehen. Sein Vater starb an einem Herzinfarkt, als Joshua siebzehn war.

Joshua richtete sich hastig auf und starrte wieder auf seine Unterlagen. Zum Teufel mit Jessie. Sie war diese Innenschau überhaupt nicht wert. Wenn er seine Geliebte aufforderte, zu springen, dann durfte sie höchstens fragen, wie hoch.

Er blickte auf sein Handy. Er könnte sie anrufen und ihr noch eine Chance geben. Er würde schon sicherstellen, dass es sich dabei nur um eine Gnadenfrist handelte. Schließlich war es verdammt lästig, sich eine neue Bettgefährtin zu suchen, wo er gerade so viel zu tun hatte.

Joshua schnappte sich sein Handy.

Jessie kämpfte gerade mit zwei großen Einkaufstüten, als das Telefon klingelte. Schnell stellte sie die Tüten in der Küche ab. Ihr Herz machte einen unverständlichen Satz. Joshua. Äpfel rollten aus der Tüte, und Eier zerschlugen auf den Fliesen. In der Sekunde, in der sie zum Hörer greifen wollte, hörte das Klingeln auf.

Jessie nahm trotzdem ab. Einen Augenblick lang stand sie nur da, betrachtete die Eier auf ihrem sauberen Küchenboden und drückte sich den Hörer an die Brust. Ihr Herz schlug viel heftiger, als ein kurzer Sprint durch die Küche rechtfertigte.

Langsam legte sie wieder auf.

* * *

Mai

Joshua hatte in den vergangenen drei Wochen, in denen er verreist war, nicht ein einziges Mal angerufen. Zwar hatten sich ungewöhnlich viele Leute bei ihr gemeldet, ohne auf den Anrufbeantworter zu sprechen, doch Jessie war sich sicher, dass Joshua irgendeinen markigen Spruch hinterlassen hätte. Reiner Zufall, dass das Band so oft angesprungen war, ohne dass jemand eine Nachricht hinterließ.

Seine Abwesenheit war unerträglich. Schon wieder

waren ihre fruchtbaren Tage gekommen und gegangen. Dieser Idiot, zumindest hätte er mal anrufen können. Er war eine Woche länger weggeblieben, als er angekündigt hatte.

Die riesigen schwarzen Eisentore öffneten sich, der goldene Falke mit den weit ausgebreiteten Flügeln teilte sich in der Mitte. Sie fuhr mit ihrem fünf Jahre alten Toyota über das Kopfsteinpflaster zum Haus. Es war im Stil der englischen Tudor-Gotik auf sechs Morgen des besten Landes südlich von San Francisco erbaut.

Prachtvoller Rasen und große Blumenbeete mit herrlich bunten Frühlingsblumen begrenzten den langen Weg zu Joshuas privatem Anwesen.

Die vergangenen Wochen waren nur schleichend vorbeigegangen, obwohl sie sich jede Menge Arbeit aufgehalst hatte. Er hatte es nicht einmal für nötig befunden, sie an diesem Morgen persönlich anzurufen. Eine seiner Sekretärinnen hatte einen „Termin" für Donnerstagabend um neunzehn Uhr vereinbart. Typisch Joshua. Er war noch immer beleidigt, weil sie nicht mit ihm geflogen war. Und sie würde ihm sicher nicht verraten, dass sie beinahe ein Ticket gebucht und ihn in Tokio überrascht hätte.

So langsam verzweifelte sie. Vielleicht sollte sie ihre sexuellen Treffen nicht nur auf die fruchtbaren Tage beschränken. Vielleicht sollte sie einfach auf das hören, was ihr Körper ihr sagte, und so oft wie nur möglich mit ihm schlafen. Schließlich gab es doch das Gesetz der Serie.

Sie parkte neben einem Beet rosafarbener Tulpen.

Eine steife Brise spielte mit ihrem Rocksaum, als sie aus dem Auto hüpfte. Vielleicht hätte sie sich etwas konservativer kleiden sollen. Sie trug einen langen, gekräuselten Rock, eine schulterfreie Bluse, und mit ihrem in wilden Locken über die Schultern fallenden Haar sah sie aus wie eine Zigeunerin. Nicht gerade die passende Kleidung für einen Tag im Mai, aber sie hatte sich dermaßen oft umgezogen und am Ende festgestellt, dass sie bunte Farben für ihr Selbstbewusstsein brauchte. Schnell rannte sie die flachen Stufen hinauf zu der schwarzen Eingangstür. Sie zitterte. Die Frühlingsluft kühlte ihre nackten Arme und ließ die goldenen Glöckchen an ihren Ohrringen klimpern.

Die Tür war nur angelehnt. Sie rieb sich die Arme und trat in die dunkle Eingangshalle aus schwarzem und grauem italienischen Marmor. So oft war sie inzwischen hier gewesen, dass sie sich auch blind zurechtgefunden hätte.

Wie gerne hätte sie diese unpersönlich eingerichtete Villa umgestaltet. Mutige Farben, dachte sie, als sie die Tür hinter sich schloss. Aquamarin und Ocker, Gold und königliches Rot. Sie würde die langweiligen Gardinen von den großen Fenstern reißen, damit das Sonnenlicht hineinströmen und sowohl dieses Haus als auch diesen Mann wärmen könnte.

Ihre Absätze klapperte auf dem Marmor, dann etwas gedämpfter auf dem polierten Parkett des Korridors, bis ihre Schritte von dem dicken burgunderfarbenen Teppich in dem förmlichen Wohnzimmer geschluckt wurden. Alle seine Häuser waren in denselben Farben eingerichtet wie auch sein Büro, seine Flugzeuge und seine Jachten.

Joshua stand vor der Terrassentür, die zum Rosengarten führte. Die Sprinkleranlage war angestellt, Wasser spritzte funkelnd über den frisch gemähten Rasen. Joshua reagierte in keiner Weise auf ihre Ankunft.

„Hier bin ich", erklärte sie überflüssigerweise, warf ihre Handtasche auf das weiße Brokatsofa und stellte sich hinter ihn. Plötzlich schlug ihr Herz erwartungsvoll, ihr Mund wurde trocken. Offenbar hatte ihr Körper sich bereits entschieden.

Mehr Sex.

Er drehte sich nicht um, als sie die Arme um seine Taille legte. Sein Bauch zog sich zusammen, wurde unter ihren Fingern steinhart und fühlte sich warm und lebendig an. Jessie legte ihre Wange an seinen breiten Rücken. „Wie war die Reise?"

„Lukrativ."

„Hast du dich zwischendurch etwas erholen können?" Jessie spürte, wie erschöpft er war.

„Ich bin kein kleines Kind. Ich weiß, was ich mir zumuten kann."

„Nein, weißt du nicht", schimpfte Jessie leise. „Du gehst immer wieder an deine Grenzen. Irgendwann solltest du mal mit mir zusammen blau machen und den Duft der Rosen genießen."

„Das hatte ich dir vorgeschlagen, aber du hast abgelehnt."

„Japan?" Sie versuchte, ihn umzudrehen, aber er rührte sich nicht von der Stelle. „Japan hätte nichts mit

Blaumachen zu tun gehabt, Joshua. Vermutlich hast du achtzehn Stunden am Tag gearbeitet. Ich hätte mir die Sehenswürdigkeiten angeschaut und dann im Hotelzimmer auf dich gewartet. Komm jetzt mit rauf, ich werde dir dabei helfen, dich zu entspannen." Jessie streichelte über seinen flachen Bauch und verteilte kleine Küsse auf seinem Rücken.

„Kannst du eigentlich nur an Sex denken, Jessie?"

Jessie brach in ungläubiges Gelächter aus. „Wer im Glashaus sitzt, sollte nicht mit Steinen werfen." Dabei hatte er gar keine Ahnung, wie nahe er der Wahrheit gekommen war.

„Wir haben uns drei Wochen nicht gesehen, und dir fällt nichts Besseres ein, als miteinander ins Bett zu gehen."

Das Lächeln auf Jessies Gesicht erstarb. „Guter Gott. Du meinst das ja ernst." Sie trat einen Schritt zurück. „Joshua, ich weiß, wie müde du bist. Ich wollte dir nur dabei helfen, dich zu entspannen. Das bedeutet nicht zwangsläufig, dass wir uns lieben müssen."

„Du meinst miteinander schlafen."

„Uns lieben, verdammt. Ich habe dich mehr vermisst, als du jemals wissen wirst. Und das hat nichts mit Sex zu tun." O Gott, wieso habe ich das gesagt?, fragte sich Jessie voller Panik.

„Ich will nicht, dass du mich liebst."

„Ich weiß." Jessie schloss die Augen. *Das versuche ich ja auch.*

„Und ich werde dich niemals lieben. Meiner Ansicht nach ist Liebe sowieso nicht das, was immer behauptet wird. Es verpflichtet einen, nimmt einem den Stolz und gibt überhaupt nichts zurück."

„Du hast da mehr Erfahrung, also will ich dir gerne glauben. Aber ich habe mich nach deiner Umarmung gesehnt. Dreh dich um. Küss mich. Bitte, Joshua." Ihre Stimme klang belegt. Ihr Herz begann dumpf zu schlagen, als er weiter aus dem Fenster schaute. Endlich drehte er sich langsam um, blickte sie an und fuhr mit einem Finger die Linien ihrer Wange nach. Seine Berührung war so unerträglich zart. Im Gegensatz zu dem eiskalten Blick in seinen blassen Augen.

„Hast du mich wirklich vermisst, Jessie?"

„Ja. Sogar sehr." Sie wollte, dass er sie in die Arme nahm, sie fest an seine breite Brust drückte. Jedes Mal, wenn sie getrennt waren, kam es Jessie so vor, als ob sie wieder ganz von vorne beginnen müssten.

Er ließ seine Hand fallen und holte eine schimmernde schwarze Papiertüte mit goldenen Kordeln aus der Jackentasche. „Hier."

Sie betrachtete die Tüte. Sie wollte keinen Schmuck von ihm. „Ich habe dir doch gesagt, dass du mir nicht immer Geschenke machen sollst, Joshua. Zwing mich nicht dazu, mich billig zu fühlen."

Er streichelte ihr Gesicht und starrte sie forschend an. „Nein, billig bist du wirklich nicht, oder, Jessie?"

„Ich werde so lange bleiben, wie es für uns beide gut ist, aber ich lasse mich nicht kaufen." Als er seine Hand sinken ließ, fühlte sich ihre Wange sofort wieder kalt an.

„Mach dieses verdammte Ding einfach auf. Es ist nichts Großartiges."

Jessie interessierte sich nicht für das Geschenk. Warum hatte er sie nicht geküsst? Wollte er sie dafür bestrafen, dass sie ihn nicht auf seiner Geschäftsreise begleitet hatte? Gedankenverloren nahm sie die Papiertüte und zog eine zierliche Schatulle aus Rosenquarz heraus. Bunte Perlen waren auf dem Deckel so ausgerichtet, dass sie aussahen wie rosa Diamanten und ineinander verwobene goldene Blätter. Es war ein hübsches, kostbares Geschenk, so ganz anders, als alles, was er ihr früher mitgebracht hatte.

„Das ist wunderschön." Jessie sah zu ihm auf. *Bitte, hör auf, mich mit diesem verhassten kalten Blick zu betrachten.* „Danke …"

„Mach's auf."

Jessie ließ den Deckel aufspringen. Auf einem rosa Samtkissen lagen zwei blassgrüne Kugeln. Ohrringe. Sie nahm einen heraus, ließ ihn durch die Hände gleiten. Das waren keine Ohrringe.

„Marmor?", fragte sie verdutzt. Die kleine Kugel rollte über ihre Handfläche.

„Ben-Wa-Kugeln", erklärte Joshua.

Jessie blickte ihn irritiert an. „Ben-Wa-Kugeln?"

„Man führt sie in die Vagina ein", sagte Joshua und beobachtete sie. „Dann hast du konstante Orgasmen, während wir getrennt sind."

Jessie schnitt eine Grimasse. „Klingt anstrengend. Ich glaube, da muss ich passen."

„Diese speziellen Ben-Wa-Kugeln sind vor über tausend Jahren handgeschnitzt worden." Er nahm die beiden Kugeln aus der Schatulle. „Gib mir deine Hand.

Siehst du, wie sie rollen? Das liegt daran, dass sie sehr genau gewichtet worden sind, damit sie sich ständig in dir bewegen. Sie sind aus weißer Burmajade gemacht. Diese spezielle Jade nennt sich Moos im Schnee – siehst du die kleinen dunkelgrünen Flecken? Sie sollen magische Kräfte haben."

„Nun, davon gehe ich aus, wenn man damit ohne menschlichen Kontakt multiple Orgasmen bekommt", sagte Jessie mit einem schiefen Lächeln. „Aber wenn diese Dinger über eintausend Jahre alt sind, möchte ich gar nicht darüber nachdenken, wie viele Frauen sie bereits ... benutzt haben. Danke für das Geschenk, aber ich passe auf jeden Fall!"

Joshua nahm ihr die Schatulle ab, legte die Jadekugeln hinein, schloss den Deckel und stopfte alles wieder in seine Jackentasche. „Sie sind natürlich sterilisiert worden. Glaubst du, ich würde dir etwas geben, das dir Schaden zufügt?"

„Nein. Aber ich hätte etwas so Intimes doch gerne noch in der Originalverpackung, am besten vakuumverpackt."

„Geh schon mal hoch und warte auf mich", entgegnete er kühl. „Ich muss noch einige Anrufe erledigen."

Jessie kniff die Augen zusammen, machte dann auf dem Absatz kehrt und verließ das Zimmer. Sie hinterließ eine Ahnung von Glück und Enttäuschung wie ein unsichtbarer Geist.

Er hätte ihr mehr Diamanten schenken sollen, schließlich hatten ihr die Ohrringe zum Valentinstag gefallen. Die Ben-Wa-Kugeln waren wohl zu intim gewesen, zu persönlich. Dabei hatte er nur an ihren Genuss gedacht. Diese Antiquität hatte ein kleines Vermögen gekostet, und sie hatte das Geschenk abgelehnt wie ein billiges Spielzeug. Er hatte die Enttäuschung in ihren Augen gesehen, als sie die verdammte Schatulle öffnete. Natürlich hatte sie ein Schmuckstück erwartet. Etwas, was sie tragen und vorzeigen konnte. Verflucht. Er rieb sich die schmerzende Stirn.

Einmal, als Zwölfjähriger, hatte er seiner Mutter einen roten Ledermantel geschenkt. Er hatte viele Stunden damit verbracht, den Mantel auszusuchen, der ihr gefallen würde, und sein ganzes Taschengeld dafür hingeblättert. Noch heute zuckte er zusammen, wenn er an ihr Gelächter dachte. Die Farbe hatte natürlich überhaupt nicht zu ihrem Teint gepasst, und warum um Himmels willen hatte er nicht gewusst, dass sie sich einen Fuchspelz wünschte?

Seine Mutter hatte den Mantel zurückgebracht und das Geld behalten. Jessies Gesichtsausdruck hatte ihn bis aufs Mark vereist, so wie es vor all diesen Jahren schon einmal gewesen war. Dieses Gefühl wollte er keinesfalls zulassen.

Er hatte sie durch den kleinen Barockspiegel beobachtet, wie sie ins Zimmer gestürmt kam, und die Augen geschlossen, um ihren Duft einzuatmen, der näher und näher kam. Mein Gott, er war nicht in der Lage gewesen, sich umzudrehen, ohne sich vollkommen zum Idioten zu machen.

Denn am liebsten hätte er sie gepackt und festgehalten. Er hätte seine Nase in ihr Haar gedrückt, hätte ihre samtweichen Wangen geküsst. Er hatte sie so schmerzlich vermisst.

Das war äußerst besorgniserregend. Grundgütiger. Was zum Teufel war mit ihm los? Hier ging es um mehr als um Sex. Zwar war er süchtig danach, Jessie zu berühren und zu schmecken. Süchtig danach, von ihr gestreichelt zu werden. Aber es war ihm egal, wo sie ihn berührte. Es war ihm egal, ob es erotisch war oder nicht. Er musste einfach ihre Hände spüren.

Erst seit er sie kannte war ihm aufgefallen, dass er bisher immer nur berührt worden war, wenn es einen Grund dafür gab. Sex. Oder aus Zufall. Wer hätte gedacht, dass Berührungen einen so abhängig machen konnten? In Jessies Gegenwart fühlte er sich so unsicher wie der kleine Junge, der versucht hatte, seine Mutter zu umarmen.

Für Joshua war es leicht, sich über Sex auszudrücken. Sex war körperlich, unmittelbar, die Bedeutung unmissverständlich. Seine unstillbare Sehnsucht nach Jessie hingegen war ein deutlicher Hinweis darauf, dass er … Joshua knirschte mit den Zähnen. Was? Körperliche Lust jedenfalls beschrieb nicht, was er für diese ärgerliche Frau da oben empfand.

Er begriff diesen gigantischen Umbruch einfach nicht, den er durchlebte, seit er Jessie kannte. Sein Instinkt warnte ihn davor, dass ihm das alles über den Kopf steigen würde und er auf dem besten Weg war unterzugehen.

Er blickte auf seine Uhr. Inzwischen waren elf Minuten vergangen. Er ging zur Treppe, absichtlich langsam, um nicht zu eifrig zu wirken. Diese Frau brachte ihn um den Verstand, aber sie musste davon ja nichts erfahren.

Joshua zuckte zusammen, als er daran dachte, wie er sie gefragt hatte, ob sie an nichts anders als an Sex denken könne. Himmel. Er war doch derjenige, der an nichts anderes dachte. Er lief die Treppe hinauf, die Schritte so schwer wie der Stein in seinem Herzen.

Nur ein kleines Licht auf dem Nachttisch erhellte die Dunkelheit. Der Raum war leer. Er konnte hören, dass im Badezimmer Wasser lief. Er zog sein Jackett aus und lockerte die Krawatte. Noch nie hatten er und Jessie gemeinsam ein Bad genommen. Joshua bemerkte, dass er trotz seiner Müdigkeit erregt war.

Er stellte sich vor, wie Jessie bis zu den rosa Brustwarzen mit Schaum bedeckt war, einen Arm nach ihm ausstreckte und ihn anlächelte. Sie wäre nass von Wasser und Begehren. Er schlüpfte in das luxuriös ausgestattete Bad.

Sie war noch angezogen. Sie saß auf der obersten Treppe vor der Badewanne und prüfte mit einem Finger die Temperatur des Wassers.

„Du bist ja gar nicht nackt." Er klang barscher als beabsichtigt. Der Dampf hatte ihr Haar noch lockiger gemacht, auf ihrem Gesicht und Hals lag ein Perlmuttschimmer.

„Noch nicht." Sie stand auf, wischte ihre Hände an einem Handtuch ab, das sie auf den beheizten Halter gehängt hatte. Dann kam sie auf ihn zu. Ihre geschmeidige, katzenhafte Anmut sorgte dafür, dass sein Mund wässrig wurde und sein Penis sich umgehend aufrichtete. Sie zog ihm die Krawatte aus und warf sie hinter ihm auf den Boden.

Dann folgte sein Hemd. Ihre Hände fühlten sich kühl auf seinem Bauch an, als sie seine Hose aufknöpfte und sie mitsamt den Boxershorts herunterzog.

„Was soll …"

Jessie unterbrach ihn. „Joshua?" Sie legte ihm eine Hand an die Wange.

„Was!"

„Du benimmst dich wie ein Trottel." Sie stellte sich auf die Zehenspitzen und gab ihm einen leichten Kuss. „Ich weiß, dass du müde bist. Sag einfach eine Zeit lang nichts, okay?"

Er ließ seine Stirn auf ihren Kopf sinken und umfasste ihre schlanke Taille. „Mein Gott, Jessie", stöhnte er. „Was machst du nur mit mir?"

„Lass mich heute Abend deine Freundin sein, auch wenn du dich wie ein Vollidiot benimmst. Je näher wir uns kommen, umso mehr versuchst du, mich wegzustoßen. Manchmal ist das zu viel, dann tut es weh. Also, heute Abend werden wir einfach nur Freunde sein."

Joshua umfasste ihr Gesicht mit beiden Händen, schloss die Augen, als ob er Schmerzen hätte, und sah sie dann wieder mit einem schiefen Lächeln an. „Und was wirst du als ‚Freund' tun, wenn du erst mal siehst, wie erregt ich bin?", fragte er ein wenig verstimmt.

Jessie grinste. „Oh, mit diesem Teil von dir bin ich auch befreundet. Keine Sorge, ich kann meine niederen Instinkte unterdrücken."

„Was ist mit den Schuhen?", fragte er amüsiert. „Die sollte man vor der Hose ausziehen, Darling." Joshua vergrub die Finger in ihrem Haar, als sie sich vor ihn kniete. Ungeduldig, weil sie so methodisch vorging, sagte er: „Steh auf, Jessie."

Sie erhob sich langsam und zog sich die verrutschte Bluse wieder über die Schulter. Sie senkte die Lider über ihre dunklen Augen, als er ihren Hals streichelte und den Träger ihres BHs nach unten schob.

„Ich weiß, dass ich nicht immer angemessen reagiere", sagte er sanft. Sie warf ihm einen vorsichtigen Blick zu. Diese Frau brachte ihn völlig durcheinander. „Aber könnten wir vielleicht später ‚Freunde' sein? Sosehr ich es manchmal langsam und zart mag, jetzt brauche ich dich schnell und hart. Es ist zu verdammt lange her."

Er zog sie aus, während er sprach. Trotz des stürmischen Wetters hatte sie nicht viel angehabt. Vor allem keine Unterwäsche. Joshua stöhnte, kickte die Schuhe von den Füßen und stürzte sich hungrig auf ihre Lippen.

Jessie zog seinen Kopf näher heran, und aus seinem Kuss wurde eine ausgedehnte, wortlose Entschuldigung.

Sie sanken auf die mit Teppich belegten Stufen der großen Whirlpool-Wanne. Entschieden drückte Jessie Joshuas Oberkörper zurück und kniete sich mit weit gespreizten Beinen über seinen Schoß. Sein erigiertes Glied war nur Zentimeter von ihrer heißen, feuchten Mitte entfernt. Aber sie wollte ihn noch ein wenig quälen. „Dieses Mal hast du nicht das Sagen. Dieses Mal bin ich bin dran", flüsterte sie ihm ins Ohr. „Tu einfach, was ich dir sage, und lass mich machen. Als Erstes breitest du deine Arme weit aus, damit ich sie sehen kann. Denn du darfst mich jetzt nicht berühren."

Joshua ließ seinen Blick über ihr wildes Haar und ihren samtigen Körper wandern. Sie hob die Arme, schüttelte das Haar zurück und zeigte ihm ihren langen Hals und die kleinen Brüste. Schon wollte er die Hand danach ausstrecken, doch sie wehrte ihn ab. „Nein. Sag mir, was du möchtest. Ich werde es dir geben."

Er lehnte sich wieder zurück. „Ich möchte deine Nippel schmecken."

Sie wölbte sich ihm entgegen, stützte sich mit den Händen auf den Treppenstufen ab und drückte erst die eine, dann die andere harte, aufgerichtete Brustwarze an seine Lippen.

Gott, sie war so sinnlich. Joshua umschloss die Brust mit den Zähnen und umkreiste sie dann mit der Zunge. Sie stöhnte leise, ihr Körper zuckte. Er vergrub sein Gesicht zwischen ihren süßen Brüsten, atmete den berauschenden Duft ihrer Erregung ein.

„Nimm ihn in den Mund, Jessie", flehte er, die Worte waren fast unverständlich.

„Küss mich zuerst", sagte sie. „Küss mich, als ob du verdursten würdest und ich Wasser wäre." Sie fuhr mit halb geöffneten Lippen über seinen Mund. Begierig darauf, sie zu schmecken, überließ er Jessie die Initiative. Mit der Zunge teilte sie seine Lippen. Sie schmeckte so schmerzhaft vertraut. Einen Augenblick lang konnte er sich nicht rühren.

„Ich verdurste, Jessie. Gib mir mehr."

Ihr heiseres Lachen kitzelte seine Lippen. Sie griff in sein Haar und zog ihn fester an sich. Joshua vergrub die Finger in dem dicken Teppich und widerstand dem überwältigenden Bedürfnis, ihre zarte Haut zu berühren.

Sie küsste ihn heftiger, fast schon aggressiv. Ihre Zunge umkreiste seine, bis sein Penis zuckte und pochte.

Beide atmeten schwer, als sie den Kopf hob. Ihre Blicke trafen sich für einen Moment, dann rutschte Jessie, ohne ihn aus den Augen zu lassen, geschmeidig und begierig an seinem Körper hinunter.

Joshua ließ seinen Kopf nach hinten sinken, während ihr Haar wie ein Sommerregen über seine Brust strömte. Seinen Bauch. Seine Leiste. Oh, Himmel ... Sie kniete zwischen seinen Beinen, nackt und wunderschön, ihr blasser Körper ein leuchtender Kontrast zu dem schwarzen Teppich.

Jessie.

Mit einer kühlen Hand umfasste sie seine Hoden, während sie mit der anderen die Spitze seines Penis an ihre feuchten, glühenden Lippen zog. Die ganze Zeit über betrachteten ihre großen, braunen, schönen Augen sein Gesicht.

Sanft wie eine Katze leckte sie den Tropfen von der Spitze. Dann strich sie mit einer herausfordernden, eleganten Bewegung der Zunge die ganze Länge seines Schafts entlang, um ihn schließlich mit ihren Fingern fest zu umschließen. Joshua biss die Zähne zusammen, um nicht hier und jetzt die Kontrolle über sich zu verlieren. Ein Stöhnen unterdrückend klammerte er sich am Teppich fest.

Jessie.

Langsam senkte sie erneut den Kopf und umschloss sein Glied mit ihren feuchten Lippen. Mit geschlossenen Augen gab sie sich völlig ihrer Aufgabe hin, ihm Genuss zu bereiten. Mit flinken kleinen Zungenschlägen umkreiste sie die Spitze, dann schloss sie ihren Mund fester um ihn und begann zu saugen.

Laut keuchend bäumte Joshua sich auf. Er konnte sich nicht mehr zurückhalten und packte Jessies schmale Schultern, um sie zu sich heraufzuziehen.

„War das nicht gut?", fragte sie.

„Viel zu gut." Seine Erektion verlangte nach Erleichterung.

„Wieso sollte ich dann aufhören?" Mit einem aufreizenden Lächeln ließ Jessie sich wieder nach unten gleiten und führte seinen steifen Schwanz ganz langsam an ihren Mund.

6. KAPITEL

Jessie zog sich für die Party an und warf schnell einen Blick auf die Uhr. Ausnahmsweise würde sie fertig sein, wenn Joshua kam. Sie schnappte die gelbe, zu ihrem Kleid passende Tasche und hastete die Treppe hinunter in ihr Studio, um noch letzte Hand an die Präsentation zu legen, an der sie die ganze letzte Woche gearbeitet hatte.

Archie und Conrad waren schließlich nicht nur ihre Freunde, sondern auch ihre Chefs. In den letzten paar Monaten hatte sie nicht genügend gearbeitet, um ihr Gehalt zu rechtfertigen, und so langsam bekam sie ein schlechtes Gewissen. Vor einem Monat hatte Conrad einen neuen Designer eingestellt. Er hatte ihr versichert, dass ihr Job nicht auf dem Spiel stand, dass die Firma einfach mehr Mitarbeiter brauche.

Jessie glaubte ihm, fühlte sich aber trotzdem schuldig. Fast jeden Morgen um drei Uhr das warme Bett bei Joshua zu verlassen und dann noch einmal um 7 Uhr aus ihrem eigenen Bett aufzustehen und zur Arbeit zu gehen war nicht besonders erholsam. So langsam konnte sie den Stress wirklich spüren.

Doch sie hatte nicht vor, Joshua davon zu erzählen. Sie musste sich eben einfach noch etwas besser organisieren.

Inzwischen verbrachten sie beinahe jede Nacht zusammen, und jeden Morgen um drei fuhr Jessie mit ihrem eigenen Auto nach Hause. Es wäre lächerlich und vor allem auch rücksichtslos, jede Nacht den Chauffeur zu wecken, damit er sie zurück zu ihrem Cottage brachte. Ganz egal, wie viel Geld er verdiente.

Außerdem waren diese Momente die einsamsten, die sie je erlebt hatte. Manchmal verspürte sie auf dem Nachhauseweg das Bedürfnis, zu weinen, und dafür wollte sie keine Zeugen haben. Seit beinahe fünf Monaten war sie Joshuas Geliebte und noch immer nicht schwanger. In dem freien Zimmer ihres Hauses standen bereits Unmengen von Babysachen. Eine weißes Kinderbett, ein Hochstuhl, Spielzeug, Kleider, Bücher.

Den Kalender und das Thermometer hatte sie inzwischen weggeworfen. Wenn Karnickel es schafften, sich zu vermehren, dann musste sie dazu doch auch in der Lage sein. Dass sie nicht schwanger war, lag mit Sicherheit nicht an mangelnden Gelegenheiten. Joshua konnte nicht genug von ihr bekommen. Was sie selbst empfand, wollte sie lieber gar nicht so genau wissen.

Sie ordnete ihre geschäftlichen Unterlagen, die sie nun doch nicht angesehen hatte, auf einen Stapel, stand auf und durchquerte den Raum. Trotz ihrer hochhackigen Sandalen legte sie an Tempo zu und begann, auf und ab zu gehen.

„Was tue ich nur?", fragte sie sich empört und ließ sich schließlich wenig elegant in den bequemen Stuhl vor dem Fenster plumpsen. Es wäre nicht sinnvoll, jetzt schon von einer Niederlage auszugehen. Denn noch war nicht aller Tage Abend. Sie hatte noch mehr als die Hälfte der „Vertragsdauer" Zeit. Allerdings hätte sie nie im Leben gedacht, dass sie so viel Zeit überhaupt brauchen würde.

An diesem Abend wollten sie eine Verlobungsfeier besuchen. Jessie war neugierig auf seine Freunde.

„Woher kennst du dieses Pärchen?" Sie lehnte sich an das Messinggeländer im Fahrstuhl, das sich kühl an ihrem Rücken anfühlte. Sie trug ein asymmetrisch geschnittenes Seidenkleid und riesige goldene Ohrringe, die ihr beinahe bis auf die nackten Schultern reichten.

„Der Mann arbeitet für mich. Seine Verlobte Ginny kenne ich gar nicht."

„Seit wann ..." Jessie riss die Augen auf, als Joshua in der Sekunde, in der sich die Fahrstuhltüren schlossen, mit zwei großen Schritten auf sie zuging.

„Dieses Kleid besteht aus ganz schön wenig Stoff."

Sie packte ihn am Handgelenk, schaute auf die aufleuchtenden Zahlen über der Tür. „Benimm dich."

„Du siehst in Gelb zum Anknabbern aus, Miss Adams." Joshua betrachtete sie hungrig und legte eine Hand in ihren Nacken. „Was würde passieren, wenn ich diesen kleinen Knopf hier öffne?"

Dann würde ihm ein Paar nackte Brüste entgegenkommen. Was exakt seiner Absicht entsprach. Jessie verstärkte ihren Griff. Er grinste teuflisch, zögerte und zog schließlich die Hand zurück.

„Du zerknitterst mein Kleid", ermahnte sie ihn, dankbar, dass das Penthouse, in dem die Party gefeiert wurde, im zweiundsiebzigsten Stock war. Da außer ihnen niemand im Fahrstuhl war, würde sie sich wohl nicht ernsthaft wehren.

„Das macht bei Seide nichts aus", versicherte er und streichelte ihren Hals. Unter ihrem kurzen Kleid raschelte der Petticoat. Jessie erzitterte, als er sie sanft gegen die Wand schob. Er war drei Tage in New York gewesen und hatte gerade noch Zeit gehabt, sich umzuziehen und sie abzuholen.

„Wir haben ungefähr vierzig Sekunden, bevor sich die Fahrstuhltüren öffnen. Ich will das Beste daraus machen", murmelte er nahe an ihrem Mund.

„Ich wünschte, wir wären zu Hause geblieben." Jessie klimperte mit ihren langen Wimpern. „Warum müssen wir überhaupt zu dieser langweiligen Party gehen?"

Joshua grinste. „Für eine kluge Dunkelhaarige stellst du ganz schön dumme Fragen."

„Hey", rief sie ungehalten. „Ich habe nur geflirtet."

„Nein, du suchst Ärger."

Sie lächelte verführerisch. „Habe ich dafür den richtigen Punkt erwischt?"

Joshua ächzte auf und beugte den Kopf. Jessie bot ihm ihre Lippen an. Er streichelte sie mit seiner Zunge.

Noch kam ihr der vage Gedanke, dass sie mit dem Feuer spielte, aber sein Mund war so verführerisch, dass ihr jeglicher Sinn für Schicklichkeit abhanden kam. Pheromone umspielten ihn wie ein Parfüm und ihr Körper reagierte wie immer umgehend.

Sie schob eine Hand unter sein Jackett und streichelte seinen Rücken. Er küsste sie leidenschaftlicher, bog ihren Kopf zurück, damit er seine Lippen noch fester auf ihre pressen konnte. Sie wimmerte hilflos.

Er löste sich ein wenig und flüsterte: „Lass mich nur noch einmal probieren, bevor die Türen sich öffnen."

„Sie mögen's gefährlich, Mr. Falcon?" Sie wusste,

wie sehr er sie wollte. Er küsste sie hungrig, rieb seinen Körper an ihrem, seine Hände waren fordernd, sein großer, erregter Penis drückte sich an ihre Hüfte.

Der Fahrstuhl hielt, die Türen öffneten sich. Joshua strich ihr das Kleid glatt, wischte mit dem Daumen den verschmierten Lippenstift von ihrem Gesicht und dann von seinem.

Ein Dutzend lachende, sich unterhaltende Menschen betraten den Fahrstuhl. Sie wollten offensichtlich zur gleichen Party. Der Duft teurer Kosmetik und Parfüms erfüllte den kleinen Raum. Jessie drückte sich an Joshua, in dessen Blick ein verschmitztes Lächeln lag.

„Haltet den Fahrstuhl auf!", schrie jemand.

Joshua glitt mit der Hand unter Jessies Rock und streichelte ihren Schenkel. Mit großen Augen sah sie ihn überrascht an. Er warf ihr ein verführerisches Lächeln zu und machte weiter.

Jessie packte sein Handgelenk und versuchte, seine Hand wegzuschieben.

„Danke", sagte der Mann, der mit drei weiteren Leuten in den Aufzug drängte.

Was glaubst du, was du da tust? schien Jessies Blick zu fragen, als seine Finger den Weg unter ihren Slip fanden. Er sah sie ganz unschuldig an, während er sie zart streichelte. Ihre Knie wurden weich. „Lass das!", flüsterte sie.

Die Leute im Fahrstuhl lachten und unterhielten sich und blickten auf die blinkende Anzeige über der Tür. Joshua war der Einzige, der ihr zugewandt war. Und trotzdem ... Er ließ einen Finger in sie gleiten. Dann schob er ein Bein zwischen ihre Schenkel und spreizte sie leicht.

Jessie leckte sich über die Unterlippe und schloss die Augen. O ... mein ... Gott. Der Petticoat raschelte an seinem Arm.

Wenn sich jemand umdrehte ... wenn jemand sie ansehen würde.

Ein zweiter Finger schob sich tief in sie hinein. Sie biss sich auf die Zunge, um ein Stöhnen zu unterdrücken, und lehnte sich zurück. Mit dem Daumen streichelte er ihre Klitoris. Jessie erschauerte. Fester. Sie spürte, wie ihre Muskeln sich um seine Finger zusammenzogen, während er gekonnt mit ihrer Perle spielte. Ein Pochen fuhr durch ihren ganzen Körper, ihre Brustwarzen richteten sich deutlich sichtbar unter dem dünnen Stoff auf. Sie war kurz davor zu kommen. Wie konnten so viele Menschen einfach dastehen und nicht bemerken, was er tat?

Seine Finger glitten hinein und hinaus. Schneller. Schneller. Schneller.

Jessie kam schnell und heftig. Sie presste den Rücken gegen die Wand und hielt sich den Mund zu, um einen Schrei zu unterdrücken.

Die anderen fuhren fort zu lachen und zu plaudern.

Joshua zog seine Hand zurück, sie blickte schnell auf die Anzeige. Siebzigste Etage.

Seine Hand war wieder da. Das konnte nicht sein. In wenigen Sekunden würde sich die Tür öffnen, und die Leute würden aussteigen. Sie wollte nicht mit Joshuas Hand in ihrem Höschen erwischt werden.

Etwas rollte über ihre Klitoris ... und noch etwas. Dann spürte sie ein Gewicht in sich, ihre Muskeln zogen sich automatisch zusammen. Sie blickte ihn an. „Was ...?", flüsterte sie.

Er lächelte.

Es klingelte, die Tür öffnete sich.

Alle stiegen aus, außer Jessie und Joshua.

In einer Hand hielt Joshua ein Taschentuch, die andere reichte er ihr. Jessie ergriff sie und machte einen Schritt nach vorne. O mein Gott.

Die Kugeln bewegten sich in ihr. Sie stolperte und klammerte sich an Joshuas Arm fest. Die Muskeln in ihrer Muschi spannten sich an. Sie warf Joshua einen vorwurfsvollen Blick zu.

„Das hier geschieht ohne meine Genehmigung, und ich kenne nicht mal die Gebrauchsanweisung", zischte sie ihn an. „Das werde ich dir heimzahlen, Falcon."

Sie folgten dem Lärm und erreichten die Eingangstür des Penthouses. Lächelnd steckte er sein Taschentuch wieder ein. „Du musst nur deine Muskulatur kontrollieren. Mehr nicht. Das kriegst du hin."

„Du hast leicht reden", nörgelte Jessie. „Du musst ja nicht wie eine Ente herumwatscheln."

„Dafür habe ich einen Steifen. Ich habe dich zweiundsiebzig Stunden lang nicht gesehen. Gott, habe ich dich vermisst."

Ein Blitzlicht blendete sie, sie lachte auf. „O nein, hier sind Fotografen." Sie musste kichern. „Meine Güte. Was, wenn diese verdammten Dinger rausfallen und über den Boden kullern?"

„Das werden sie nicht." Joshua drückte ihre Hand. „Jeder, der dieses Foto sieht, wird dich haben wollen."

„Dann werde ich ihnen sagen müssen, dass ich bis Dezember vergeben bin." Jessie schaute sich nach bekannten Gesichtern um, versuchte, sich von dem abzulenken, was in ihrem Körper vor sich ging. Die Ben-Wa-Kugeln bereiteten ihr ein merkwürdig angenehmes Gefühl. Je schneller sie lief, umso mehr bewegten sie sich und umso erregter wurde sie.

„Ratte", murrte sie leise, als ein hübsches kleines Nachbeben durch ihren Körper fuhr und sie sich die Hände an die schmerzende Brust drückte.

Er lächelte. „Du kannst mir später danken."

Die Kugeln vibrierten. Jessie spannte ihre Beckenmuskeln an. Junge, Junge. Das würde ein interessanter Abend werden.

Einige ihrer Kunden waren da und ein paar Bekannte. Sie wandte sich wieder Joshua zu. Er hatte einen seltsamen Gesichtsausdruck. Seine verspielte Laune schien verflogen zu sein. Er war wieder nur der Eisklotz. Und jetzt?

Sie hob die Stimme gegen den Lärm, machte einen Schritt auf Joshua zu, während die Gästeschar sich um sie schloss. Die Kugeln tanzten ein wenig herum, beruhigten sich aber, als sie sich nicht mehr bewegte. *Gut. Bleibt so.* „Wo ist das Brautpaar?"

„Das sind die beiden fröhlichen Menschen an der Eisskulptur." Joshua deutete mit dem Kinn in die Richtung und legte einen Arm um sie.

„Die Blonde in dem blauen Kleid und der große

Typ?" Jessie betrachtete das frischverlobte Paar, das sich zu streiten und die Gäste vergessen zu haben schien. Bei dem Lärm war es unmöglich, zu verstehen, was sie sagten, man konnte nur beobachten, wie sie es sagten.

„Ein Foto davon würde ich im Lexikon unter Scheidung abbilden."

„Noch sind sie nicht verheiratet", sagte Jessie. Er war wirklich in einer komischen Verfassung.

„Jedenfalls wird die Ehe nicht lange halten, wenn sie schon jetzt in aller Öffentlichkeit so streiten."

„Nicht alle Ehen enden mit einer Scheidung."

„Aber mehr als die Hälfte."

„Das bedeutet, dass fast die Hälfte glücklich ist."

Joshua berührte ihre Wange. „Du gehörst also zu denen, die das Glas immer als halb voll betrachten?"

„Für mich funktioniert das."

„Einigen wir uns darauf, dass wir uns nicht einig sind." Joshua ließ seine Hand an ihrer Wange liegen. Jessie blickte ihn forschend an, auf der Suche nach dem Grund für seine schlechte Laune. „Wir trinken etwas von ihrem zweifellos exzellenten Champagner und gehen wieder. Wie klingt das?"

Für Jessie klang das vielversprechend. „Ich hätte lieber dich in mir als diese Millionen Jahre alten Kugeln."

Joshua lachte. „Geht mir genauso."

Sie blickte sehnsüchtig auf das elegant dekorierte Buffet mit den raffinierten Kanapees und den kunstvollen Eisskulpturen. „Das Essen sieht gut aus." Sie warf ihm ein verschmitztes Lächeln zu. „Wie wäre es damit: Wir schnappen uns was zu essen, dann gratulieren wir dem Paar ... oder sprechen ihm unser Beileid aus, was gerade passender ist, und gehen nach Hause?"

„Du bist genauso klug wie schön. Wie ungewöhnlich ... verdammt."

Jessie folgte seinem Blick und erkannte die vollbusige Blondine sofort, die auf direktem Weg auf sie zukam. Ihr Foto hatte sie mindestens ein Jahr lang oft genug neben Joshuas in den Zeitungen gesehen. „Bleib bei mir. Ich werde dich beschützen", sagte sie trocken.

Joshua versuchte so lässig zu wirken, wie es einem Mann im Beisein der ehemaligen und der aktuellen Geliebten nur möglich war. „Vielleicht könnten wir etwas Zeit sparen, indem du Guy und Ginny gratulierst und ich mich um Megan kümmere."

Jessie warf ihm einen tadelnden Blick zu, genau in dem Moment, in dem die andere Frau bei ihnen war. „Megan, hallo." Jessie lächelte ihr freundlich zu, trat einen Schritt vor Joshua, was ein Fehler war, weil ihre kleinen Freunde sich sofort freudig zu bewegen begannen. „Ich bin Jessie Adams."

Joshua legte ihr einen Arm um ihre Taille und zog sie wieder neben sich. Außer Reichweite, wie Jessie vermutete.

Megan Howell kniff ihre babyblauen Augen zusammen und starrte Jessie an. „Kenne ich Sie?"

„Nein", entgegnete Jessie behutsam. Sie konnte sehen, wie erregt die andere Frau war. „Aber ich habe das tolle Foto von Ihnen im Inquirer letzten Dezember gesehen." Jessie machte sich vorsichtig von Joshua los.

„Ich schätze, Sie wollen alleine mit Joshua sprechen, also werde ich mal …"

„Sie können sich das genauso gut anhören." Megans Stimme klang feindselig. Jessie rückte näher an Joshua und betrachtete die andere Frau misstrauisch.

Der Eisklotz war wieder voll und ganz in seinem Element. „Sag, was du zu sagen hast, und verschwinde, Megan."

„Ich bin schwanger", rief Megan wütend und viel zu laut. Sie verschränkte die Arme vor ihren Plastikbrüsten. Das sehr elegante weite Kleid versteckte sehr wirksam jedes Anzeichen einer Schwangerschaft.

Jessie spürte, wie Wut in ihr hochkochte. Wie konnte diese Frau es wagen, ein Kind von Joshua zu bekommen! Am liebsten hätte Jessie ihr die Haare ausgerissen.

Ihr war schlecht vor Eifersucht und Enttäuschung. Megan war schwanger. Verdammt, das war einfach nicht fair. Sie hatte einen Kloß im Hals, der ihr das Schlucken schwer machte. Sie blickte Joshua an, der böse lächelte.

„Gratuliere. Wer ist der Vater?"

„Das bist du, du Bastard!" Blitzlichtgewitter. „Und was gedenkst du zu tun?", wollte die Blonde wissen.

„Zunächst bitte ich Sie, etwas leiser zur sprechen", mischte Jessie sich ein. Einen Moment lang hasste sie beide. „Es sei denn, sie wollen das alles morgen in der Zeitung lesen. Guy und Ginny haben jede Boulevardzeitung des Universums eingeladen. Also lächeln sie hübsch und benehmen Sie sich wie eine Dame."

Joshua starrte sie an, als ob ihr ein zweiter Kopf gewachsen wäre. Dann wandte er sich an seine Exgeliebte, sein blasser Blick war eiskalt. „Du hast dir ungewöhnlich viel Zeit damit gelassen, mir das zu sagen, Megan. Sonst warst du doch viel schneller, wenn es darum ging, an Geld zu kommen."

„Ich habe mit deinen Anwälten gesprochen", zischte Megan mit roten Wangen, ihre Augen blitzten wütend.

„Gute Idee." Joshua legte seine Hand auf Jessies Rücken. „Und zweifellos haben die dir gesagt, dass ein DNA-Test erforderlich ist?"

„Ich weigere mich, mein Kind einem Risiko auszusetzen, nur weil du mir nicht glaubst", sagte sie scharf.

„DNA-Tests können ab der zwanzigsten Woche durchgeführt werden, ohne dem Fötus zu schaden, Megan. Ich bin sicher, dass Felix dich darüber unterrichtet hat." Joshua strich Jessie mit dem Daumen über den nackten Rücken.

„Hier handelt es sich offensichtlich um ein privates Gespräch", sagte Jessie knapp. „Ich warte in der Bar auf dich", fügte sie hinzu und machte auf dem Absatz kehrt.

Ihre Haltung verriet durch nichts, dass für sie gerade eine Welt zusammengebrochen war.

Joshua fand sie wenige Minuten später ein wenig zu aufrecht am anderen Ende des Raumes stehen. Sie war alleine und tat so, als ob sie eines der schrecklichen Gemälde von Guy betrachten würde. Sie selbst gab ein spektakuläres Bild ab in diesem Nichts von einem Kleid, das ihre herrlichen langen Beine zeigte und den schönen Rücken.

„Lass uns gehen." Joshua legte eine Hand auf ihre Schulter. Ihre Haut schimmerte.

„Wir sollten uns zuerst von den Gastgebern verabschieden. Ich glaube, sie haben die neunte Runde beendet."

Er blickte in ihr gefasstes Gesicht. „Kannst du gut laufen?"

Sie blitzte ihn an. „Ich habe sie herausgenommen", flüsterte sie. „Ich hatte neunundneunzig Orgasmen ohne dein Zutun. Das gefällt mir nicht."

Im Fahrstuhl sprachen sie kein Wort. Die Paparazzi hatten eine Menge Fotos von ihnen drei gemacht, aus jedem Blickwinkel, das war ihm klar. Und Jessie hatte genug gehört, um bereits zu wissen, was morgen in allen Zeitungen stehen würde. Würde sie ihm glauben, wenn er ihr die Wahrheit sagte? Andererseits, warum sollte sie ihn verlassen wollen?, dachte Joshua bitter und lehnte sich an die Fahrstuhlwand. Schließlich war sie nur seine Geliebte, und eine andere Frau bedrohte ihren Goldesel. Was kümmerte es sie? In ein paar Monaten war sie sowieso wieder frei wie ein Vogel. Allerdings entging auch Joshua nicht, dass die Spannung zwischen ihnen eine andere Sprache sprach.

Als sie aus der Tiefgarage fuhren, sagte er grimmig: „Sie hat gelogen ..."

Jessie atmete kurz aus. „Das sagen alle."

Joshua blickte sie an. Die Straßenlichter tanzten auf ihrem Gesicht, ihr Ausdruck war nur schwer zu erkennen. „Du glaubst mir nicht? Ich schwöre dir, Jessie. Sie will mir ein Kind anhängen, das ich nicht gezeugt habe."

Schweigend sah Jessie aus dem Fenster. Jeder Mann, der etwas zu verlieren hatte, würde sich so aus der Affäre ziehen wollen. Und Joshua hatte etwas zu verlieren, selbst wenn sie nur ein hübsches Spielzeug für ihn war. Und trotzdem sagte ihr eine innere Stimme, dass Lügengeschichten von dem Kaliber nicht zu Joshua passten. „Wenn es nicht von dir ist, warum behauptet Megan das dann? Wenn es nicht stimmt, kommt es doch sowieso früher oder später raus."

Joshua entspannte sich ein wenig. Sie wollte überzeugende Argumente hören, und das hieß, dass sie ihm vielleicht doch glaubte. „Weil sie ein Biest ist. Und weil sie mein Geld will. Sie pokert und bedenkt nicht, dass sie auch verlieren könnte."

Jessie nickte. Es gab solche Frauen. Erstaunlich genug, aber es gab sie. Jessie gähnte. Der Abend war anstrengend gewesen, und langsam merkte sie, wie die Anspannung von ihr abfiel. Sie zögerte kurz, dann aber schmiegte sie sich an ihn.

„Dann wird sie das wohl jetzt lernen müssen, das man im Leben auch verlieren kann, meine ich", murmelte sie.

Joshua warf ihr einen fragenden Seitenblick zu, und dann huschte ein Lächeln über sein Gesicht. Sie glaubte ihm. In ihrer Stimme hatte kein Zweifel gelegen. Sie … glaubte ihm wirklich. Verschiedene Gefühle übermannten ihn. Ungläubigkeit. Wärme. Und noch etwas, das viel zu machtvoll war, zu unglaublich.

Jessie kuschelte sich tiefer in ihren Sitz, sah ihn mit halb geschlossenen Augen an und begann, ihn mit einer Hand unter dem Jackett zu streicheln. Als er eine scharfe Rechtskurve nahm, steckte sie den Daumen unter seinen Gürtel. Ihre langen Wimpern warfen Schatten auf ihre Wangen.

„Ich wünschte …"

„Was wünschst du dir, Jessie?"

Sie zuckte mit den Achseln und murmelte schläfrig: „Ich würde mir ein kleines Mädchen wünschen. Ich würde ihr hübsche Kleider anziehen und versuchen, ihr das Rüstzeug mitzugeben, das sie braucht, um in der Welt zurechtzukommen. Sie müsste niemals Hunger leiden oder Angst haben." Jessie unterdrückte ein Gähnen. „Aber das Wichtigste: Ich würde sie einfach lieben."

Joshua spürte einen scharfen Schmerz in der Brust. Sie schien sich gar nicht darüber im Klaren zu sein, was sie gerade von sich preisgegeben hatte. Er wusste selbst am besten, wie es war, von der Mutter nicht beachtet zu werden, aber zumindest war immer für das Nötigste gesorgt worden. Haushälterinnen und Kinderschwestern hatten ihm zwar keine Liebe gegeben, aber zumindest Kleidung und Essen, er hatte niemals frieren oder hungern müssen.

Jessie war es anders ergangen. Sie sprach nur selten über ihre Kindheit. Sie hatte nie gewusst, ob und wann ihre Mutter nach Hause kommen würde. Laut Felix war ihre Mutter regelmäßig wegen Prostitution festgenommen worden. Wohin hatte Jessie sich gewandt, wenn ihre Mutter im Gefängnis saß? Und wie war aus Jessie eine Frau geworden, die anderen so leicht vertrauen konnte?

Er selbst war ein einsamer Mensch. Zwar gab es ein paar Leute, die er als Freunde bezeichnete, aber in Wirklichkeit handelte es sich dabei nur um Geschäftsbeziehungen. Nie zuvor hatte eine Frau ihm so vertraut wie Jessie, ihn so verstanden wie Jessie. Das war eine ganz neue Erfahrung. Joshua kostete dieses Gefühl aus, während Jessies Körper neben ihm ganz weich wurde. Er warf ihr einen langen, nachdenklichen Blick zu.

Innerhalb von Sekunden war sie eingeschlafen. Teufel noch mal, dachte Joshua. Am liebsten hätte er laut gelacht. Sie glaubte ihm. Kein Theater. Keine Szene. Er starrte auf die dunkle Straße. Wie nur konnte eine so unkomplizierte Frau so schwer zu verstehen sein?

Als sie an diesem Abend so beiläufig gesagt hatte, dass sie bis Dezember vergeben sei, hatte er seinen Ärger unterdrückt. Aber es passte ihm überhaupt nicht, dass sie so sachlich über ihr befristetes Arrangement sprach. Er rieb sich übers Gesicht. Diese Frau brachte ihn völlig durcheinander und ließ ihn dann hängen.

Als sich das Einfahrtstor zu seinem Anwesen öffnete, dachte er an das Gespräch, das er mit seinem Anwalt geführt hatte, kurz bevor er nach New York geflogen war. Wie es schien, wollte seine Ehefrau mehr Geld. Grundsätzlich hörte er nur etwas von ihr, wenn sie mit Felix Kontakt aufnahm und Geld forderte. Das war allerdings ein geringer Preis für eine problemlose, unsichtbare Ehefrau.

„Himmel, Felix", hatte er gestöhnt. „Will sie mich total aussaugen?"

Felix hatte ziemlich ernst geschaut, als er ihm die Papiere zum Unterschreiben hinlegte. „Wohl kaum. Deinen Mitarbeitern gibst du doch auch jährlich eine Gehaltserhöhung. Wieso nicht ihr?"

„Herrgott, mit dem Geld, das sie bekommt, könnte man ein komplettes Land unterstützen!"

Er konnte sich zwar nicht mehr richtig an dieses Mädchen erinnern, aber es hatte seinen Zweck erfüllt. Und er hatte ihr etwas versprochen. „Also gut, Felix. Dann gib ihr zum Teufel, was sie verlangt."

Er war ein Mann, der immer Wort hielt, wie schon viele Leute zu ihrem Leidwesen hatten feststellen müssen.

Joshua trug Jessie die Stufen hinauf, ohne sie zu wecken. Sie würde sowieso bald genug aufwachen.

Joshua hatte Megan Howell die ganze Woche über nicht erwähnt. Er war noch verschlossener und ernster gewesen als sonst. Jessie hatte das Gefühl, dass er sie beobachtete, als ob er herausfinden wollte, was sie dachte.

Ein paar Tage nach der Party rief er sie an und bat sie, Koffer zu packen. Sie würden ein verlängertes Wochenende nach Tahoe reisen.

Jessie knabberte an ihrem Stift und wickelte sich das Telefonkabel um die Hand. „Wie viele Schlafzimmer gibt es in der Hütte?", fragte sie unschuldig.

„Eines." Joshua klang belustigt. „Wie viele brauchen wir denn?"

„Das hängt davon ab, ob ich morgens um drei meinen Hintern aus dem Bett bewegen muss", sagte sie gedehnt. Das Kabel hinterließ rote Striemen auf ihren Fingern. Gespannt wartete sie auf seine Antwort.

Eine kurze Pause entstand, so kurz, dass es ihr gar nicht aufgefallen wäre, hätte sie nicht so sehr darauf geachtet. „Ich werde den Wecker an diesem Wochenende aus dem Zimmer werfen."

Jessie lachte. „Wie schnell kannst du mich abholen?"

Sie flogen in Joshuas Learjet nach Tahoe. Er wollte keine Zeit mit der Autofahrt verschwenden. Ein glänzender schwarzer Range Rover wartete auf dem Flugplatz bereits auf sie.

Die Hütte hatte keine Ähnlichkeit mit den Bretterbuden, die es normalerweise in den Bergen gab. Sie war aus Zedernholz und durch die riesige Glaswand im Wohnzimmer hatte man einen traumhaften Blick über das Nordufer des Sees. Sie war zwar luxuriös eingerichtet, jedoch nicht so teuer wie seine anderen Häuser. Allerdings herrschten auch hier die bekannten Farben vor. Dafür war das Schlafzimmer riesig und – wie Jessie mit Begeisterung bemerkte – es gab nur ein Telefon.

Joshua trug ihre Koffer ins Schlafzimmer und kam dann in die Küche. „Weißt du, was das Beste an dir ist?", fragte er und küsste ihren Nacken.

„Was?" Jessie streichelte ihm durch sein seidiges dunkles Haar und knabberte an seinem Kinn.

„Du bittest mich nie um irgendetwas."

Das Einzige, was ich von dir will, hast du mir bisher noch nicht gegeben, dachte Jessie, hob den Kopf und ließ sich von ihm küssen, während ihr Herz sich zusammenzog. Aber es war sinnlos, sich zu grämen. Es passierte, wenn es eben passierte.

Sein blaues Hemd hatte dieselbe Farbe wie seine Augen, und während sie die Käse-Tomaten-Sandwichs bereitete, hörte sie nicht auf, ihn zu betrachten. „Ehrlich gesagt, es gibt etwas, das ich möchte", neckte sie ihn und ließ einen Finger über die Knöpfte seines Hemdes wandern.

„Gott, Frau, du bist ja unersättlich."

„Ich kann nichts dagegen tun." Jessie zog einen Schmollmund. „Ich liebe es einfach." Sie klimperte mit den Wimpern und versuchte, nicht loszukichern. „Ich glaube ... ja, ich glaube, das gehört zu einer meiner Lieblingsbeschäftigungen."

„Nimm mich, ich bin dein ..." begann er dramatisch, kniff dann argwöhnisch die Augen zusammen. „Was genau meinst du, du kleiner Plagegeist?"

Jessie lachte. „Ich möchte in die Spielbank." Sie stellte sich auf die Zehenspitzen und schlang ihm die Arme um den Hals. Er roch nach Kiefern und frischer Luft. Während des Flugs hatten sich seine Schultern endlich gelockert, und als sie landeten, waren die erschöpften Linien in seinem Gesicht verschwunden.

Er lächelte nachsichtig auf sie hinunter, offenbar amüsiert und total entspannt. Ihre Augen funkelten, als sie versuchte, seinen kitzelnden Fingern auszuweichen. „Können wir ins Casino gehen? Können wir? Ja? Ja?"

Joshua stimmte lachend zu. Als sie im Auto saßen und schon fast den See umrundet hatten, sagte Jessie vorsichtig: „Ich glaube, es wäre an der Zeit, dass du dir mal eine Jeans kaufst. Du siehst so aus, als wolltest du zum Polo gehen."

„Man trägt beim Polo keine Wollhosen, Jess. Sondern Reithosen", erklärte er und fuhr auf den Parkplatz eines beängstigend großen Einkaufszentrums. Er konnte sich gar nicht mehr daran erinnern, wann er sich zum letzten Mal selbst etwas zum Anziehen gekauft hatte. Das musste Jahre her sein. Normalerweise rief seine Sekretärin einen Ausstatter in London oder Mailand an, der dann per Post schickte, was Joshua brauchte.

Mit Jessie einzukaufen war eine überraschend angenehme Erfahrung. Sie vertrödelte keine Zeit. Sie wusste ganz genau, was sie suchte, und wenn der Laden es nicht hatte, hielt sie sich gar nicht erst lange auf. Zwei Stunden später war Joshua stolzer Besitzer von drei Paar Jeans und mehreren Hemden, die er selbst niemals in Betracht gezogen hätte. Er hatte versucht ihr klarzumachen, dass er ausschließlich Blau oder Weiß trug.

Jessie hatte mehrere Rentnerinnen in den Laden gebeten, um sie nach *ihrer* Meinung zu fragen. Wie hätte er sich gegen Jessie Adams und alte Damen mit violett gefärbtem Haar durchsetzen sollen?

Nachdem sie die Einkäufe in der Reinigung abgegeben hatten, gingen sie zum Mittagessen.

„Ich frage das ja nicht gerne", Joshua spielte mit ihren Fingern, während sie auf ihre Spaghetti warteten, „aber wieso haben wir gerade Klamotten gekauft, die gewaschen werden müssen, bevor ich sie anziehen kann?"

„Die Jeans müssen ein paarmal gewaschen werden,

bevor sie richtig weich werden", erklärte Jessie ein wenig abwesend. Sie beobachtete ein Kind, das gerade versuchte, auf den Kinderstuhl seines Bruders zu klettern. Sie lächelte über das sich entwickelnde Drama.

Joshua blickte über seine Schulter, um zu sehen, worüber Jessie sich so amüsierte. Diesen Ausdruck hatte er zuvor noch nie bei ihr wahrgenommen.

Als der Ober die Teller brachte, warf sie auch ihm ein Lächeln zu. Er stolperte beinahe über seine eigenen Füße.

„Ich liebe Kinder, du nicht?"

„Ich weiß nicht. Vermutlich nicht." Joshua wickelte sein Besteck aus der Serviette. „Die Kinder, die ich kenne, kommen mir recht ... orientierungslos vor."

Er blickte auf, als Jessie in unbändiges Gelächter ausbrach.

„Orientierungslos?" Sie verschluckte sich fast. „Natürlich sind sie orientierungslos!" Ihre Augen funkelten begeistert. „Sie müssen doch erst mal alles lernen. Selbst *du* warst als Kind orientierungslos."

Wenn er in der Lage wäre, ihr Lächeln in Flaschen zu füllen und zu verkaufen, dachte Joshua, dann könnte er sein Vermögen im Handumdrehen vervierfachen.

„Um genau zu sein, war ich das nicht." Er schob die Spaghetti auf dem Teller herum. Eine wässrige Soße bedeckte den unappetitlichen Haufen. „Ich war ein diszipliniertes, sauberes, respektvolles und organisiertes Kind, seit ich mich erinnern kann."

Ihre Augen wurden feucht, ihr süßes, sanftes Lächeln erstarb.

„Guter Gott. Jetzt wein doch nicht, Himmelherrgott." Er beugte sich nach vorne und wischte die verschmierte Wimperntusche unter ihrem rechten Auge weg.

Jessie tupfte sich die Augen mit der Serviette ab. „Du hattest ein beschissenes Leben", sagte sie heftig. „Ich wünschte, ich könnte das alles wiedergutmachen, Joshua."

„Meine Kindheit war absolut in Ordnung, Jessie. Dramatisier das nicht."

„Deine Mutter war ein echtes Miststück."

Er lächelte. „Da widerspreche ich dir nicht. Hast du genug von diesem entsetzlichen Fraß? Ich würde gerne irgendwo etwas Richtiges essen. Und dann bringe ich dich in irgendeine Lasterhöhle, damit du mein Geld aus dem Fenster schmeißen kannst."

Irgendwie schien das Leuchten aus Jessies Gesicht verschwunden zu sein. Nachdem sie ein paar Runden Blackjack gespielt hatte – und zwar mit ihrem eigenen Geld – wollte sie wieder nach Hause gehen. Joshua gefiel die Idee außerordentlich.

„Wie wäre es mit einem Spaziergang?", fragte er, nachdem er das Auto neben der Hütte geparkt hatte. Er streckte ihr eine Hand entgegen, und sie gab ihm die Wäsche und warf ihm einen verschmitzten Blick zu.

„Zieh erst deine neuen Klamotten an." Sie ging ins Haus, öffnete sämtliche Fenster, um die warme, duftende Luft hereinzulassen, und folgte ihm dann ins Schlafzimmer.

„Ich liebe dieses Haus." Jessie warf sich aufs Doppelbett und sah ihm mit ihren schokoladenbraunen Augen beim Umziehen zu. „Sollte ich jemals ein Ferienhaus besitzen, dann müsste es so wie dieses sein. Weit weg vom Lärm der Stadt. Schöne, klare Luft." Sie ließ sich auf den Rücken fallen, während er mit den Knöpfen seiner Jeans kämpfte. „Dieser fantastische Duft nach Kiefern und Seeluft. Fischen. Bootfahren. *Glücksspiel* …"

„Jessie?"

„Hm?"

„Könntest du mir hierbei vielleicht helfen?" Er ging breitbeinig auf sie zu.

Ohne sich zu bewegen fragte Jessie mit ernster Stimme. „Wobei brauchen Sie Hilfe, Sir? Geht es um die Knöpfe oder um Ihre Erektion?"

Sie lag völlig entspannt auf dem burgunderfarbenen Bettüberwurf und hob lediglich das rechte Knie, als Joshua sich über sie beugte und die Arme neben ihrem Kopf abstützte. „Was glaubst du denn?", fragte er mit rauer Stimme.

Jessie gab ihm einen flüchtigen Kuss, stieß ihn dann zurück und blinzelte ihm zu. „Ich glaube, du brauchst Hilfe mit den blöden Knöpfen, damit wir endlich spazieren gehen können."

„Wenn du diese Knöpfe berührst, werde ich nicht mehr in der Lage sein, spazieren zu gehen."

Jessie hielt ihm einen Vortrag über Selbstbeherrschung, während sie mit geschickten Fingern seine Hose zuknöpfte, die enger saß als eine Zwangsjacke.

„Ich glaube, ich mag Jeans nicht, Jessie", gestand Joshua, als sie ihn nach draußen zerrte.

Jessie grinste. „Sie sehen fa-bel-haft an dir aus, Liebling. Großartiger Po." Sie tätschelte seinen Hintern, hängte sich bei ihm ein und warf ihm einen heißblütigen Blick zu. „Wir werden diese Jeans in meiner Wohnung lassen. Ich will nicht, dass du sie trägst, wenn ich nicht dabei bin und die Frauen mit einem Stock vertreiben kann."

„So gut sieht das aus, hm?" Er fragte sich, womit er eine Frau wie sie verdient hatte und vor allem, wie er dreiunddreißig Jahre lang ohne sie ausgekommen war.

Hand in Hand liefen sie zum Seeufer. Die untergehende Sonne verschmolz mit dem Wasser und wurde zu einer unvergesslichen Erinnerung, als sich die Dämmerung langsam über den See legte. Der Himmel wurde schwarz, und die Sterne begannen sehnsuchtsvoll zu leuchten.

Joshua zog Jessie an sich. Sie trug dunkelblaue Jeans und einen dicken, weißen, weit ausgeschnittenen Baumwollpulli, der ihr immer wieder von der Schulter rutschte. Er streichelte ihren Nacken und spürte, wie ein tiefer Schauer seinen Körper ergriff. Sanft küsste er sie auf die Schläfe.

Jessie drehte sich in seinen Armen um, stellte sich auf die Zehenspitzen, fuhr ihm durchs Haar und zog seinen Kopf zu sich hinunter. „Sie sollten keine Spielchen mit mir spielen, Mister", sagte sie grob, dann küsste sie ihn fordernd und hungrig.

Irgendwann mussten sie eine Pause einlegen, um nach Luft zu schnappen. Jessies Blick aus dunklen Augen wanderte über sein Gesicht.

„Ich kann hören, wie es in deinem Kopf arbeitet", sagte er. „Worüber denkst du nach?" Ihre Lippen waren vom Küssen leicht geschwollen. Der Mond tauchte ihre Züge in silbernes Licht.

Sie wollte etwas sagen. Joshua hielt erschrocken einen Augenblick die Luft an. Dann schüttelte sie den Kopf. „Nichts." Sie berührte seine Wange, ihre Augen schienen sich sein Gesicht einprägen zu wollen. „Du machst mich sehr glücklich, Joshua."

Er konnte seine Enttäuschung selbst nicht verstehen. Wollte es nicht einmal versuchen. Er senkte nur den Kopf und küsste sie zart. Sie schmeckte nach dem Cappuccino-Eis, das sie auf dem Heimweg gekauft hatten. Jessie hatte über die Hälfte des Kartons bereits im Auto gegessen, ihn zwischendurch gefüttert und hinterher behauptet, dass er viel mehr abbekommen hätte als sie.

Eine Gänseschar flog vor dem Mond vorbei. Er drehte sie um, drückte ihren Rücken gegen seine Brust und rieb ihre Arme. „Ich hätte nie gedacht", sagte er dann in die tiefe Stille, „dass ich jemals so ... zufrieden sein könnte." Jessie schmiegte sich noch enger an ihn, gemeinsam betrachteten sie den schimmernden See, und er fügte hinzu: „Du machst mich auch glücklich, Jessie."

Die Luft war warm und duftete nach Blumen und Bäumen und Wasser. Es gab keinen Ort auf der Welt, wo er jetzt lieber gewesen wäre, als hier, mit Jessie in seinen Armen. Sie mussten nicht sprechen. Selbst sein Begehren erschien ihm gedämpft und leicht zu handhaben. Er fühlte sich ... ruhig. Zum ersten Mal im Leben hatte er das Gefühl von Frieden.

Er hatte schon als Kind gelernt, eine Schutzmauer um sich aufzubauen, doch Jessie gegenüber öffnete er sich immer mehr. Manchmal fühlte er sich so entblößt, dass er sich am liebsten wieder hinter seiner rauen Schale versteckt hätte. Und dann wieder, wie jetzt, empfand er größere Freude und Zufriedenheit als je zuvor in seinem Leben.

Sie sollte nicht wissen, wie anfällig er für ihre lebhafte Art, ihre sanften Augen und ihre zarten Lippen war. Er fühlte sich so schon nackt genug.

Am nächsten Morgen ging Jessie im See schwimmen. Ihr Badeanzug war rot. Einfach geschnitten. Joshua beobachtete vom Küchenfenster aus, wie sie wie ein Kind im Wasser spielte. Aber sie war kein Kind, wie auch die drei Jungs in dem Speedboat ganz offensichtlich festgestellt hatten, denn sie fuhren in immer engeren Kreisen aufs Ufer zu.

Als er zu ihr kam, warf sie ihm ein strahlendes Lächeln zu, das nur ihm zu gelten schien. „Hi. Ich dachte, du müsstest ein paar Anrufe erledigen."

„Schon geschehen." Er riss den Blick von ihrem leicht gebräunten Gesicht los und starrte die drei Teenager an, die sich nun etwas weniger großspurig benahmen.

„Du siehst zum Anbeißen aus", sagte er. Die Jungs machten sich davon, und die Welle, die ihr Boot hinterließ, drückte ihren Körper gegen ihn. Durch den engen

Stoff des Badeanzugs konnte er ihre harten Brustwarzen deutlich erkennen.

„Genug geschwommen?"

Jessie warf ihm einen Blick durch ihre langen Wimpern zu. „Hast du eine bessere Idee?"

„Wir schnappen uns eine Decke und spazieren tief in den Wald, wie wäre das?" Er wischte ihr mit dem Daumen einen Wassertropfen von der Schläfe. Ihre Haut war feucht und von der Sonne erwärmt.

„Wozu brauchen wir eine Decke, wenn wir spazieren gehen?" Die Dame hatte wirklich sehr ausdrucksvolle Augenbrauen.

Jessie schubste ihn von der Decke. Ein Ast oder etwas Ähnliches stach ihm in den Rücken, als sie sich mit gespreizten Beinen und mit entschlossenem Blick auf ihn setzte.

„Ich weiß nicht, warum wir die Decke mitgenommen haben", sagte er sanft, während er sich bequemer hinlegte.

„Weil du dachtest, ich würde unten liegen", erklärte Jessie sachlich und stieß ihm mit den Knien leicht in die Seite.

Er strich ihr das Haar aus dem Gesicht. „Warum bin ich nicht oben?"

„Du warst einfach viel zu ordentlich." Sie beugte sich nach vorne und hinterließ mit den Lippen eine feuchte Spur auf seiner Brust, während sie weitersprach: „Jeder weiß doch, dass man … im Wald … seine Klamotten nicht … zusammenlegt."

Sie erreichte sein Kinn und klopfte ihm auf die Finger, als er versuchte, sie so auf sich zu setzten, wie er es gerne hätte. „Du sollst mich nicht so hetzen", flüsterte sie an seinem Hals. „Um genau zu sein", sie biss einmal zu und versetzte damit jeden Nerv in seinem Köper in Alarmbereitschaft, „sollst du mich überhaupt nicht berühren."

Sie schenkte seiner Unterlippe eine Menge Aufmerksamkeit. „Gar nicht?" Seine Hände juckten, so gerne hätte er ihre weiche Haut berührt.

„Gar nicht", flüsterte Jessie.

„Du magst es nicht, wenn ich dich berühre?", fragte er. Statt einer Antwort glitt Jessie so an seinem Oberkörper hinunter, dass lediglich ihre Brüste seine Haut berührten. „Weil ich das nämlich sehr gerne tue."

„Aber um das, was du willst, geht es hier gerade nicht."

Joshua sah das schelmische Lächeln in ihren Augenwinkeln und atmete zischend ein. „Willst du mich hypnotisieren?" Es war nicht gerade leicht, witzig zu sein, wenn jeder Nerv im Körper nach Befriedigung schrie.

„Nein, ich will sehen, wie du die Kontrolle verlierst. Rühr mich nicht an." Sie drückte seine Arme auf den Boden über seinem Kopf. Er schloss die Augen. „Du bist viel zu kontrolliert."

„Man kann gar nicht kontrolliert genug sein, Jessie", murmelte er. „Aber ich muss zugeben, dass ich die Kontrolle bei dir mehr verliere als je zuvor …"

Sie sah ihm in die Augen. „Ich will es sehen, Joshua. Hör auf zu denken. Schließ einfach die Augen und spüre mich." Mit ihren kleinen weißen Zähnen biss sie in seinen Hals, dann küsste sie ihn so sinnlich, so erotisch, dass Joshua sich einfach fallen ließ.

Seufzend schloss er die Augen. „Mach mit mir, was du willst." Ihre geschickten Finger streichelten über seine Seite. „Ich werde dich nur anfassen, wenn du mich darum bittest."

„Das werde ich nicht", versicherte Jessie ihm mit gespielter Zuversicht und knabberte an seinen Lippen.

Die Luft duftete nach den Kiefernnadeln, die sie unter ihren Knien zerdrückte. Staubige Sonnenstrahlen fielen durch die hohen Bäume auf ihren gebräunten, geschmeidigen Körper. Er ließ sie in dem Glauben, dass sie seine Hände mit Gewalt auf den Boden drückte, während sie ihn leidenschaftlich küsste.

Joshua lag immer noch halb auf der Decke, halb auf der Erde. Unter halb geschlossenen Lidern beobachtete er sie. So hatte er sie noch nicht erlebt. Sie quälte ihn mit ihrem Mund. Langsam. Aufreizend. Ihre Augen wurden so dunkel, dass er die Pupillen kaum noch erkennen konnte. Sie küsste seine Wangen, seine Nase, seine Augenlider und seine Stirn, bevor ihre Lippen weiter nach unten wanderten.

Er konnte ihren sinnlichen, femininen Duft riechen, als sie sich von ihm löste. Er dachte, er würde auch ohne ihr Zutun jeden Moment explodieren. Ihre Brüste hoben und senkten sich, als sie tief Luft holte, die Hände auf seiner Brust abgestützt. Vermutlich konnte sie spüren, wie sein Herz hämmerte. Ihr Haar fiel in dunklen wilden Locken über ihre Schultern, während sie ihre feuchte Mitte nur Zentimeter von seinem pulsierenden Fleisch entfernt hielt. Langsam ließ sie sich an seinem Körper herabgleiten und küsste sehr gefährliches Gebiet.

„Das ist Folter, weißt du das?", stöhnte er, als sie mit ihrer Zunge seinen Bauchnabel umspielte. Er vergrub die Finger in ihrem Haar. Sie rutschte tiefer. „Jessie …"

„Ich hab zu tun!"

Er lachte auf, als sie endlich etwas gegen seine Höllenqualen unternahm. Vermutlich konnte man noch in Sacramento sein Stöhnen hören, als sie mit der Zunge seine Erektion liebkoste.

Joshua biss die Zähne zusammen, schloss die Augen und ballte seine Hände in ihrem Haar zu Fäusten. Nichts in seinem Leben hatte sich jemals so gut angefühlt.

Eine kühle Brise erfasste seinen Körper und er riss die Augen auf. Jessie blickte zu ihm hoch. „Was ist?", fragte sie unsicher, die kurzen Nägel in seine Flanken vergraben, als könnte er verschwinden, wenn sie ihn losließ.

O Gott, es war gerade so herrlich gewesen. Joshua schickte ein Stoßgebet in den Himmel, dann zog er sie rittlings auf sich.

„Nichts, mein Schatz, nichts. Solange du nicht aufhörst", keuchte er, Sekunden bevor sie sich ohne große Umstände auf ihn sinken ließ. Sein Blick wurde unscharf, er begann, sich zu bewegen. Sie war heiß, feucht, eng. Qualvoll perfekt. Er umklammerte ihre Hüften, um den Rhythmus zu bestimmen.

„Lass mich, lass mich", stieß sie zwischen zusammengepressten Zähnen hervor. Er ließ sie los, und sie übernahm wieder die Kontrolle.

Ihre Brüste waren schweißbedeckt, ihre Nippel dunkel und hoch aufgerichtet.

„Fass mich an!", forderte sie. Er ließ seine Hände über ihre Hüften hinauf zu den Rippen gleiten, spürte ihr Herz wild schlagen. Fasziniert von der totalen Konzentration auf ihrem Gesicht, verlor er sich einen Moment lang in ihrem Anblick. Schweiß glitzerte auf ihrer Haut, Haarsträhnen klebten in ihrem Gesicht. Er wusste genau, wie ihre kleinen Brüste berührt werden wollten, und er gab sein Bestes.

Sie ritt ihn mit leidenschaftlicher, wunderschöner Wildheit und in vollkommenem Rhythmus. Kurz vor dem Höhepunkt, in letzter Sekunde, verlangsamte sie das Tempo.

Schweiß brannte in seinen Augen, als sie sich nach vorne beugte und ihm heftig in die Schulter biss. Ihm war klar, dass er Fingerabdrücke auf ihrem Po hinterlassen würde. Nie zuvor hatte eine Frau ihn so wild geliebt. Verdammt, er wäre zuvor sowieso niemals auf die Idee gekommen, in der freien Natur Sex zu haben.

Jessie war seine Amazone, seine Walküre, so schön, während sie ihn unbarmherzig liebte. Sie war konzentriert und hingebungsvoll wie nie zuvor. Wild und aufregend. Jeden Augenblick konnten Wanderer auftauchen, aber das war ihm völlig egal.

Sie wölbte ihren Rücken durch und nahm ihn noch tiefer in sich auf.

Das Gefühl war unerträglich.

Joshua berührte sie. Ihre Bauchmuskeln zogen sich zusammen, als er zielsicher den kleinen Knopf fand.

Mit fest geschlossenen Augen ritt Jessie auf ihm und verlor an Tempo, als sie sich dem Höhepunkt näherte. Ihre Muskeln begannen sich um seinen Penis zusammenzuziehen.

Joshua packte ihre Hüften und half ihr, den Rhythmus wieder zu steigern. Bis sie sich verkrampfte, aufbäumte und seinen Namen rief …

Dann warf sie den Kopf zurück und schrie.

7. KAPITEL

„Felix, erklär mir bitte Folgendes." Joshua blickte seinen Anwalt grimmig über den Schreibtisch hinweg an. „Wie kann es sein, dass Vera in einem Monat zwanzigtausend Dollar ausgibt, während ich Jessie nicht dazu bringen kann, auch nur einmal meine Kreditkarte zu benutzen?"

„Auf welche von beiden bist du sauer?", fragte Felix, ohne Simon anzusehen, der eine Zeitschrift durchblätterte.

Joshua war vor einer halben Stunde im Büro angekommen. Da er daran gewöhnt war, seinen Onkel im Büro seines Anwalts vorzufinden, hatte er sofort begonnen, über Geschäftliches zu sprechen. Als das erledigt war, hatte er sich in Felix' Lederstuhl zurückgelehnt und seine langen Beine ausgestreckt.

„Auf keine. Auf beide. Himmel, keine Ahnung. Es ist mir egal, wie viel Vera ausgibt, das weißt du. Ich wünschte nur, Jessie würde mich mehr für sie tun lassen."

„Dass du ihr das Haus in Tahoe überschreiben willst, sollte doch reichen. Hast du ihr schon davon erzählt?", fragte Simon.

„Nein." Joshua ließ seine Schultern kreisen, während er sich den Nacken rieb. „Ich warte noch auf den richtigen Augenblick, um ihr die Urkunde zu geben."

„Im Dezember?" Felix überprüfte die Papiere, um sicherzustellen, dass Joshua an den richtigen Stellen unterschrieben hatte.

„Das soll kein Abschiedsgeschenk sein", entgegnete

Joshua heftiger, als er beabsichtigt hatte. Dann zügelte er seinen Ton. „Sie liebt das Haus. Ich wollte ihr etwas geben …" Er strich sich das Haar zurück. „Ich will sicher sein, dass für sie gesorgt ist, wenn ich … Sie soll dieses Haus einfach haben", endete er brüsk. Er wollte weder seinem Anwalt noch seinem Onkel erzählen, wie glücklich er und Jessie in Tahoe gewesen waren. Es ging sie verdammt noch mal auch nichts an.

Und ganz bestimmt wollte er nicht darüber nachdenken, was Jessie nach dem 23. Dezember tun würde. Ihr das Haus zu schenken war ein kluger Schachzug. Denn dann würde er niemals in die Versuchung kommen, eine andere Frau dorthin zu bringen.

„Sie scheint im Moment ja ganz zufrieden damit, nicht mehr so viele Kunden wie vorher zu haben." Joshua räusperte sich. „Aber es wird eine Zeit dauern, bis sie … hinterher … ihren Kundenstamm wieder aufgebaut hat. Das Haus ist eine gute Rücklage für sie." Er hielt inne. „Hat sie einem von euch gegenüber erwähnt, dass sie sich langweilt?", fragte er dann vorsichtig und nahm seine Aktentasche.

„Nein", antworteten beide Männer gleichzeitig.

„Gut." Sein Tonfall deutete darauf hin, dass er die Unterhaltung als beendet betrachtete. „Ich fahre jetzt zum Flughafen. Wenn ich aus Russland zurück bin, werde ich ihr die Besitzurkunde geben."

„Begleitet Jess dich?", fragte Simon.

„Nein. Diesmal nehme ich sie nicht mit. Mein Terminplan ist mörderisch, und ich glaube, sie bekommt sowieso zu wenig Schlaf. Pass auf sie auf, Simon, während ich weg bin, ja?"

„Wenn ich sie dazu bringen kann, mir etwas Zeit zu opfern", entgegnete Simon trocken. „Jede Sekunde, die sie nicht mit dir zusammen ist, verbringt sie in deinem Haus. Dann hat sie mehr Ruhe, sich an diesem Mausoleum zu schaffen zu machen, in dem du lebst. Und sie kann im Garten rumwerkeln. Ich habe sie noch nie glücklicher gesehen."

„Aber reicht ihr das?", fragte Joshua. Er schloss seinen Füller und steckte ihn in die Tasche.

„Ich glaube, sie ist gerne Innenarchitektin. Aber ich habe nicht den Eindruck, dass sie eine Karrierefrau ist. Auch wenn sie nicht so aussieht, Jessie ist ein häuslicher Mensch." Felix verstaute die Unterlagen in einem Ordner. „Ich möchte dich nicht hetzen, Joshua, aber Simon und ich haben eine Verabredung mit einem Racquetball, und du musst dein Flugzeug erreichen."

Joshua blickte auf seine Uhr. Er hatte noch jede Menge Zeit. Er erhob sich, schüttelte Felix die Hand und klopfte seinem Onkel auf die Schulter. Dann räusperte er sich und sagte munter: „Komm doch nächste Woche mit Patti zum Abendessen, dann könnt ihr das Haus sehen. Bis dahin wird Jessie mit Sicherheit fertig sein." Er lächelte. „Jeder andere würde mindestens ein Jahr für das brauchen, was Jessie in einer Woche erledigt hat. Sie hat wirklich Talent. Ich sage ihr, dass sie Patti anrufen soll." Er wandte sich an Felix. „Und du treibst eine deiner attraktiven Blondinen auf und kommst ebenfalls." Er hustete und öffnete die Tür.

„Klingt, als ob du eine Erkältung hättest, mein Sohn."

Simon warf die Zeitschrift auf den Tisch.

„Allergie", behauptete er. „Wir sehen uns also nächste Woche. Danke dafür, Felix." Er deutete auf den Tisch, wo er ein Dutzend Verträge und die Rechnungen seiner Frau unterzeichnet hatte. „Da fällt mir ein, wo lebt Vera eigentlich inzwischen?"

Felix blickte erst zu Simon, dann zu Joshua. „Ähm … Phoenix, glaube ich. Wieso?"

„Besorg mir ihre Telefonnummer. Ich möchte mit ihr sprechen."

In der Sekunde, in der die Tür sich hinter ihm schloss, wandte Felix sich an Simon. „Heiliger Himmel, Simon. Was zum Teufel sollte das?"

„Das weiß der Herrgott allein", entgegnete Simon mit gerunzelter Stirn. „Wir erzählen ihm nun seit Jahren, dass Vera es liebt, zu reisen. Er wird uns schon abkaufen, dass sie wieder eine Reise macht. Eine lange Reise."

„Wie lange?", fragte Felix. „Ich bin Anwalt, Simon. Joshua ist mein Klient. Ich könnte wegen Interessenskonflikt ins Gefängnis kommen. Und Schlimmeres."

„Das wird nicht geschehen." Simon winkte ab.

„Wenn er jemals herausfindet, was du und ich getan haben, wird er Kleinholz aus uns machen, das weißt du", sagte Felix sehr ernst zu seinem besten Freund.

„Bis dahin wird er so verrückt nach ihr sein, dass er gar nicht mehr klar sehen kann. Dann wird es ihm sowieso egal sein." Simon zog sein Jackett über und lockerte die Krawatte.

„Warum um alles in der Welt tun wir das dann überhaupt?", wollte Felix wissen.

Simon blickte ihn finster an. „Nur für den Fall, dass er gar nicht begreift, was für einen Schatz er da an Land gezogen hat. Noch haben wir fünf Monate. Falls – und wirklich nur *falls* Joshua ihr den Laufpass gibt, dann hat sie ein ganz nettes finanzielles Polster, das ihr helfen wird, über ihn hinwegzukommen."

„Das auf jeden Fall." Felix schnappte sich seine Sporttasche und knipste die Schreibtischlampe aus. „Ich habe letzte Woche eine Kopie ihres Portfolios bekommen. Bisher haben wir ihr Geld beinahe verdoppelt. Inzwischen beläuft es sich auf sechs Millionen Dollar."

„Gut, aber das ist noch nicht alles. Wir haben uns auf zehn geeinigt."

„Du hast dich auf zehn geeinigt." Felix warf die Tasche über die Schulter. „Du solltest dir überlegen, wie wir Jessie erklären, dass wir ihre Anweisung, kein Geld mehr von Joshua zu nehmen, ignoriert haben."

Simon öffnete seinem Freund die Tür. „Wenn ich mir vorstelle, dass sie von ihrem sauer verdienten Geld jeden Monat was zur Seite legt, um ihm alles wieder zurückzuzahlen! Was sie sich da abspart, wird nur ein Tropfen auf dem heißen Stein sein." Er nickte Felix zu. „Wenn er sie verlässt, dann wird sie zweifellos dankbar für diese finanzielle Sicherheit sein. Dann wird es ihr auch egal sein, woher das Geld kommt."

„Ich hoffe, du behältst recht, Simon." Felix ging auf die Fahrstuhltür zu und drückte auf den Knopf. „Je besser ich Jessie kennenlerne, desto klarer wird mir, dass ihr Geld völlig egal ist."

„Aber ganz sicher arbeitet sie nicht gerne", erklärte

Simon. „Sie *alle* arbeiten nicht gerne, Felix. Und wenn Jessie das Geld erst einmal hat, wird sie sich nicht mehr so schlecht fühlen. Du und ich wollten immer nur das Beste für sie, seit wir sie bei dieser absurden Hochzeit kennengelernt haben. Joshua wird das fehlende Geld nicht mal bemerken. Jessie aber könnte es das Leben retten. Wobei ich eher damit rechne, dass es bald eine weitere Hochzeit gibt. Zum Teufel, er will ihr das Haus in Tahoe schenken. Du weißt doch, wie sehr er es liebt. Und du weißt auch, dass ich ihr niemals Schaden zufügen würde. Ich liebe dieses Mädchen, als ob sie meine eigene Tochter wäre. Und ich kenne mich mit Frauen aus." Simon lachte, schlug Felix auf den Rücken und nacheinander stiegen sie in den Aufzug. „Kannst mir glauben, dass ich vor der Heirat mit Patti genug Erfahrung gesammelt habe. Also vertrau mir. Ich kenne mich mit Frauen *wirklich* aus."

Jessie nahm den dunkelblauen Morgenmantel aus dem Schrank und warf ihn sich über. In den weichen Stoff gehüllt atmete sie Joshuas Geruch ein, rollte die Ärmel hoch und schlang den Gürtel um die Taille. Dann ging sie nach unten, um auf ihn zu warten.

Viel zu müde, um sich etwas zu essen zu machen, ließ sie sich auf das neue Sofa plumpsen. Sie versuchte zu lesen. Doch selbst der neueste Furcht einflößende Vampirroman konnte sie nicht begeistern. Sie ließ das Buch auf den Schoß sinken und schaltete so lange durch die Fernsehkanäle, bis sie einen alten Spielfilm fand. Sie vergrub die Zehen in Joshuas langem Morgenmantel und schaute Fred und Ginger zu.

Dieses Mal war er in Russland gewesen. Wie immer hatte sie es übertrieben, während er weg war. Weil sie die sterile Atmosphäre seines Hauses leid gewesen war, hatte sie Joshua dazu überredet, dass sie während seiner Abwesenheit etwas daran ändern durfte.

Conrad und Archie waren so nett gewesen, ihr vor Jahren, als sie noch überhaupt keine Erfahrung hatte, einen Job zu geben. Mit diesem Auftrag konnte sie ihnen endlich etwas zurückgeben. Geld bedeutete Joshua überhaupt nichts, deswegen hatte sie diesmal auch keine Hemmung, es mit vollen Händen auszugeben. Schließlich tat sie es für *ihn*.

Sie hatte sich monatelang kategorisch geweigert, von ihm Geld und teure Geschenke anzunehmen. Sie hatte ein Auto abgelehnt, ein Apartment und Hunderte andere „Sonderzulagen". Als er endlich begriffen hatte, dass es ihr damit ernst war, hatte er begonnen, ihr wunderschönen Modeschmuck zu schenken. Auch der war ganz offensichtlich nicht billig, aber zumindest musste sie sich nicht so viele Sorgen darum machen, ihn zu verlieren. Auch liebte sie die Kleider, die er für sie kaufte. Selbst hätte sie sich so etwas niemals leisten können, davon abgesehen, dass sie gar keine Gelegenheit gehabt hätte, sie zu tragen. Er bewegte sich in auserlesenen Kreisen. Insofern handelte es sich bei den Designerkleidern und dem Schmuck eher um eine Art Arbeitsuniform. Deswegen hatte sie sich dagegen auch nicht gewehrt.

Er wusste ja nicht, dass die meisten Klamotten, die

sie trug, noch immer aus ihrer Collegezeit stammten. Sowohl fürs College als auch für die Kleidung hatte er bezahlt. Und deswegen arbeitete sie auch so hart, damit sie ihm jeden Cent zurückzahlen konnte, den er ihr als Vera gegeben hatte. Sie wollte nicht käuflich sein. Ganz egal, was aus ihrer Beziehung werden würde, Joshua sollte niemals glauben, dass er für ihre Leistungen bezahlt hatte.

Sie konnte nicht aufhören, an die Tage in Tahoe zu denken. Es war eine magische Zeit gewesen. Für sie beide. Und zögernd hatte sie sich eingestehen müssen, dass sie sich doch mehr von Joshua erhoffte.

Seit Monaten schliefen sie nun miteinander, und sie war noch immer nicht schwanger. Inzwischen aber war die niederschmetternde Enttäuschung mit einer seltsamen Erleichterung gemischt. Erleichterung darüber, dass das Schicksal ihnen noch etwas mehr Zeit zusammen gab.

Nachdem sie sich eingestanden hatte, dass sie in ihm doch mehr sah als einfach nur den Erzeuger ihres Kindes, hatte sie eine Entscheidung getroffen.

Ursprünglich hatte sie die Idee, das Baby alleine aufzuziehen, für ideal gehalten. Doch je besser sie den Eisklotz kennenlernte, desto sicherer war sie sich, dass sie ihn nicht einfach verlassen würde, sobald sie schwanger war. Außerdem war sie davon überzeugt, dass Joshua sie selbst am Ende der Welt ausfindig machen würde, wenn sie ihm etwas so Kostbares wie sein Kind wegnehmen würde. Denn obwohl er es selbst nicht wusste, wäre er ein wunderbarer Vater.

Sobald sie alleine waren und er vergaß, seine Rolle zu spielen, war er zärtlich und liebevoll. Dieser Mann hatte Potenzial. Sie beide hatten es verdient, mehr aus dieser Beziehung herauszuholen. Er machte sie glücklich. Sie brachte ihn zum Lachen. Ganz sicher ging es doch hier nicht nur um Sex?

Jessie musste es herausfinden.

Sie hatte sich die Augen aus dem Kopf geheult, bevor sie in die Apotheke gegangen war. Dann hatte sie einen ganzen Tag lang die Babysachen zusammengepackt und in den Keller geräumt.

Zum Glück war Joshua länger weg gewesen. Denn seit Tagen war ihr entweder zum Heulen oder zum Lachen. Die kleine Schachtel passte wegen der Scheidungspapiere nicht in ihre Handtasche. Sie betrachtete die Papiere und das Diaphragma. In ihrer Tasche war nur für eines von beiden Platz, genauso wie in ihrem Herzen.

Die Entscheidung war ihr erstaunlich leichtgefallen. Sie hatte die Unterlagen in die Schreibtischschublade gestopft, eine kleine Tasche gepackt und sich in Joshuas Haus zurückgezogen.

Aus seinem Haus ein Heim zu machen war genau das, was der Doktor ihr verschrieben hätte. Je beschäftigter sie war, desto weniger Zeit hatte sie zum Nachdenken. In den letzten zehn Tagen hatte sie Maler und Tapezierer bestellt, Möbel und Pflanzen liefern lassen. Es hatte ihr große Freude bereitet, aus diesem Haus das Heim zu machen, das sie sich immer gewünscht hatte. Allerdings hatte sie sich nicht mal in ihren wildesten Träumen ausgemalt, jemals ein so feudales Zuhause einzurichten. Und nie zuvor hatte ein Auftrag bewirkt, dass sie sich solche Illusionen machte.

Ich bin völlig erledigt, dachte sie schläfrig und zufrieden und legte den Kopf auf das weiche Kissen. Noch immer roch es hier leicht nach Farbe. Sie lächelte.

Von den ursprünglichen Farben war nicht viel übrig geblieben. Sie hatte die Räume mit Licht gefüllt, mit wunderschönen Stoffen und Tapeten, Blumen und herrlichen antiken Accessoires. Seine wertvolle Kunstsammlung hatte sie durchgesehen und alle langweiligen Stücke auf den Dachboden verbannt.

Tagelang war es in dem Haus zugegangen wie in einem Bienenstock.

Jessie schloss die brennenden Augen. Sie wünschte, er wäre jetzt da, würde neben ihr sitzen, ihr die Füße massieren. Oder sie auf dem Boden vor dem offenen Kamin lieben und ihr noch mehr über Erotik beibringen. Er würde ihr erzählen, wie furchtbar langsam sie lernte und dass sie nicht aufhören dürfte, zu üben, bis sie es richtig konnte.

Mit Joshua zu schlafen war das Tollste, was sie je erlebt hatte. Sie genoss aber auch die stillen Momente, wenn sie gemeinsam Musik hörten oder sich einen alten Film ansahen. Sich unterhielten. Es war erstaunlich, dass sie sich immer so viel zu erzählen hatten, wo sie doch selten einer Meinung waren. Egal, um welches Thema es ging, sie liebten es beide, die Fakten im Lexikon nachzuschlagen. Wenn sie ihm mal wieder eine ihrer unerwarteten Fragen stellte, schaute Joshua sofort lachend in seinen Büchern oder im Internet nach.

Wie es schien, war er viel entspannter als früher. Er lachte öfter. Er mochte es, wenn sie ihn berührte, auch wenn sie nicht miteinander schliefen. Sie fasste ihn an, wann immer sie das Bedürfnis hatte, und das war oft der Fall. Sie liebte es, sein Haar zwischen ihren Fingern zu spüren. Sie genoss sein kratziges Kinn, wenn sie sich auf dem Sofa an ihn kuschelte. Er schob sie nie weg. Sollte ihm das Schmusen weniger Spaß machen als ihr, so zeigte er es zumindest nicht. Er schien es zu mögen, dass sie sich je nach Laune an ihn schmiegte wie eine kleine Katze.

Wenn sie also nicht gerade über eine Schwangerschaft grübelte, war sie die meiste Zeit über glücklich.

Seine Selbstbeherrschung war phänomenal. Nie zuvor hatte sie jemanden wie ihn kennengelernt. Conrad hatte also recht gehabt. Es war schwer zu sagen, ob Joshua überhaupt mal etwas aus der Bahn warf. Je wütender er war, desto ruhiger wurde er. Zum Glück war er noch nie wütend auf sie gewesen.

Mit ihm zu schlafen war spektakulär. Sie konnte sich nicht vorstellen, dass andere Menschen im Bett auch so perfekt zusammenpassten wie sie. Im Bett oder auf dem Boden. Oder auf einem Stuhl. Sie waren unersättlich. Er lehrte sie, hemmungslos und einfallsreich zu sein. Als sie an die verschiedenen Orte dachte, errötete sie. Nie mehr würde sie die Treppe ansehen können, ohne an die roten Stellen auf ihrem Hintern zu denken, die sie am nächsten Tag entdeckte.

Den Kurzstreckenlauf ins Badezimmer, um die nötige Vorbereitung mit dem Diaphragma zu treffen, und den Weg zurück ins Bett hatte sie so lange trainiert, bis sie richtig schnell war.

Sie seufzte zufrieden und rutschte tiefer in eine noch bequemere Position. Fred und Ginger, die in einem Ballsaal Walzer tanzten, hielten sie nicht wach.

Joshua, komm nach Hause.

Joshua hörte den Fernseher laufen, als er seinen Koffer am Ende der Treppe abstellte, um ihn später hinaufzutragen. Der Geruch nach frischer Farbe lag in der Luft. Sie hatte wie immer das Licht in der Eingangshalle für ihn angelassen. Auch wenn es nur eine Kleinigkeit war, so fiel sie ihm jedes Mal auf, wenn er hereinkam.

Auf dem halbrunden Tisch hatte sie eine ziemlich riesige, ziemlich hässliche Vase platziert. Der Duft der vielen Blumen mischte sich unter den Geruch nach Farbe und Möbelpolitur. Vermutlich hatte sie von seinen Angestellten gnadenlosen Einsatz verlangt. Doch seine Angestellten verehrten Miss Jessie. Alle verehrten sie. Ein kleines, zufriedenes Lächeln lag auf seinen Lippen.

Er löste seine Krawatte, öffnete den obersten Hemdknopf und ging durch die Halle ins Wohnzimmer.

„Jessie?"

Er hatte das Gefühl, noch nie zuvor so müde gewesen zu sein. Die Geschäfte waren gut gelaufen, aber er hatte Jessie mehr vermisst, als er selbst für möglich gehalten hatte.

„Jessie?"

Auch auf seinen zweiten lauteren Ruf kam keine Antwort. Einen Moment lang verharrte er unter der Tür. So viel zu seiner Fantasie, sie nackt auf Satinlaken vorzufinden. Aber im Augenblick hatte er sowieso nicht genügend Energie. Er blickte auf die Uhr. Es war weit nach Mitternacht. Vermutlich hatte sie den Fernseher angelassen und war nach Hause gefahren.

Mit schmerzendem Kopf lief er ins Zimmer, um den Fernseher auszustellen, bevor er ins Bett ging.

Das flackernde Bild beleuchtete Jessies Gesicht. Sie lag in einem geradezu unglaublichen Winkel auf dem Sofa, die Füße in seinem langen Morgenrock vergraben. Ihre Wimpern warfen verführerische Schatten auf ihre leicht gebräunten Wangen.

„Jess", flüsterte er froh. Sie war da. Er hockte sich auf den Boden und strich mit dem Handrücken über ihre zarte Wange.

Sie schlief so, wie sie alles andere auch tat. Ganz und gar. Nicht einmal ein Erdbeben hätte sie wecken können. Er nahm das Buch von ihrem Schoß.

Jessie zuckte kurz zusammen, griff seufzend nach seiner Hand. Erleichtert hob er sie hoch und trug sie ins Schlafzimmer.

Dort legte er sie vorsichtig aufs Bett, zog sich aus und schlüpfte dann neben sie unter die Bettdecke. Im Zimmer war es dunkel und warm, Jessies Duft war verlockend, als sie sich ohne aufzuwachen an ihn schmiegte. Bevor er schlafen konnte, musste er ihre nackte Haut spüren. Er zog ihr den Morgenrock aus und hätte am liebsten das Licht eingeschaltet. Sie hatte so einen fantastischen Körper, er wollte ihn sehen. Er war verrückt danach, ihn zu sehen. Aber er konnte warten.

Obwohl er sich nur ganz kurz in seinem Haus umgesehen hatte, war ihm klar, dass sie keine Sekunde verschwendet hatte. Sie musste genauso erschöpft sein wie er. Als er ihr den anderen Ärmel auszog, bewegte sie sich ruhelos, ihr seidiges Haar streichelte seine Brust, als er sie an sich drückte.

Offenbar brauchten sie beide ... o verdammt! Jessie begann, an seinen Schultern zu knabbern. War sie wach? Ihre Zunge sandte elektrische Stöße durch seinen Körper, und sofort erwachten seine müden Muskeln zum Leben. Langsam gewöhnten sich seine Augen an die Dunkelheit. Ein Schauer der Lust durchfuhr ihn. Nachdem sie ihn so erregte, tat sie besser daran, wach zu sein! Sanft begann er, ihre Brust zu streicheln, und stellte fest, dass ihre Nippel bereits steinhart waren. Sie stöhnte laut auf. Er drückte sie in die Kissen und stürzte sich auf ihren Mund. Mit der Faust packte er eine Haarsträhne und zog ihren Kopf nach oben.

„Du solltest besser aufwachen, Lady."

„Cyril?", flüsterte Jessie heiser und tastete über seine Schultern.

Joshua ließ sich auf den Rücken fallen und zog sie mit sich. Er grinste sie an. „Cyril? Du kleines Miststück. Wie lange bist du schon wach?"

„Seit du begonnen hast, mich auszuziehen." Jessie berührte sein Gesicht. Er musste sich mal wieder rasieren. „Wann bist du zurückgekommen?"

Als sie mit einer Hand über seine Brust streifte, packte er sie und zog sie an seine Lippen, ein irgendwie ... tief greifendes Gefühl erfüllte ihn. Das, was Jessie in ihm auslöste, konnte er nicht definieren. Und er wollte auch nicht darüber nachdenken. „Vor einer halben Stunde", murmelte er an ihrem Hals.

Mit geschlossenen Augen suchte sie seine Lippen. Er zog sie in seine Arme. Sie küssten sich sanft und lange.

„Ich habe dich vermisst", sagte Jessie leise, Lust schwang in ihrer Stimme.

Joshua verstärkte seinen Griff, als sie sich geschmeidig wie eine Katze auf ihn setzte. Er hörte, wie sie seufzte. Joshua streichelte ihre schimmernde Haut hinauf bis zu ihren Brüsten, die er ausführlich liebkoste.

Er hatte sie auch vermisst, obwohl er das nicht wollte. Die Gedanken an diese Frau hatten seine Tage versüßt. Das war ungewöhnlich. Und vor allem nicht hinnehmbar. Er spreizte ihre Schenkel. „Zeig mir, wie sehr du mich vermisst hast." Dann glitt er in ihre bereitwillige Wärme. Sie liebten sich langsam, kosteten die Nähe vollständig aus.

Plötzlich versteifte sich ihr Körper. „O verdammt ... ich habe vergessen ... ach, egal."

Nachdem sie in tiefen Schlaf gesunken war, tastete er nach dem Wecker und stellte ihn ab.

Er hatte nicht genug Schlaf bekommen. Offenbar wurde er langsam alt. Das Reisen hatte ihn nie so angestrengt wie jetzt, so langsam fand er es auch nicht mehr so spannend. Er rief Angela zu sich und erstellte eine Liste von Mitarbeitern, die künftig solche Termine wahrnehmen konnten.

Himmel, gestern Nacht wäre er beinahe zu müde gewesen, um mit Jessie zu schlafen. Nicht, dass sie selbst sonderlich munter gewesen war. Er grinste. Als er morgens aufgestanden war, hatte sie ihr Gesicht tief in die Kissen vergraben. Er hatte ihren nackten Rücken gestreichelt, ihren runden Po, aber kein Muskel hatte sich gerührt. In der Vergangenheit hatte er sich zu viele Morgenstunden entgehen lassen, in denen sie vielleicht *nicht* so fest geschlafen hätte. Und er wollte diese Stunden, verdammt. Er würde diesen blöden Wecker so bald wie möglich wegschmeißen.

Er griff zum Telefon. „Angie, rufen Sie Felix an, und dann sagen Sie bitte Craig aus der Werbeabteilung, dass er in mein Büro kommen soll. Nein, ich warte. Danke. Felix? Du musst sofort herausfinden, wo Vera sich herumtreibt. Ich will die Scheidung."

Jessie sprang auf, als sie hörte, wie der Rolls Royce die Auffahrt hinauffuhr. Schwarze Flecken tanzten vor ihren Augen, weil sie zu schnell aufgestanden war. Eilig zog sie die mit Erde verkrusteten Handschuhe aus. Joshua war gegangen, bevor sie aufwachte. Sie hatte ihren ersten gemeinsamen Morgen einfach verschlafen.

Sie warf die Handschuhe weg und öffnete die hintere Wagentür. „Du bist aber früh zu Hause", sagte sie glücklich, als er seine langen Beine aus dem Auto schwang. „Hallo, Barlow", rief sie über den Sitz. Der Chauffeur lächelte in den Rückspiegel und tippte sich an die Kappe, dann fuhr er zu den Garagen hinter dem Haus.

Jessie hakte sich bei Joshua unter, gemeinsam gingen sie ins Haus. Er stellte seine Aktentasche ab, drehte sich um und musterte sie lächelnd. „Ich habe sieben Gärtner", erklärte er, zog ein Taschentuch hervor und wischte ihre Wange sauber. „Warum wühlst du schon wieder im Dreck herum?"

„Ich gehe rauf und dusche schnell", beeilte sich Jessie zu sagen.

„Ich wollte dich nicht kritisieren, Jess. Du kannst tun und lassen, was du willst." Joshua nieste. „Verdammt." Er ging ins Wohnzimmer, warf sich aufs Sofa, schob sich eines der neuen Kissen unter den Kopf und legte die Beine hoch. Dann streckte er ihr die Hand entgegen. „Das Haus sieht toll aus. Das hast du fantastisch gemacht, Jessie. Wenn ich etwas weniger müde bin, musst du mir alles genau zeigen. Aber bis dahin leg dich zu mir und erzähl mir, was du heute alles gepflanzt hast."

„Oje, ich bin aber schmutzig und verschwitzt." Jessie kräuselte die Nase.

Joshua lachte heiser. „Ich mag es, wenn du verschwitzt bist. Komm her. Ich bin viel zu kaputt, um dich die Treppe hinaufzujagen."

Er sah wirklich müde aus. Sein Gesicht war blasser als sonst. Jessie legte sich zu ihm, ließ ihren Kopf auf seiner Brust ruhen und lauschte dem gleichmäßigen Schlagen seines Herzens.

Sie hatte Angst, genauer darüber nachzudenken, warum Joshua den Wecker abgestellt hatte und früher als sonst nach Hause kam. Sie wollte in sein Verhalten nichts hineininterpretieren und sich nicht zu sehr darüber freuen. Er war einfach hundemüde – das merkte sie daran, wie er sie in seinen Armen hielt. Ganz offensichtlich wollte er sie lieber bei sich haben, als mit ihr zu schlafen. Sie streichelte sein Gesicht.

Sein Kinn war stoppelig, offenbar hatte er sich im Büro nicht rasiert. Normalerweise rasierte er sich zweimal am Tag. Seine Haut unter ihren Händen fühlte sich trocken und heiss an.

„Geht's dir gut?" Sie hob den Kopf von seiner Brust, um ihn anzusehen.

Er hatte die Augen geschlossen, streichelte aber sanft ihren Rücken. „Müde", seufzte er. „Wahnsinnig müde."

Doch er war nicht nur müde. Jessie entdeckte auf seinen Wangen zwei rote Flecken.

Vorsichtig stieg sie vom Sofa. „Komm nach oben, Joshua. Du gehörst ins Bett."

Er öffnete die Augen. „Ich glaube nicht, dass ich im Moment in der Verfassung bin, Darling", murmelte er. „Vielleicht später."

Sie lachte leise. „Nein, mein Junge, für dich gibt's heute keinen Sex." Jessie schob die Arme unter seinen Rücken und half ihm aufzustehen. „Schaffst du es alleine die Treppe rauf, oder soll ich Barlow rufen?"

„Schaffe ich." Joshua lehnte sich schwer auf Jessies Arm und wäre beinahe gestolpert.

Über seine Blässe und Desorientierung besorgt half ihm Jessie ins Bett. Nachdem sie ihn ausgezogen und zugedeckt hatte, suchte sie in seinem Telefonbuch nach der Nummer seines Arztes.

„Joshua?" Jessie setzte sich auf die Bettkante. Er war

bereits in einen ruhelosen Schlaf gefallen. „Ich brauche die Telefonnummer deines Arztes. Wie heißt er?"

„Ich bin nie krank."

„Es gibt immer ein erstes Mal", entgegnete Jessie. Sie legte eine kühle Hand auf seine heiße Wange. „Wie ist der Name deines Arztes, Joshua?"

Er hustete, sein fieberheißer Kopf rollte auf dem Kissen hin und her. „Jessie?"

„Ich bin da."

„Jessica. Jessie. Jess", sagte er sanft und vergrub sein Gesicht im Kissen.

„Ja, das bin ich." Jessie ging ins Ankleidezimmer und rief ihren eigenen Arzt an.

Joshua murmelte ihren Namen und wälzte sich hin und her.

Als der Arzt ankam, hatte er bereits vierzig Grad Fieber. Jessie kühlte sein Gesicht mit feuchten Tüchern und tröpfelte etwas Wasser auf seine trockenen Lippen. Er weigerte sich zu trinken und Hustensaft zu schlucken; wie ein störrisches Kind sagte er immer wieder, dass er nur schlafen wolle. Ihr Herz zog sich zusammen. Wer hatte sich früher um ihn gekümmert? Eine Kinderschwester? Hatte diese Frau ihn geliebt oder einfach nur ihren Job gemacht?

Jessie pflegte ihn mit zärtlicher Hingabe. Das eine Mal war ihm heiß, dann wieder zitterte er vor Kälte. Er wehrte sich gegen die kalten, nassen Handtücher, mit denen sie seinen Körper abrieb. Als sie ihn endlich dazu gebracht hatte, Aspirin zu schlucken, war sie selbst schweißgebadet. Danach ließ sie ihn schlafen.

Am nächsten Tag war das Fieber gesunken, und er hatte einfach schlechte Laune. Jessie ließ sich nicht entmutigen. Sie zwang ihn zu trinken und seine Medikamente zu nehmen. „Schlaf", sagte sie und streichelte sein Haar. Er legte widerspruchslos seinen Kopf an ihre Schulter.

Sie ließ ihn nicht eine Sekunde alleine. Abwechselnd redete sie ihm gut zu oder schimpfte ihn aus, zwischendurch nickte sie neben ihm ein. Er war nicht leicht zu handhaben, und noch schwieriger wurde es, als er sich wieder auf dem Weg der Besserung befand.

Nach fünf Tagen war er der Meinung, dass es ihm nun gut genug ginge, um ein paar Telefonate zu führen. Jessie verfrachtete das Telefon ins Erdgeschoss, und da er noch zu schwach war, um die Treppe hinunterzugehen, tobte er stundenlang vor Wut, bis er völlig erschöpft einschlief und erst am nächsten Morgen um acht mit einem leisen Seufzen wieder aufwachte. In diesen Momenten, wenn er noch ganz weich und verletzlich und anschmiegsam war, liebte sie ihn am meisten.

Sie legte eine Hand an seine Stirn und stellte fest, dass sie nicht mehr heiß war. Gott sei Dank. Obwohl er schon am Tag zuvor hätte aufstehen können, hatte sie ihn überredet, noch im Bett zu bleiben. Sie zog ihn damit auf, dass er viel zu schwach sei, sich gegen sie zu wehren.

Sie schlüpfte aus dem Bett, darauf bedacht, ihn nicht zu wecken, zog eine dünne blaue Pyjamahose und ein bequemes weißes T-Shirt an und lief in die Küche. Als

Joshua hereinkam, hatte sie bereits Kaffee aufgestellt und schlug einige Eier auf.

„Wo ist die Köchin, Mrs. Godfrey?", fragte er.

„Sie ist mit ihren Enkelkindern im Park."

„Hm." Er küsste sie in den Nacken.

Jessie drehte sich um. Er war geduscht und rasiert und trug Jeans und ein dunkelrotes T-Shirt. „Du siehst ganz schön gut aus." Sie hielt ihn eine Armlänge von sich entfernt und betrachtete ihn von Kopf bis Fuß. „Großartiger Hintern."

„Du siehst mich von vorne, Jess." Joshua verzog die Lippen.

„Glaub mir, das weiß ich." Sie grinste zu ihm hoch und fasste mechanisch nach seiner Stirn. Sie war kühl. Zufrieden wandte sie sich wieder zum Herd. „Rührei oder Omelette?"

„Rührei." Er zog an ihrem weiten Ausschnitt und biss ihr zart in die Schulter.

Sie füllte die geschlagenen Eier in die Pfanne. Dabei fiel ihr ein Kamm aus dem Haar. Joshua bückte sich und hob ihn auf. „Ich weiß gar nicht, warum du überhaupt versuchst, dein Haar zu bändigen, Darling. Es scheint seinen eigenen Willen zu haben."

Mit einer Hand hob sie ihr Haar hoch und versuchte, den Kamm wieder in die dicken Locken zu stecken. Joshua lächelte, kleine Fältchen bildeten sich um seine Augen. „Das nützt überhaupt nichts. Es wird nicht halten."

„Ich kann einfach nichts dagegen tun. Ich muss wie eine Wilde aussehen."

„Du siehst verflucht sexy aus."

Sie warf ihm einen bedeutungsvollen Blick zu. „Hör mal, ich versuche hier ein Frühstück zuzubereiten."

Unschuldig entgegnete er: „Ich hab doch gar nichts gesagt."

Sie lachte. Sie hatten seit dieser Nacht, als er aus Russland zurückgekommen war, nicht mehr miteinander geschlafen. In Anbetracht seiner Unersättlichkeit wunderte sie sich, dass er sie nicht gleich hier in der Küche verführte.

Er sah immer noch ein wenig blass aus. Sie beschloss, ihn nach dem Frühstück zu einem Nickerchen zu überreden. Solange sie allerdings ihr Haar mit einer Hand nach oben hielt, würde das Frühstück nie fertig werden. Da sie keine Lust hatte, nach oben zu laufen und ein Haargummi zu suchen, drehte sie es auf und steckte einen Bleistift hinein.

Er runzelte die Stirn.

„Was ist los?"

„Ein Déjà vu."

Sie steckte vier Scheiben in den Toaster. „Bist du sicher, dass es dir gut geht? Vielleicht ist es doch noch zu früh, aufzustehen. Soll ich Dr. ..."

„Vergiss den Doktor." Er schlang die Arme um ihren Hals, seine Augen glühten, als er sie fest an sich drückte. „Ich möchte dich nach oben tragen und dich so lange verwöhnen, bis du schreist."

Das klang gut.

Dann konnte sie einen kurzen Umweg übers Badezimmer machen, bevor sie ins Bett gingen. Sie nahm die

Pfanne vom Herd und umarmte ihn. „Wie sehr willst du mich verwöhnen?"

„Wie viel kannst du aushalten?" Er berührte mit dem Daumen ihre Lippen und betrachte sie mit brennendem Blick.

Der Toast sprang hoch. „Du bist gerade aus dem Krankenbett aufgestanden." Sie versuchte, vernünftig zu sein.

„Dann geh mit mir dahin zurück." Er hob sie hoch und trug sie durch die weite Eingangshalle und die Treppe hinauf.

„Ich finde, du solltest mich nicht tragen, Rhett. Du hast eine Woche lang im Bett gelegen." Sie klammerte sich an ihm fest, als er an Tempo zulegte, um schneller ins Schlafzimmer zu kommen.

Er trat die Tür hinter sich zu. „Habe ich dir nicht erst gestern gesagt, dass ich nicht ewig schwach sein und auf dem Rücken liegen werde?" Vorsichtig legte er sie auf das frisch bezogene Bett. „Nun, meine Schöne, was hast du dazu zu sagen?"

Er beugte sich über sie, das rote Hemd bildete einen herrlichen Kontrast zu seinen blassen Augen.

„Ich finde das in Ordnung." Jessie öffnete die Knöpfe seines Hemdes. Mit einem Mal war ihr Mund trocken, ihr Puls begann zu rasen. „Mach schnell." Sie konnte selbst nicht fassen, wie heiser ihre Stimme klang.

Und schon waren sie nackt, ohne dass sie hätte sagen können, wer was ausgezogen hatte. Joshua liebte sie so stürmisch und leidenschaftlich, dass sie alles um sich herum vergaß. Ihr Orgasmus war so heftig und andauernd, dass sie beinahe das Bewusstsein verloren hätte. Die Sonne schien durch das geöffnete Fenster. Die Bettdecken und Kissen lagen zerwühlt auf dem Boden. Jessie spürte, wie der Bleistift sie in die Hüfte piekte. Sie war nicht in der Lage, sich zu rühren, versuchte nur, möglichst gleichmäßig zu atmen.

Und sie hatte den kleinen Umweg ins Bad vergessen.

Joshua beugte sich über sie. Sein Gesicht war nicht mehr länger blass. Gleich würde sie wieder in der Lage sein, zu sprechen, doch im Augenblick konnte sie ihm nur in die Augen sehen. Darin lag etwas, das sie nicht deuten konnte.

Er holte tief Luft. „Tut mir leid."

Sie verstand nicht. „Was?"

„Tut mir leid", sagte er steif. „Ich habe die Kontrolle verloren. Habe ich dir wehgetan?" Er zog die Augenbrauen zusammen.

„Nein!" Sie warf ihm die Arme um den Hals und zog ihn an sich. „Es war herrlich. Und ich liebe es, wenn ich den Eisklotz zum Schmelzen bringen kann."

Jessie spürte sein Herz unter ihrer Hand schlagen. Es dauerte einen Moment, bis sie begriff, dass er das, was er in diesem erschütternden Augenblick empfunden haben mochte, schon wieder verdrängt hatte. Mist. Sie musste sich einfach noch mehr anstrengen. An seiner Schläfe pochte ein verräterischer Puls. Er war doch nicht so unempfänglich, wie er gerne wirken wollte.

„Du hast mir noch nie wehgetan. Nicht im Bett und

auch nicht außerhalb. Ich schwöre es." Die Besorgnis verschwand aus seinem Blick. „Ich verhungere. Können wir langsam frühstücken …?"

Das Telefon klingelte. Joshua runzelte die Stirn und griff nach dem Hörer. Jessie seufzte. Während seiner Krankheit hatte es keine geschäftlichen Telefonate gegeben. Offenbar hatte er aber heute Morgen bereits seine Sekretärin benachrichtigt, dass er wieder auf dem Damm war. O ja – er war mit Sicherheit wieder auf dem Damm. Bedächtig ließ sie ihre Finger über seine Brust wandern.

Joshua stopfte sich ein Kissen hinter den Kopf. „Was zum Teufel soll das heißen, du kannst sie nicht finden …?" Er warf Jessie einen kurzen Blick zu.

Sie liebte sein lockiges Brusthaar, verschwendete diesmal aber nicht allzu viel Zeit damit. Er war zehn Tage auf Reisen gewesen und danach eine Woche krank. Sie hatten eine Menge aufzuholen. Ihre Finger schlossen sich um ihn.

Sie erschrak, als Joshua ins Telefon schrie: „Dann engagiere verdammt noch mal einen Detektiv. Du musst sie finden!" Eine kurze Pause entstand. „So sicher wie das Amen in der Kirche. Halt mich auf dem Laufenden, Felix."

„Schlechte Nachrichten?" Sie legte die Hände auf seine Brust und versuchte, seinen Gesichtsausdruck zu deuten.

„Ich muss nur jemanden finden, der ein paar Papiere unterschreiben soll."

Mit einem Finger zog sie verlockende Kreise um

seine Brustwarze. „Schon wieder eine Geschäftsübernahme?"

„Nur eine Vertragsauflösung. Felix wird sich darum kümmern."

Er blickte bedeutungsvoll auf ihre Hände. „Waren die nicht gerade noch an einer anderen Stelle?"

8. KAPITEL

Jessie kam aus dem Ankleidezimmer in die Hotelsuite und kämpfte mit einem widerspenstigen Ohrring. Wie ein Kind vor dem Regal mit Süßigkeiten war sie sich vorgekommen, als das Zimmermädchen die Designerstücke ausgepackt hatte, mit denen Joshua sie für die Monacoreise überraschen wollte. Farbenfrohe Kleider, eines verführerischer als das andere. Sie hatte für heute Abend das flammend rote, rückenfreie Isaac-Mizrahi-Kleid mit dem kurzen, bauschigen Rock ausgesucht. Von vorne wirkte es ziemlich brav – zumindest so lange, bis sich der vom Hals bis zur Taille reichende Schlitz öffnete und den Blick auf zwei feste, leicht gebräunte Brüste lenkte.

„Wieso bist du noch nicht angezogen?", fragte sie, als sie sah, dass Joshua sich mit hinter dem Kopf verschränkten Händen auf dem Bett ausgestreckt hatte. Eine Bettdecke lag auf dem Boden, und Joshua war splitternackt.

Seine dunklen Augen blickten herausfordernd. „Hast du keinen Jetlag?", fragte er gedehnt. „Vielleicht solltest du wieder ins Bett kommen und ein Nickerchen machen."

„O nein, wage es nicht, Joshua Falcon. Dasselbe hast du bereits vor drei Stunden gesagt." Unter seinem feurigen Blick begann ihr Herz zu rasen. „Wir sind erst vier Stunden in Monte Carlo und haben bereits zweimal miteinander geschlafen." Sie ließ ihre Hand sinken, nachdem es ihr endlich gelungen war, den Ohrring zu befestigen. „Ich dachte, du hast mich hierher gebracht, damit wir ins Spielcasino gehen."

„Habe ich auch." Joshua erhob sich und näherte sich ihr geschmeidig wie ein Panther. Sie betrachtete seinen sehnigen, muskulösen Körper, und die unübersehbare Erektion. „Und damit ich dich so angezogen sehen kann. Gott, du siehst fantastisch aus." Er glitt mit der Hand in den Ausschnitt und streichelte ihre nackte Haut. Jessie wölbte sich ihm entgegen. „Du machst mich heiß, ganz egal, ob du angezogen oder nackt bist. Herrlich, wie deine schönen kleinen Brüste in diesem Kleid mal zu sehen sind und dann mal wieder nicht."

Sie leckte sich über die glänzend roten Lippen. „Hör auf, mich verrückt zu machen", warnte sie ihn und befürchtete zugleich, dass es bereits zu spät wäre. Doch sie blieb eisern. „Ich möchte ins Casino", sagte sie lachend und packte ihn am Handgelenk. Er könnte ihr diesen Hauch von Stoff in Sekundenschnelle vom Körper reißen und sie aufs Bett werfen.

Ein Schauer erfasste sie, was ihn lächeln ließ. Sanft fuhr er mit dem Handrücken von ihrem Hals zur Taille und wieder zurück. Ihre Brustwarzen waren steil aufgerichtet und zeichneten sich deutlich unter dem dünnen Stoff ab.

Jessie schloss die Augen, wartete darauf, dass er ihre Brüste streicheln und ihre Nippel in den Mund nehmen würde, so wie vor etwa vierzig Minuten, kurz bevor sie unter die Dusche gegangen war. Sie hörte sein belustigtes Lachen.

„Du bist gerne Frau, nicht wahr?" Nur mit den Fingerknöcheln berührte er den Stoff an ihrer Taille. Jessie hob eine Augenbraue, etwas, was sie von ihm abgeschaut hatte. Er tat so, als bemerke er nicht, was er mit ihr anstellte, und fuhr mit leiser, zärtlicher Stimme fort: „Ich sehe dir gerne dabei zu, wie du dich zum Ausgehen fertig machst." Seine Hand rutschte etwas höher. Jessie erzitterte.

„Jede deiner Bewegungen ist graziös und feminin. Vor allem beim Schminken. Du bist einfach gerne Frau, du genießt die Zeremonie, die damit zusammenhängt."

Jessie fühlte sich vom sinnlichen Klang seiner Stimme und dem rhythmischen Streicheln seiner Fingerspitzen wie hypnotisiert. Sie machte einen Schritt nach hinten, um wieder klar denken zu können. „Du meine Güte. Was ist denn mit dir los?"

Joshua zuckte mit den Schultern. „Ich habe noch nie jemanden kennengelernt, der sich in seiner Haut so wohlfühlt wie du." Er zog sich einen Bademantel über und sah sie stirnrunzelnd an. „Wenn man bedenkt, wie du aufgewachsen bist, dann frage ich mich, woher dieses erstaunliche Selbstwertgefühl kommt."

Jessie war etwas verlegen und zugleich geschmeichelt. Sie wusste nicht, was sie darauf sagen sollte. Ein Großteil ihres Selbstbewusstseins war nichts anderes als Selbstschutz, den sie seit Jahren aufgebaut hatte. „Irgendwie ist es mir gelungen, mir selbst etwas beizubringen. Schon als Kind ist mir klar gewesen, dass das Leben meiner Mutter nichts mit meinem zu tun hat. Ich habe alles dafür getan, dass ich nie vergaß, wer ich bin."

Joshua legte eine Hand an ihre Wange. „Ich bewundere dich maßlos, Jessica Adams." Er küsste sie sanft und ging dann ins Badezimmer.

Jessie ließ sich aufs Bett fallen und starrte auf die geschlossene Tür.

Das Casino war ganz in Mahagoni und Gold gehalten, es strahlte dieselbe vornehme Eleganz aus wie vermutlich zu der Zeit, als es gebaut wurde, in den frühen Sechzigerjahren des neunzehnten Jahrhunderts. Jessie war hingerissen. „Es ist nicht fair, dass die Einwohner Monte Carlos hier nicht reindürfen." Am liebsten hätte sie nicht mal geblinzelt, so versessen war sie darauf, alles zu betrachten. „Da bleibt ihnen ein herrlicher Teil ihres Kulturerbes vorenthalten."

„Das ist ein vergleichsweise kleiner Preis in Anbetracht der Tatsache, dass in Monaco keine Steuern gezahlt werden müssen", entgegnete Joshua trocken.

„Es geht um ihre Kultur ...", Jessie blickte sich um, „nicht um Geld."

„Sag das mal denen, die eine Familie ernähren müssen. Die wenigsten Menschen verlassen ein Casino mit *mehr* Geld in der Tasche, Jess. Den Einwohnern tut man damit einen Gefallen."

„Wie zynisch. Und ich finde es trotzdem nicht in Ordnung", sagte sie, abgelenkt von den Sehenswürdigkeiten und Geräuschen im Casino. Elegant gekleidete Frauen und gut aussehende Männer im Smoking spazierten durch die ausgedehnten Räume, alle erdenklichen Sprachen waren zu hören. Als sie in einen Raum kamen, in dem sich Dutzende Roulettetische befanden, leuchteten ihre Augen auf.

„Sie dürfen nur nicht in die Spielräume, kleine Miss Mitleid." Er spielte mit einer Haarsträhne, die sich in ihrem Nacken gelöst hatte. „Aber jeder kann im Grand Theater Ballett- oder Opernaufführungen sehen." Er zog ihre Hand an seine Lippen und küsste jeden einzelnen Finger. Sie schloss die Augen, bat ihn flüsternd und errötend, aufzuhören, zog die Hand aber nicht weg.

Jessie spürte seine harten Muskeln, als er sich an sie drückte. Schnell ging sie einen Schritt zurück und betastete ihre Hochfrisur. Als sie dieses Kleid ausgewählt hatte, war ihr klar gewesen, dass sie mit dem Feuer spielte. Ich habe aber nicht gleich mit einem Waldbrand gerechnet, dachte sie, als sie seinen brennenden Blick auf ihren fast entblößten Brüsten spürte.

„Benimm dich", schalt sie ihn und holte zitternd Luft.

Lächelnd hakte er sich bei ihr ein. „Du bist eine strenge Frau."

„Pst, ich will die Atmosphäre in mich aufnehmen." Den Geruch nach Reichtum in der diskret parfümierten Luft. Das Aroma von Macht und Geld gemischt mit dem Duft frischer Blumen, die aus den kostbaren Vasen in den beleuchteten Wandnischen quollen.

Jessies goldene Absätze versanken in dem dicken blauschwarzen Orientteppich. Gedämpftes Murmeln wob sich unter die dezenten Melodien eines kleinen Orchesters.

Joshuas Hand lag leicht auf ihrer Hüfte, er liebkoste sie gedankenverloren, während sie durch das riesige

Casino spazierten. Vermutlich merkte er gar nicht, dass er sie nun viel öfter in der Öffentlichkeit berührte. Diese Tatsache bedeutete ihr mehr, als sie jemals für möglich gehalten hätte.

„Wieso strahlst du wie ein Honigkuchenpferd?", fragte Joshua und führte sie in den nächsten Raum.

Sie betrachtete ihn mit funkelnden Augen. „Ich bin glücklich."

Er berührte ihr Gesicht, als ob er einfach nicht anders könnte. „Das Gebäude existiert schon weit über hundert Jahre, Jess. Wir müssen uns nicht beeilen."

„Jemand könnte mir meinen Platz wegschnappen." Sie zügelte ihr Tempo und blickte sich so lässig wie möglich um.

„Such dir einen Tisch aus. Ich hole die Chips."

Sie biss sich auf die Lippen. „Nicht zu viele", warnte sie ihn. „Ich will nur eine Stunde oder so spielen."

Kurz darauf kam Joshua zurück. Jessie verstaute die Chips in ihrer Handtasche, machte eine kleine Pirouette, inspizierte die Tische und wählte dann einen aus.

„Bin ich gestorben und direkt in den Himmel gekommen?" Sie grinste, öffnete ihre kleine Chaneltasche und nahm eine Handvoll schwarze und goldene Chips heraus. „Komm, spiel mit mir."

Joshua beugte sich nach vorne, seine Lippen streiften ihr Ohr. „Ich möchte lieber oben mit dir spielen." Er schob ihr einen eleganten Brokatstuhl hin.

„Geduld wird meist belohnt", wisperte sie und türmte die Chips ordentlich vor sich auf dem grünen Tisch auf. Sie spürte Joshuas Anwesenheit hinter sich und versuchte, sich auf das Spiel zu konzentrieren.

In Wahrheit hatte sie überhaupt keine Ahnung, wie man Roulette spielte. Sie legte die Chips einfach auf Rot oder Schwarz oder Doppel-Null und genoss den Adrenalinstoß, wenn die Chips entweder vom Tisch geschabt oder ihr zugeschoben wurden.

Als sie keine Lust mehr hatte, besaß sie einige Chips mehr als zuvor. Joshua hatte die ganze Zeit hinter ihr gestanden, die Hand besitzergreifend auf ihre Schulter gelegt, und kein Wort gesagt.

„Ich verhungere." Jessie stand auf. Joshua half ihr lachend, die Chips einzusammeln.

„Du bist so leicht zu durchschauen." Er dirigierte sie zu dem Fünfsternerestaurant, von dem aus man einen herrlichen Blick über die Meeresbucht hatte. „Immer hungrig. Komm. Ich mache dich satt, und du bringst mir Glück."

Als sie an einem Tisch Platz genommen hatten, holte Jessie eine Handvoll Chips aus der Tasche. „Die sind so hübsch, ich glaube, ich nehme sie einfach mit nach Hause zur Erinnerung an diese wunderbare Reise."

Joshua verschluckte sich beinahe an seinem Wein. Jessie hob die Augenbrauen. „Was ist?"

„Hast du eine Ahnung, wie viel diese Chips wert sind, Jessie?" Joshua tupfte sich den Mund mit der Serviette ab.

Sie zuckte mit den Schultern. „Keine Ahnung. Fünf Dollar?"

„Jeder Chip ist zehntausend Dollar wert!"

„Wie bitte!", quiekte Jessie. „Du machst Witze. Das

müssen ... o mein Gott Joshua, das sind mindestens fünfunddreißig Chips."

„Wir sind hier nicht in Reno. Der Scheich, der rechts neben dir saß, hat mit 100 000-Dollar-Chips gespielt."

„Du meine Güte." Jessie stopfte die Chips in die Tasche, die sie dann sorgsam direkt vor sich auf den Tisch legte. „Wenn ich das gewusst hätte, hätte ich niemals gespielt."

„Es hat dir doch Spaß gemacht. Was für einen Unterschied macht es, ob sie mehr oder weniger wert sind? Es ist doch bloß Geld."

„Und wenn ich verloren hätte?" Jessie wurde ganz schlecht bei dem Gedanken, sie musste kurz die Augen schließen, bevor sie ihn wieder ansah. Er lächelte noch immer.

„Es ist bloß Geld, Jess."

„Dein Geld, Joshua. Nicht meines. Ich hätte ein Leben lang gebraucht, dir das zurückzuzahlen, wenn ich verloren hätte."

„Hast du aber nicht." Sein Lächeln verschwand; ein seltsamer Ausdruck lag mit einem Mal auf seinem Gesicht. Er reichte ihr die mit großen Quasten ausstaffierte Speisekarte. „Schau, was du essen möchtest, und denk nicht mehr drüber nach."

Jessie versteckte sich hinter der Karte. Ihr Appetit war verschwunden. Sie fühlte sich so dumm, sie hatte ja keine Ahnung gehabt! Dabei hätte sie doch wissen müssen, dass es in einer derart vornehmen Umgebung keine Fünfdollarchips geben würde.

Sie fühlte sich wie eine Hochstaplerin. Sie saß auf

der Terrasse des bekanntesten Spielcasinos der Welt und trug ein Designerkleid. Wer glaubte sie eigentlich zu sein?

Sie war niemand anderes als Jessie Adams, die Tochter einer Prostituierten aus Bakersfield.

Das Undenkbare war geschehen. Sie hatte geglaubt, sie würde sich niemals in ihn verlieben. Sie hatte gedacht, dass das nicht möglich wäre. Dass sie immun wäre. Als ob es einen Impfschutz gegen die Liebe gäbe!

Ich liebe ihn.

Sie probierte diese Worte in ihren Gedanken aus, konnte sie bittersüß auf ihrer Zunge schmecken.

O mein Gott. Wie hatte das nur geschehen können? Die Gefühle hatten sich so hinterrücks eingeschlichen, dass sie es nicht einmal bemerkt hatte.

Ganz egal, wie sehr sie sich wünschte, dass alles anders wäre, ein Happy End war nicht in Sicht. Er war ein Penthouse und sie nicht mehr als eine Sozialbauwohnung. Vermutlich war sie ihm nicht egal, aber er würde sich in einer Million Jahren nicht in eine Frau wie sie verlieben. Dazu würde er sich lieber jemanden aus seinen eigenen Kreisen suchen.

Sie würde also nicht nur kein Kind von ihm haben – es war noch viel schlimmer. Denn am dreiundzwanzigsten Dezember würde sie auch noch Joshua verlieren.

Der Zauber des Abends war verschwunden.

Sie bat Joshua, das Essen auszusuchen. Die Speisekarte war auf Französisch, sie verstand also sowieso kein Wort. Er bestellte in fließendem Französisch, beugte sich dann nach vorne und ergriff ihre Hand. „Was ist los?" Seine blassen Augen blickten sie forschend an. Sie fragte sich, was er wohl sah. „Also doch Jetlag?"

„Ich gehöre nicht hierher, Joshua." Jessies Augen brannten, ihre Lippen bebten. Gott, hoffentlich fing sie nicht auch noch an zu heulen. Nicht jetzt, nicht hier, nicht vor Joshua und all diesen reichen Menschen.

„Du bist heute Abend die schönste Frau, Jessie. Natürlich gehörst du hierher." Er nahm ihre Hand, und Jessie fiel zu spät auf, dass sie vergessen hatte, den roten Nagellack aufzutragen, den sie extra mit auf die Reise genommen hatte. Ihre Nägel waren kurz. Ihr Hals wurde eng. Verdammt, sie konnte die Tränen nicht zurückhalten.

„Jessie, sieh mich an."

Unter Tränen gehorchte sie ihm.

„Worum genau geht es?", fragte er sanft, mit dem Daumen malte er Kreise auf ihre Handfläche. Sie biss sich hilflos auf die Lippen. „Das mit den Chips ist doch nicht so schlimm …"

„Tut mir leid." Sie presste die Serviette gegen ihren Mund. „Ich weiß auch nicht, was mit mir los ist. Muss doch am Jetlag liegen." Der Ober brachte den ersten Gang, und sie blickte auf. „Hier kommt meine Rettung." Sie versuchte, fröhlich zu klingen.

Fest entschlossen, diesen ansonsten fantastischen Abend nicht zu verderben, unterdrückte sie ihre Gefühle und griff nach der Gabel.

Vermutlich schmeckte das Bœuf Alexandra hervorragend. Sie mochte Artischocken, der Trüffel war bestimmt interessant, aber sie merkte nicht viel davon.

Verdammt. Sie wollte nicht über das Ende nachgrübeln, nachdem sie noch viele gemeinsame Wochen vor sich hatten.

Ganz kurz dachte sie darüber nach, doch nicht länger zu verhüten. Das war sowieso total unbequem und vielleicht ... nein. Sie hatte eine Entscheidung getroffen und würde sie nicht mehr ändern.

Als sie das Restaurant verließen, hakte sie sich bei Joshua unter. „Wohin gehen wir jetzt?"

„Bist du sicher, dass du nicht doch noch ein wenig Roulette spielen willst?"

Jessie tat, als ob sie erschauerte. „Da steht für meinen Geschmack viel zu viel Geld auf dem Spiel. Ach so, hier." Sie reichte ihm ihre kleine Handtasche. „Steck das ein, dann muss ich mir nicht länger Sorgen darum machen. Ich schau dir zu, wenn du noch mal spielst."

„*Chemin de fer*. Siehst du diese Tische dort auf dem Podium?" Joshua dirigierte Jessie durch den von großen Lüstern erhellten Raum. Er sprach mit dem Mann, der den Eingang bewachte und sich schließlich tief vor ihnen verbeugte. *Chemin de fer* war ein kompliziertes Kartenspiel mit hohem Einsatz. Ähnlich wie Baccara, erklärte Joshua ihr flüsternd. Er nahm seinen Platz ein, und Jessie unterließ es, ihn zu fragen, wie viel seine Chips wert waren. Das wollte sie gar nicht wissen.

Die anderen Stühle waren mit Zuschauern besetzt. Jessie stellte sich hinter ihn.

Es machte ihr Spaß, zuzusehen. Auch wenn sie nicht die geringste Ahnung hatte, wie das Spiel funktionierte, so fand sie es doch spannend. Irgendwann schlüpfte sie sogar aus ihren hohen Schuhen. Der Teppich fühlte sich herrlich weich unter ihren Füßen an.

Der Ober brachte ihr ein Getränk. Das Abendessen lag ihr schwer im Magen, und sie war durstig. Allerdings hätte sie lieber Wasser als Alkohol getrunken. Sie blickte sich um.

Plötzlich wurde ihr schwarz vor Augen, Speichel sammelte sich in ihrem Mund. Sie schluckte krampfhaft, und ihr wurde abwechselnd heiß und kalt. Die Schuhe glitten ihr aus den Händen und fielen zu Boden. Wie blind tastete sie nach der samtbezogenen Lehne. „Ich … m-muss mich setzen …" Das Licht wurde schwächer und erlosch dann vollständig.

„Jessie?" Sie hörte die Angst in seiner Stimme, die von weit, weit weg an ihr Ohr drang … Etwas Kaltes und Feuchtes strich über ihr Gesicht. „Mach die Augen auf, Liebes."

Das konnte nicht Joshua sein. Er hatte sie noch nie zuvor Liebes genannt, und seine Stimme würde auch niemals so panisch klingen. Jessie ließ sich treiben.

„Jessie, mach die Augen auf. Jetzt!" Typisch Joshua. Er befahl ihr, das Bewusstsein wiederzuerlangen.

Seine Lippen. Joshuas Lippen. Er küsste ihre Hand. Sein Griff fühlte sich sicher und fest an. Jessies Wimpern flatterten, es gelang ihr, die Augen zu öffnen. Joshua kniete neben dem Sofa, auf dem sie lag, den Blick auf ihr Gesicht geheftet. „Was zum Teufel ist geschehen?", fragte er.

Seine Lippen waren ganz verkniffen, sein Haar sah zerzaust aus, als ob er es sich gerauft hätte. Zwischen seinen aristokratischen Augenbrauen war sogar eine Sorgenfalte zu sehen. Er verstärkte seinen Griff, sie wimmerte auf, und er ließ ein wenig locker. Nur ein wenig.

Sie hatte das Gefühl, dass sich ihr gleich der Magen umdrehen würde, und dann plötzlich beruhigte er sich. So viel zum Thema Fünfsterneküche, wo die Essenspreise so hoch waren wie die Staatsverschuldung eines kleinen Landes.

„Jessie?"

„Ja?"

„Was ist passiert, verdammt noch mal?" Er wandte sich an die schemenhafte Gestalt hinter sich. „Sie scheint bei Bewusstsein zu sein. Ich glaube nicht, dass sie …"

„Ich bin bloß ohnmächtig geworden, Joshua." Sie drehte den Kopf, um ihn direkt ansehen zu können, und zwang sich, zu lächeln. „Ich habe keine Gehirnerschütterung – mir geht's gut." Sie kämpfte sich hoch, dankbar, dass Joshua ihr dabei half. Sie befanden sich in einem Büro. Zwei Männer standen diskret auf der anderen Seite des Zimmers.

„Ich glaube, das viele Essen und die Aufregung haben mir nicht gutgetan. Tut mir leid, dass ich dich in so eine Situation gebracht habe."

„Unsinn", entgegnete Joshua knapp. „Mein Gott, du bist weiß wie eine Wand."

„Das liegt nur daran, dass du mein Make-up abgewischt hast." Jessie lehnte den Kopf an seine Schulter. Es ging ihr schon viel besser, sie genoss es, das Joshua so besorgt um sie war. „Bitte sag, dass mein Kleid nicht verrutscht ist und ich hingefallen bin wie eine Lady."

„Die Männer waren so wild darauf, dich hochzuheben, dass ich beinahe nicht sehen konnte, wo genau du hingefallen bist." Joshua strich ihr eine Haarsträhne aus der Stirn. Ihre Haut war klamm.

„Könnten wir zurück auf unser Zimmer, bevor ich mich hier noch weiter blamiere?"

„Ich werde den Arzt bitten, dich dort zu untersuchen."

„Ich brauche keinen …"

Joshua gab dem Arzt in tadellosem Französisch Anweisungen, dann hob er Jessie hoch, als sei sie so leicht wie eine Feder. Ihre Augen wirkten riesig in dem blassen Gesicht.

„Aber sorge dafür, dass mein Hintern nicht zu sehen ist." Jessie schloss die Augen, als er sie durchs Casino zum Fahrstuhl trug.

„Du bist sittsam bedeckt", sagte er lächelnd.

„Ich komme mir so blöd vor." Jessie versteckte ihr Gesicht an seiner Brust.

„Alle sind der Meinung, dass du recht elegant ohnmächtig geworden bist", neckte er sie und manövrierte sie ins Hotelzimmer.

„Ich weiß, dass du lügst. Ich bin vor Tausenden gut gekleideter Millionäre und ihren mit Diamanten behängten Frauen platt auf die Nase gefallen. Ich könnte wetten, dass jeder meine Unterwäsche sehen konnte." Ihre Unterlippe bebte, und sie hatte Tränen in den Augen, als sie ihn ansah. „Es tut mir so leid, dass ich dich blamiert habe."

Er wischte ihr die Tränen weg. „Das kommt nur dir

so schlimm vor, Jessie. Dabei hat es kaum jemand bemerkt, ich schwöre es. Sekunden bevor du ohnmächtig wurdest, sind der Prinz und sein Gefolge gekommen. Alles haben ihn angesehen, nicht dich."

„Es wird wieder schlimmer", sagte sie plötzlich, alle Farbe war aus ihrem Gesicht gewichen. „Bring mich schnell ins Badezimmer."

Joshua setzte sie gerade noch rechtzeitig ab und hielt ihren Kopf. Sie übergab sich krampfartig. Danach stützte er sie, als sie sich das Gesicht wusch und die Zähne putzte, und trug sie anschließen zum Bett.

„Nicht", stöhnte sie, als er ihr Gesicht mit einem kalten Handtuch abtupfte. Joshua war erleichtert, als Minuten später der Arzt klopfte.

Er empfahl Jessie ein paar Tage Ruhe und leichtes Essen und verabschiedete sich wieder. Joshua half Jessie, sich auszuziehen, und steckte sie unter die Bettdecke.

Als er sich auf die Bettkante zu ihr setzte, sah sie ihn mit diesen großen braunen Augen an.

„Soll ich dir was bringen?"

„Nein, danke. Ich komme mir total bescheuert vor. Warum gehst du nicht zurück ins Spielcasino? Wir sehen uns dann später."

„Ich bleibe bei dir." Er zog sie vorsichtig in seine Arme. „Versuch zu schlafen."

Jessie weckte ihn am nächsten Morgen; hellwach, mit leuchtenden Augen lag sie quer über seiner Brust. Er ächzte. „Du bist krank. Schlaf weiter."

„Keinesfalls." Sie drückte sich fester an ihn. „Es geht

mir großartig, und du hast versprochen, dass wir heute eine Bootsfahrt machen."

„Das mit dem ‚großartig' kann ich bestätigen." Er ließ seine Hand über ihren Rücken auf ihren Po wandern.

„O nein, jetzt nicht." Jessie rollte sich zur Seite, warf die Decke von sich und sprang hastig aus dem Bett. An der Badezimmertür drehte sie sich in ihrer ganzen nackten Pracht noch einmal um.

„Komm schon, Joshua, zieh dich bitte an, ja?" Sie klimperte mit den Wimpern und wich ihm aus, weil er bereits vor ihr stand und sie gegen die Louis-Quatorze-Anrichte drängen wollte. „Ich werde *ganz schnell* duschen, und dann möchte ich irgendwo schön frühstücken gehen."

Später suchten sie die Jacht und die Crew, die Joshua für diesen Tag angeheuert hatte. In kurzen weißen Shorts, die ihre prachtvollen Beine wunderbar zu Geltung brachten, und einem knappen Oberteil, das ihm den Mund wässrig machte, streckte Jessie sich auf einem Liegestuhl neben ihm aus. Der Pferdeschwanz, den sie sich mit einem pinkfarbenen Tuch zusammengebunden hatte, saß wie immer etwas schief. Sie hatte Farbe bekommen, sah gesund und verteufelt sexy aus.

Die Crew kümmerte sich um die Arbeit und hielt sich diskret im Hintergrund, während sie gemächlich die Küste entlangschipperten.

Joshua hatte seine schwarzen Shorts ausgezogen und machte es sich seufzend in den weichen Kissen bequem. Die wärmende Sonne, der Geruch des Meers gemischt mit Jessies feinem Duft ließen ihn schläfrig werden. Als er etwas später weiche Lippen auf seiner Wange spürte, öffnete er die Augen.

„Du verschläfst ja diesen herrlichen Tag", beschwerte Jessie sich und streichelte seine warme Brust. In ihrer Sonnenbrille spiegelte sich sein müdes Gesicht. Möwen flogen durch den knallblauen Himmel, die weißen Segel blähten sich in einer Brise, die er nicht spürte.

„Unten gibt es einen schönen großen Raum", schlug er vor und ließ seine Hand unter ihr Oberteil gleiten. Sie trug keinen BH. Ihre Haut war heiß, weich und ein bisschen verschwitzt.

Sie krümmte den Rücken. „Mit einem hübschen großen Bett, wie ich vermute?"

„Wahrscheinlich."

„Wie wäre es erst mal mit Mittagessen?" Sie wackelte mit den Augenbrauen.

Jessie wieder. Lachend nahm er ihre Hand und ging mit ihr unter Deck.

Eisgekühlter Hummer, jede Menge Salate, frische Früchte und verschiedene Desserts waren kunstvoll auf einem langen Büfett angerichtet.

Er beobachtete, wie sie sich von allem etwas nahm. Als sie sich schließlich an den kleinen Tisch vor dem Fenster setzte, quoll ihr Teller fast über.

„Dir wird wieder schlecht werden, wenn du das alles isst", warnte er sie, als sie sich ein Stück Hummer in den Mund schob. Sie sah so gesund und munter aus. Schwer vorstellbar, dass er diese Frau erst gestern Nacht ins Bett hatte tragen müssen. Nie zuvor hatte er ein solches Entsetzen empfunden, wie in dem Moment, als Jessie im Casino am Boden lag. Er hatte die ganze Nacht kein Auge zugemacht, damit er jederzeit den Arzt hätte rufen können.

„Nein, nein." Jessie tröpfelte Mayonnaise auf das saftige weiße Fleisch und schob sich dann ein weiteres Stück in den Mund.

Sie war so verdammt dickköpfig. Joshua strich ihr eine Haarsträhne aus dem Gesicht, lehnte sich zurück und sah ihr beim Essen zu.

Sie ließ nicht einen Krümel übrig, wusch sich die Hände in der Fingerschale neben dem Teller und gähnte. „Ich werde mich nicht hinlegen", erklärte sie gleich, als ob sie seine Gedanken gelesen hätte. Mit der Serviette, die er ihr reichte, trocknete sie sich die Hände, ihre eigene Serviette lag vermutlich irgendwo auf der Erde.

Er warf ihr einen kühlen Blick zu. „Wer hat hier was von Hinlegen gesagt?"

„Du hast diesen Lass-uns-ins-Bett-gehen-Gesichtsausdruck." Sie war völlig ungeschminkt und so schön, dass ihm der Atem stockte.

„Gestern Nacht habe ich keine Sekunde geschlafen, Jess. Hab Mitleid."

„Du willst nur anstößige Dinge mit meinem Körper anstellen."

„Das auch."

Welch ein Glück, dass sie nach dem Liebesspiel tatsächlich noch ein Nickerchen gemacht hatten. Vermutlich hatte er wieder eine lange Nacht vor sich. Denn als sie abends zurück ins Hotel kamen, war Jessie wieder unglaublich schlecht.

Mit bleichem Gesicht kam sie aus dem Badezimmer. „Komm mir nicht von wegen ‚ich hab's dir doch gesagt'."

„Geh ins Bett, Jess. Ich rufe den Arzt." Gott, wie er das hasste. Die Angst um sie brachte ihn fast um.

Während der Arzt sie untersuchte, ging er im Zimmer auf und ab.

„Das ist nicht fair. Ich habe kein einziges Wort von dem verstanden, was ihr gesagt habt", beschwerte sich Jessie, nachdem der Arzt ihm die Rechnung überreicht hatte und gegangen war.

„Er meint noch immer, dass das eine Art Lebensmittelvergiftung ist." Sie hatte wieder etwas Farbe bekommen, wirkte aber immer noch erschöpft und schwach.

„Danke, dass du so gut zu mir bist, Joshua." Als sie das sagte, wurde ihm klar, dass wahrscheinlich noch nicht viele Menschen gut zu ihr gewesen waren. Diese Vorstellung machte ihn wütend. Und schon übermannte ihn ein verdammt herzerweichendes Gefühl, das er vor Jessie niemals empfunden hatte.

Er berührte die dunklen Ringe unter ihren Augen. Hatte der Arzt recht? Handelte es sich wirklich um eine Lebensmittelvergiftung und Jetlag? Vielleicht hatte sie sich auch letzten Monat von ihm diesen verdammten Virus eingefangen.

„Ich bin daran schuld", sagte er. Er fühlte sich so hilflos. Es gab nichts, was er tun konnte.

„Du machst mich nicht krank." Sie schenkte ihm dieses ganz spezielle Lächeln, das ihm immer einen Stich versetzte.

„Ich habe dich vermutlich angesteckt." Joshua streichelte mit dem Daumen über ihre Augenbraue, ihre Lider zuckten. „Mach die Augen zu. Ruh dich aus."

„Ich will einfach nur nach Hause. Es wäre mir zu peinlich, mich wieder auf einer todschicken Toilette zu übergeben", erklärte sie traurig, und beinahe hätte er gelächelt. „Ich will das auf meiner eigenen Toilette tun und in meinem eigenen Bett schlafen."

„Dann geht's eben zurück", erklärte er schroff. Sie blickte mit dem grenzenlosen Vertrauen eines Hundebabys zu ihm hoch. „Schlaf jetzt. Ich kümmere mich um alles."

Seltsamerweise ging es ihr in der Sekunde, in der das Flugzeug abhob, wieder gut. Joshua hatte sie auf ein Sofa gelegt, wo sie sich ausruhen sollte. „Was tust du?", fragte sie ihn.

„Papierkram. Wieso schläfst du nicht?"

„Ich bin einsam."

„Ich bin nur wenige Meter von dir entfernt, Jess." Sie versuchte, mitleiderregend auszusehen. Er lächelte und streckte ihr eine Hand entgegen. „Möchtest du auf meinen Schoß?", fragte er sanft. Ihr Herz machte einen Sprung.

„Zuerst muss ich auf die Toilette." Sie warf die dünne Decke von sich und schnappte ihre Handtasche.

„Bist du in Ordnung?"

„Ich bin gleich wieder da."

Jessie beeilte sich mit den Verhütungsmaßnahmen. Dann ging sie zurück, ließ die Toilettentür hinter sich zuschnappen, warf ihre Handtasche aufs Sofa und spazierte auf Joshua zu, der sie mit seinen blassen Augen beobachtete. Sein Haar war ordentlich zurückgekämmt, er trug ein gelbes Hemd und Jeans. Vorsichtig nahm sie ihm die Papiere vom Schoß und legte sie auf den Tisch.

Die Motoren dröhnten, als sie sich mit gegrätschten Beinen auf seinen Schoß setzte. Er lehnte sich zurück und zog sie an sich. Einen Arm um seinen Hals, den anderen um seine Hüfte geschlungen, legte sie ihren Kopf an seine Brust. „Liebe mich", forderte sie leise und tastete über den Reißverschluss seiner Jeans.

„Ich glaube nicht, dass das eine gute …"

Ihr Kuss schnitt ihm das Wort ab. Sie rieb sich lasziv an seiner augenblicklichen Erektion, ließ aber keine Sekunde von seinen Lippen ab. Mit beiden Händen hielt sie seinen Kopf fest und küsste ihn hart und fordernd.

Es dauerte nur Sekunden, dann übernahm er die Führung.

„Und wenn Joe hereinkommt …?", fragte sie plötzlich.

„Wird er nicht. Du hast damit angefangen, Jessie. Nun bring es auch zu Ende."

„Ist das eine Drohung?" Sie fuhr mit ihren Fingernägeln sanft unter sein geöffnetes Hemd, er zuckte zusammen. Er roch nach Seife und dem Brandy, den er vorhin getrunken hatte.

Ihr Haar floss ihr in wilden Locken über die Schultern. Sie musste aussehen wie eine Wilde. „Dann liebe mich. Jetzt."

Sie öffnete den obersten Knopf seiner Jeans und ließ ihre Hand hineingleiten. Er gab ihr einen versengenden Kuss und hielt sie am Handgelenk fest.

„Nichts würde ich jetzt lieber tun. Aber lass es uns hinauszögern." Joshua zog ihre Hand an seine Lippen und küsste sie. Seine Wangen waren stoppelig, er konnte eine Rasur brauchen. Als er an ihrem Daumen knabberte, begann ihre Haut zu prickeln.

Er griff über sie hinweg nach dem Wandtelefon. Während er der Besatzung Instruktionen gab, zog er ihr das T-Shirt über den Kopf. Sein Atem streifte heiß ihre Haut. Dann hob er sie an den Hüften hoch und stellte sie auf die Füße. Mit einer schnellen Bewegung zog er ihr Jeans und Slip aus. Jessie hantierte an seiner Hose herum.

„Lass mich das tun, Darling." Er erhob sich, streifte Jeans und Hemd ab, setzte sich wieder und zog sie auf seinen Schoß.

„Hier?" Jessie blickte über die Schulter. Die Tür zum Cockpit war nur wenige Schritte entfernt.

„Sie können uns nicht hören." Er drückte die Lippen auf die empfindsame Stelle neben ihrem Ohr.

Jessie schlang die Arme um seinen Hals, er drückte sie nach unten. Das Leder fühlte sich kühl an ihren Beinen an, seine Schenkel heiß. Sie wölbte sich nach hinten, als er sie ganz ausfüllte. Er umfasste ihre Hüften. „Beweg dich nicht", flüsterte er an ihren Lippen.

„O Gott." Jessie schloss die Augen. Ihn so in sich

zu spüren war ein herrliches Gefühl. Seine Hände streichelten über ihre Arme, wanderten dann zu ihren Brüsten. Er nahm eine Brustwarze zwischen Daumen und Zeigefinger und rieb sie, bis Jessie laut stöhnte. Instinktiv wollte sie sich auf ihm bewegen.

Doch er hielt sie auf. „Das ist Folter", beklagte sie sich schwer atmend; ihr Körper stand in Flammen. Blindlings suchte sie seinen Mund, stürzte sich auf ihn und erschauerte, als sie seinen köstlichen Geschmack auf der Zunge spürte. Zugleich quälte sie ihn mit ihren Händen. Seine Brustwarzen waren genauso hart wie ihre, er stöhnte lustvoll auf.

Jessie grub die Zähne in seine Schulter, sie konnte spüren, wie er in ihr zuckte. Bebend drückte sie sich weiter nach unten, begierig, sich endlich zu bewegen und den Rhythmus zu finden, der sie beide erlösen würde.

Doch er hielt sie noch immer an den Hüften fest. Das Blut schien durch ihren Körper zu schießen, glühend und elektrisierend.

Joshua bewegte sich ein wenig, hob sie gerade so weit nach oben, dass er ihre Brüste küssen konnte. Sie klammerte sich an seiner Schulter fest, grub ihre kurzen Nägel in seine Haut, fast besinnungslos vor Lust.

Ich liebe dich. Ich liebe dich. Ich liebe dich, hätte sie am liebsten gerufen. Stattdessen biss sie sich auf die Lippen, in ihrem Kopf drehte sich alles, sie konnte keinen klaren Gedanken mehr fassen. Sie wehrte sich gegen den eisernen Griff seiner Hände.

Als er schließlich tief in sie stieß, presste er ihren

Kopf an seine Brust, um ihren Schrei zu dämpfen. Das Gefühl war so intensiv und fantastisch, dass ihr Tränen in die Augen schossen. Jeder Muskel, jeder Nerv in ihrem Körper zuckte vor Verlangen. Sie bog den Rücken durch und spürte, wie sich die Wellen der Ekstase auftürmten.

Joshuas Gesicht war schweißnass, seine Augen glühten fiebrig. Ihre Muskeln zogen ihn tiefer in sich hinein. Durch Tränen und Schweiß hindurch sah sie, wie sein Kinn unnachgiebig wurde und die Sehnen an seinem Hals anschwollen.

Sie kamen gleichzeitig, der Höhepunkt schien ewig zu dauern, sie hielten sich umklammert, bis sie satt und erschöpft zusammensanken.

Mit bleischweren Gliedern lehnte sie sich an ihn. Schweiß kühlte ihre brennende Haut. Kleine Nachbeben erschütterten ihren Körper.

Und dann schlief sie ein, als hätte jemand das Licht ausgeknipst. Die Hand auf seine Brust gelegt atmete sie tief und gleichmäßig. Joshua hatte ein bittersüßes Gefühl im Magen. Er streichelte über ihren Arm. Sie rührte sich nicht. Er war noch immer in ihr. Als er sie schließlich nach hinten zum Bett trug, zuckte sie nicht einmal.

In diesem flüchtigen Moment war sie für ihn wertvoller als seine unbezahlbarsten Kunstwerke. Sie wurde ihm immer wichtiger – und zwar nicht nur diese lebhafte Frau, die sie für die anderen war, sondern vor allem auch die private, zarte Frau, die sie war, wenn niemand zusah.

Inzwischen war es im Grunde unmöglich, sie emotional auf Distanz zu halten. Jessie brachte ihn zum Lachen. Und jedes Mal, wenn sie zusammen waren, spürte er, wie er weich und offen wurde. Er war sich nicht sicher, ob ihm das gefiel, wusste allerdings auch nicht, was er dagegen unternehmen sollte.

Am liebsten hätte er sie fest an sich gedrückt und nie mehr losgelassen. Mit diesem wertvollen Schatz war er die ganze Zeit so selbstgefällig und gedankenlos umgegangen. Bis er Jessie plötzlich so schwach und blass erlebt hatte.

Erst da war ihm schlagartig und schmerzhaft bewusst geworden, dass er Jessie im Gegensatz zu seinen Kunstwerken verlieren konnte. Durch Geschehnisse, die nicht einmal er ändern konnte, die nicht verhandelbar oder gar mit Geld zu ändern waren.

9. KAPITEL

Obwohl Jessie etwas von ihrer Bräune verloren hatte, schien sie vor Gesundheit zu strotzen. Als sie sich in ihrem Sitz nach vorne beugte, ganz vertieft in das Geschehen auf der Bühne, wurde ihr Gesicht von den Schweinwerfern erhellt. Joshua musste lächeln, als er sah, wie sie ihre Lippen zum Text der Musik bewegte. Sie waren allein in der Loge, und so konnte er dem Bedürfnis nicht widerstehen, mit den Fingern eine Spur über ihren nackten Rücken zu ziehen und sie dann unter ihren wilden Locken im Nacken liegen zu lassen. Sie trug ein orangefarbenes Kleid, dessen Träger auf dem Rücken gekreuzt waren. Die langen Korallenohrringe klimperten leise, als er sie berührte.

Jessie drehte sich um und schenkte ihm ein Lächeln, das ihn direkt ins Herz traf. Sein Griff verstärkte sich ein wenig. „Das *Phantom* ist absolut fantastisch", flüsterte sie. Ihre Augen funkelten. „Vielen Dank, dass du mich mitgenommen …"

Sie war verdammt noch mal einfach unwiderstehlich. Er küsste sie. Nicht so, wie er es am liebsten getan hätte, denn dann hätte man sie vermutlich umgehend aus dem Theater geworfen. Er streichelte nur mit der Zunge über ihre Lippen. Die Armlehne des Plüschsessels grub sich in seine Rippen.

Plötzlich war die Aufführung, war die Musik vergessen. Sie stöhnte, als er den Saum ihres Kleides nach oben schob und eine Hand auf ihren Schenkel legte.

Das Publikum applaudierte, die Lichter gingen zur

Pause an. Hastig lösten sie sich voneinander, und Jessie musste kichern. Joshua strich sich verärgert die Haare glatt. Doch dann konnte er ein Lächeln nicht unterdrücken.

„Eines Tages wirst du noch verhaftet", sagte er mit tiefer Stimme.

Jessie riss in gespielter Empörung die braunen Augen auf. „Wieso ich?" Sie zog sich das Kleid über die Knie. „Ist nicht meine Schuld, dass du nicht die Finger von mir lassen kannst."

„Ist es doch." Joshua befreite einen Ohrring aus ihrem wirren Haar. „Was soll ich nur zum Teufel mit dir machen, Jess? Sobald ich in deiner Nähe bin, führe ich mich auf wie ein liebeskranker Schuljunge." Und wenn er nicht in ihrer Nähe war, dann auch.

Jessie fuhr mit den Fingerspitzen die Kontur seiner Lippen nach. „Und ich benehme mich wie ein liebeskrankes Schulmädchen. Na und?" Sie stand auf und streckte ihm die Hand hin. „Heiß ist es hier. Komm, lass uns nach unten gehen und was Kaltes trinken."

Als sie in der Lobby ankamen, war Jessie unter ihrem Make-up wieder blass geworden. Eigentlich hatte er gedacht, dass es ihr seit der Rückkehr aus Monte Carlo wieder besser ginge. Sie hatte sich jedenfalls geweigert, zum Arzt zu gehen. Es gefiel ihm nicht, wenn er sich Sorgen um sie machen musste. Er war nicht daran gewöhnt, sich um andere Leute zu sorgen.

„Ich bringe dich nach Hause."

Jessie sah ihn scharf an. „Wieso?"

„Du siehst gerade so aus, als würdest du jeden Moment ohnmächtig werden."

„Werde ich nicht. Es ist einfach nur sehr warm hier." Sie leckte sich über die Lippen. „Mir gefällt das Stück. Ehrlich, Joshua, mir geht's gut. Lass uns ein bisschen nach draußen gehen und frische Luft schnappen. Okay?"

„Es ist eiskalt. Warte, ich hole deinen Mantel." Er blickte über sie hinweg. „Mist, das kann ich jetzt gar nicht brauchen."

„Was? Wer?" Jessie schaute sich um. „Oh, Paul und Stacie."

Joshua sah, wie sein Cousin mit seiner Frau auf sie zusteuerte. Paul war ein ganz netter Kerl, wenn man nicht gerade von ihm erwartete, dass er für sein Geld arbeitete. Er war genauso groß wie Joshua, hatte ebenfalls dunkles Haar, oft genug wurden sie für Brüder gehalten. Doch während Joshua sieben Tage pro Woche zwölf Stunden am Tag arbeitete, schien Paul der Ansicht zu sein, dass andere für seinen Lebensunterhalt aufzukommen hatten. Deswegen war er auch nicht unglücklich darüber, dass Joshua die Firma leitete. Im Gegenteil. Er war mehr als zufrieden mit seinem Gewinnanteil. Joshua hatte ihn seit fast einem Jahr nicht gesehen, und was seine Frau betraf, auf die hätte er auch gerne noch ein weiteres Jahr verzichtet.

Stacie war zierlich und blond, sie trug noch immer dieselbe Grace-Kelly-Frisur wie vor zehn Jahren. Wie immer war sie elegant und dezent gekleidet, sie strahlte eine unterkühlte Distanziertheit aus, die ihn vor vielen Jahren so wahnsinnig gemacht hatte. Doch nun erschien sie Joshua nur langweilig und viel zu kontrolliert. Sie lächelte ihn mit ihren künstlich aufgespritzten Lippen an.

„Paul. Stacie." Joshuas Griff um Jessies Taille verstärkte sich, als sie sich an ihn lehnte. Er warf ihr einen besorgten Blick zu, dann konzentrierte er sich wieder auf das Ehepaar vor ihm.

Er konnte Stacie völlig leidenschaftslos betrachten, ihre kühle blonde Schönheit erschien ihm so seelenlos verglichen mit Jessies Lebendigkeit. Er konnte es kaum fassen, dass er diese Frau einmal gebeten hatte, ihn zu heiraten.

Stacie ließ ihre eisblauen Augen von Joshua zu Jessie und wieder zurück zu Joshua wandern. Er bemerkte, dass zwischen ihr und Paul ein paar Schritte Abstand waren.

„Du kennst Jessica Adams?", fragte er, obwohl es ihm völlig gleichgültig war. Aus den Augenwinkeln konnte er sehen, dass Jessies Gesicht leicht fiebrig glänzte. Es war so heiß hier.

Stacie warf Jessie einen belustigten Blick zu, Diamanten funkelten an ihren Ohren, als sie den Kopf drehte. „Aber ja, Darling, wir haben dein Kalendergirl bereits kennengelernt." Sie lachte. Sie glaubte, dass ihr durchdringendes Lachen sexy war. Dabei hätte er sie am liebsten am Hals gepackt und fest zugedrückt.

Herausfordernd streichelte Stacie seinen Arm. Ihre Nägel waren lang und weinrot lackiert. Es fühlte sich an, als ob eine Spinne in seinen Ärmel krabbelte. Joshua schüttelte sie angewidert ab.

„Brauchst doch nicht sauer zu werden, Darling. Es ist doch eine unumstößliche Tatsache, dass du deine Geliebten immer nur für ein Jahr behältst."

„Wir wollten gerade nach draußen und frische Luft schnappen." Er ignorierte Stacie. „War schön, dich zu sehen, Paul. Komm doch bei Gelegenheit mal zu einer Vorstandssitzung." Er nahm Jessies Hand.

„Meine Güte, es ist aber auch *heiß* hier." Stacie wedelte sich mit dem Programmheft Luft in das perfekt geschminkte Gesicht. Ihr Parfüm, das sicher lächerlich teuer gewesen war, erschien ihm so abstoßend wie ein Anti-Mücken-Spray. Das Foyer war gepackt voll mit Menschen. Es war nicht möglich, schnell voranzukommen, sosehr er es auch wollte. Sie hob die Stimme und rief über ihre Schulter: „Besorg mir was zu trinken, Paulie. Wir treffen uns draußen."

Er drängte sich mit Jessie durch die Menschenmenge. Sie war noch blasser geworden, ein paar feuchte Haarsträhnen klebten an ihrer Schläfe.

„Möchtest du dich setzen?" Er spürte, wie ihr schlanker Körper zuckte. Sie schluckte mehrmals krampfhaft. „Zur Toilette?" Noch bevor Jessie nicken konnte, schob er sie in die entsprechende Richtung.

Als er das Gefühl hatte, als hätte sie bereits Stunden in der Toilette verbracht, stieß er die Tür zum Vorraum auf.

„O mein Gott, Joshua! Du kannst hier nicht reinkommen!" Jessie blickte zu ihm hoch. Die Farbe war in ihr Gesicht zurückgekehrt, sie hatte ihr Haar gerichtet und frischen Lippenstift aufgelegt.

„Du bist schon ewig hier." Er ließ sie nicht aus den Augen und ging über den dicken Teppich auf sie zu. In dem Raum roch es nach Frauen, nach verschiedenen Parfüms und Puder, nach Seide und Pelzen; das Licht war schmeichelhaft gedämpft.

Jessie kam ihm entgegen und nahm seine Hand. „Danke, dass du nach mir geschaut hast." Ihr Blick tanzte. „Haben wir jetzt wieder freie Bahn? Können wir uns den letzten Akt ansehen?"

„Möchtest du nicht lieber nach Hause und dich hinlegen?" Joshua öffnete die Tür und ignorierte die Blicke, als er Jessie durch die Lobby nach oben begleitete.

„Nein, mir geht's gut. Mir war nur kurz ein wenig übel."

Kaum hatten sie sich gesetzt, da begann auch schon die Eröffnungsmelodie. Er nahm ihre Hand und legte sie auf sein Knie. Erleichtert atmete er ihren Pfirsichduft ein. „Tut mir leid, dass sie dich so angemacht hat."

„Kein Problem", versicherte Jessie. „Sie tut mir leid. Jemand, der so gemein ist, muss sehr unglücklich sein."

Joshua schloss die Augen, als die Musik anschwoll und sein Herz sich öffnete. Nur Jessie war in der Lage, eine Frau wie Stacie zu bemitleiden. Jessie legte den Kopf auf seine Schulter, und gemeinsam genossen sie den Rest des Musicals.

Seine einzige Sorge war Jessies Gesundheit. Diese Schwächeanfälle tauchten in erschreckender Regelmäßigkeit auf. Es gefiel ihm nicht, wenn es Jessie schlecht ging. Er würde darauf bestehen, dass sie sich an einen Spezialisten wandte.

Auf dem Heimweg schlummerte sie zufrieden neben ihm im Auto ein. Als er allerdings auf der Schnellstraße die Ausfahrt zu seinem Haus nehmen wollte, bat sie ihn verschlafen, sie zu ihrem Cottage zu bringen. Irgendwie kam sie ihm sehr nachdenklich vor.

Er bestand darauf, sie nach oben zu bringen, er wollte sicher sein, dass es ihr wirklich gut ging. Sie liebten sich langsam und sanft und schliefen Arm in Arm ein.

Der Wecker riss ihn irgendwann unsanft aus dem Schlaf. Sie wachte nicht auf, als er sich leise anzog und ging.

Draußen war es eiskalt und stockdunkel. Er kletterte in sein Auto und steckte den Schlüssel ins Zündschloss. Verdammt. Der Motor jaulte einmal laut in der absoluten Stille auf. Er ließ die Hände auf dem Lenkrad und starrte auf die dunklen Fenster des Cottages. Er stellte sich vor, wie Jessie tief unter ihrer Bettdecke vergraben die Nacht durchschlief.

Er fühlte sich irgendwie ... billig.

Als er auf die Uhr im Armaturenbrett schaute, musste er lachen.

Es war drei Uhr morgens.

Sie flogen für ein paar Tage nach Tahoe. Es war kalt und frostig. Jessie machte einen Braten. Joshua saß in der Küche, faltete akribisch die Stoffservietten und steckte sie anschließend in die kleinen Serviettenringe aus Kupfer, die sie mitgebracht hatte.

Jessie öffnete den Ofen, um das Fleisch zu übergießen. Im ganzen Haus hatte sich bereits der herrliche Bratenduft ausgebreitet. Joshua schenkte Wein ein, stellte ihr Glas auf die Küchentheke, wo sie gerade den Teig für den Apfelkuchen auslegte. „Ich verhungere", beschwerte er sich und band ihr ein Handtuch um die Hüfte, was Jessie für überflüssig hielt, schließlich war sie doch sowieso schon von Kopf bis Fuß mit Mehl eingestäubt.

„Hol schon mal den Braten raus, damit er sich setzen kann, dann können wir essen." Sie wartete, bis er den schweren Topf auf die Theke gestellt hatte, und fragte dann behutsam. „Was hältst du von Thanksgiving?"

Er hob die Augenbrauen. „Thanksgiving?"

„Ja. Du weißt schon, der Feiertag im November?"

Er lächelte nachsichtig. „Interessiert mich nicht. Wieso?"

„Ich liebe Thanksgiving. Könnten wir den Tag hier verbringen?"

„Klar. Warum nicht."

Sofort begann sie in Gedanken den Tag zu planen. Sie hatte noch nie einen Truthahn zubereitet. Sie wollte, dass der Feiertag einfach perfekt werden würde. Truthahn, Kuchen ... das schönste Thanksgivingfest, das Joshua je erlebt hatte. Er sollte es immer in Erinnerung behalten.

Der Lammbraten war perfekt, zart und saftig, die Kartoffeln und die glasierten Karotten schmeckten köstlich.

Joshua lachte. „Wenn du isst, klingst du, als ob du gerade Sex hättest."

Sie freute sich, dass er so gut drauf war. Er trug Jeans und einen Strickpulli, der seine breiten Schultern betonte. „Ich liebe Feiertage." Sie war so zufrieden, dass sie hätte weinen können.

Später ging sie mit dem Weinglas ins Wohnzimmer und legte sich vor den Kamin, während Joshua die Küche aufräumte. Dann kam er zu ihr, setzte sich neben sie aufs Sofa und zog ihre Füße auf seinen Schoß. Durch die dicken Wollsocken hindurch begann er, ihre Zehen zu massieren.

„Als ich ein Kind war", sagte sie und blickte nachdenklich in das prasselnde Feuer, „habe ich immer Bilder aus Zeitschriften rausgerissen, Urlaubsbilder und Fotos von Rezepten. Die habe ich dann in ein kleines Buch geklebt. Am liebsten habe ich Familienfotos gehabt. Weißt du, welche ich meine? Glückliche Mütter mit ihren Kindern, die zusammen an einem großen Holztisch sitzen und Suppe löffeln."

Er hörte auf zu kneten. „Was ist aus dem Buch geworden?"

Sie errötete. „Ich habe es noch. Ganz schön dumm, wie?"

„Nein." Seine Stimme klang rau. Sie drehte den Kopf und sah ihn an. „Es ist verdammt traurig. Warum hast du nie geheiratet und eine Familie gegründet, Jessie, wenn du das doch so sehr willst?"

Sag es ihm, dachte sie. Mein Gott, hier war die perfekte Gelegenheit. Schon formten sich in Gedanken die Worte. Und dann verschwanden sie wieder. Das wunderbare Essen und der Wein und die Wärme des Feuers machten es ihr schwer, klar zu denken. Der Augenblick verstrich ungenutzt.

„Ich habe mich in den falschen Prinzen verliebt."

„Wie alt warst du?"

„Einundzwanzig."

„Hat er dein Herz für immer gebrochen?" Er legte ihre Füße zur Seite, um weitere Scheite ins Feuer zu werfen. Sie sah, wie der Pullover sich über seinen breiten Schultern spannte und die Jeans sich herrlich an seinen Hintern schmiegten.

„Damals habe ich das geglaubt." *Ich hatte ja keine Ahnung, wie viel schlimmer es noch werden würde.*

„Ich habe nie daran geglaubt, dass Liebe wirklich existiert." Er hob ihre Füße hoch und zog ihr die Socken aus. Dann fuhr er fort, mit seinen großen, warmen Händen ihre Zehen zu kneten. „Zumindest scheint es mir das Risiko nicht wert zu sein, sich das Herz brechen zu lassen."

„Aber was die Liebe einem geben kann, ist so viel größer." Sie würde sich bis ans Ende ihres Lebens an dieses Jahr mit ihm erinnern.

„Wenn man jemanden zu gut kennenlernt, dann erfährt man auch alles über seine Fehler und Schwächen." Er starrte mit zusammengebissenen Zähnen in die lodernden Flammen. Die Dunkelheit drückte gegen die Fenster und schloss sie in eine plötzlich sehr kleine Welt ein.

„Oder man fängt an, sich wirklich zu mögen?", fragte sie leise.

Er zuckte mit den Schultern, er schien sich unbehaglich zu fühlen. „Ich verachte schwache Menschen."

„Vielleicht sind die aber nur menschlich?" Von wem sprach er? Von Stacie? Von seiner Mutter?

In seinem Kiefer begann ein Muskel zu zucken. „Mein Vater hielt mich für schwach."

„Du *warst* auch schwach, Joshua. Du warst ein Kind."

„Die Vorstellung, jemals wieder so schwach zu sein, macht mir Angst." Das klang wie ein düsteres Eingeständnis. Jessies Herz flog ihm zu.

„Die Liebe macht die Menschen stark, Joshua. Die Liebe einer Mutter zu ihrem Kind, die eines Mannes zu seiner Frau. Wir alle brauchen jemanden, dem wir etwas bedeuten. Wir alle sehnen uns nach diesem speziellen Ort, wo wir uns geliebt und sicher fühlen."

„Die Menschen befinden sich tatsächlich genau an dem Ort, an dem sie sein wollen." Seine Augen wirkten besonders blass, als er sie ansah. „Die Entscheidungen, die wir treffen, führen uns dorthin, wo wir sind. Wenn es einem Menschen dort, wo er ist, nicht passt, dann sollte er etwas dagegen unternehmen. Meinst du nicht?"

„Vermutlich", entgegnete sie schläfrig. Sie selbst jedenfalls hatte eine Menge falsche Entscheidungen getroffen. Seine Logik schien ihr ein wenig unsinnig, aber sie war schon beinahe eingeschlafen.

Ein Holzscheit knallte. Joshua massierte ihre Fußsohlen. Jessie schien in einem warmen Nebel zu schweben.

„Lass uns eine Party veranstalten, wenn wir zurück

sind", sagte Joshua aus heiterem Himmel.

„Mhm, gut."

„Ich will, dass es ein großes Fest wird, Jessie. Wir werden jeden einladen, den wir kennen. Du kannst die Belegschaft und den Partyservice herumkommandieren, wie es dir passt."

Jessie lächelte matt. „Plötzlich magst du Partys?", fragte sie gähnend. Sonst hatte er sie immer gehasst.

„Diese wird spektakulär."

„Joshua", sagte sie, beinahe schon eingeschlafen. „*Warum* willst du ein Fest feiern?"

***

Oktober

„Gutes Timing. Ich habe gerade ein kleines Nickerchen gemacht. Oh, lecker, Schokolade." Jessie nahm sich einen Keks vom Teller. Archie und Conrad waren unangekündigt bei ihr im Cottage aufgetaucht. Jessie führte sie in die kleine Küche, von der aus man den Gemüsegarten überblicken konnte.

Schnell schlang sie die Haare zu einem Knoten und befestigte ihn mit einem Bleistift. Die beiden Männer warfen sich vielsagende Blicke zu.

„Was hat der Arzt gesagt?", fragte Conrad.

„Wie laufen die Vorbereitungen für die Party morgen?", wollte Archie gleichzeitig wissen. Er reichte Jessie eine Serviette und blickte Conrad warnend an.

„Großartig." Sie schenkte ihnen Kaffee und sich

selbst ein Glas Wasser ein. „Ich finde es herrlich, Leute herumzukommandieren. Wie ich herausgefunden habe, bin ich ganz gut darin." Sie setzte sich und nahm noch einen Keks. „In ein paar Stunden gehe ich wieder rüber, checke noch ein paar Details und esse dann mit Joshua zu Abend. Es ist so lieb von ihm, dass er eine Party gibt, um sein neu eingerichtetes Haus vorzuzeigen."

„Ja", sagte Conrad trocken. „Sehr süß."

„Nun, das *ist* es auch."

„Er ist stolz auf deine Arbeit", betonte Archie. „Du wirst auch immer besser, Jess."

„Danke, nett, dass du das sagst." Sie leckte sich Schokolade vom Daumen. Die beiden Männer versanken in bedeutungsvolles Schweigen. Jessie seufzte. „Ich habe eine gute Nachricht und eine … andere."

„Zuerst die gute." Conrad schlug die Beine übereinander und nahm sich einen Keks, den er eigentlich gar nicht wollte.

„Die gute Nachricht ist: Ich freue mich, dass ihr mein Talent lobt, denn ich werde wieder Vollzeit arbeiten. Bald." Das kam ziemlich kleinlaut, aber das Schlimmste hatte sie ja schließlich noch vor sich. Sie hatte das Gefühl, auf der Anklagebank zu sitzen, so wie die beiden sie wortlos anstarrten.

„Und?", drängelte Archie, als sie nicht weitersprach.

„Die andere Nachricht ist – ich bin schwanger." Jessie blickte von einem zum anderen. „Und ich will jetzt nicht hören, dass ihr das gleich gesagt habt", fügte sie warnend hinzu.

„Ich dachte, dass du angefangen hast, zu verhüten."

Jessie zog ein Gesicht. „In den letzten Monaten zumindest *meistens*, ja."

„Der Trick ist, dass man es immer tut", verkündete Conrad.

„Manchmal blieb einfach keine *Zeit*."

„Also bitte!" Conrad verdrehte die Augen.

„Kann passieren." Archie tätschelte ihre Hand. Sie lächelte ihn an.

„Du hältst das also für keine schlechte Nachricht." Conrad stützte sich auf die Ellbogen und blickte finster vor sich hin.

„Nein." Jessie nahm sich noch einen Keks.

„Warum hast du dann an deinen Nägeln gekaut?"

„Heute Abend werde ich Joshua alles sagen."

„*Alles?*" Archie zog eine Augenbraue in die Höhe.

„Alles." Jessie stand auf und stellte sich ans Fenster. In der Abenddämmerung sah der Garten dunkel und traurig aus. Die meisten Bäume waren kahl. Sie durfte nie vergessen, dass nach dem Winter der Frühling kam. Egal was sonst geschah. „O Gott. Was für ein Durcheinander. Ich freue mich wegen des Babys. Bin begeistert. Überglücklich. Aber ich habe Angst vor Joshuas Reaktion."

„Das klingt ein wenig nach dem Dieb, dem plötzlich, *nachdem* er erwischt wurde, alles leidtut."

„Ich bin nicht *erwischt* worden." Jessie kaute an einem Daumennagel. „Ich dachte wirklich, ich könnte damit locker umgehen, aber ihr habt recht gehabt." Jessie lehnte sich ans Fensterbrett und fröstelte. Zwar trug sie den dicken, rosa Morgenmantel, aber sie stand barfuss auf dem kalten Linoleumboden.

„Ich hätte von Anfang an ehrlich sein müssen. Ich dachte, dass ich schneller schwanger werden würde. *So* hatte ich das jedenfalls nicht geplant." Es bereitete ihr einige Schwierigkeiten, den Kloss im Hals runterzuschlucken, dann sprach sie das aus, was die beiden sowieso schon geahnt hatten: „Ich habe mich nur noch mehr in Joshua verliebt." Sie seufzte. „Jedenfalls wird unsere Beziehung dadurch schneller beendet sein als geplant. Wenn er herausfindet, dass er Vater wird, wird er nicht gerade Luftsprünge vor Begeisterung machen."

Sie drückte sich vom Fenstersims ab, lief quer durch den Raum, setze sich wieder an den Tisch und zog die Beine an. „Diese Abmachung war ja in Ordnung, solange es nur um uns beide ging. Aber mit meinem Kind werde ich keine Spielchen treiben. Ich will nicht mehr länger lügen, indem ich nur die halbe Wahrheit sage." Sie stützte das Kinn auf ihre Knie. „Wie sollte Joshua eine vernünftige Entscheidung treffen, wenn er nicht alle Fakten kennt?"

„Er wird durchdrehen", warnte Archie.

„Ich weiss", sagte Jessie ruhig. „Aber ich muss es ihm trotzdem sagen."

Joshua sah sich kritisch im Wohnzimmer um. Der Tisch war elegant dekoriert. Auf der blassrosa Damastdecke waren zierliche Rosen verteilt, die Jessie für die Party am nächsten Tag aus Südamerika geordert hatte. Das

Porzellan und das Silber glänzten.

Er schluckte schwer, als er zum etwa zwanzigsten Mal innerhalb der letzten halben Stunde in seine Tasche griff. Mein Gott, er war nervös wie ein Schuljunge. Er lächelte verlegen, spazierte dann durch die Halle in ein anderes Zimmer, wo er sich einen ordentlichen Drink einschenkte.

Jessie war zauberhaft. Sie war sein Talisman gegen die kalte Einsamkeit, die sein Leben zuvor bestimmt hatte. Er dachte an ihre Wärme und ihr wundervolles Lachen. Sie gab ihm das Gefühl, dass er ihr wirklich wichtig war. Sie schien ihn besser zu kennen als jeder Mensch zuvor. Sie war so sanft und liebevoll, so offen und ehrlich, was Gefühle anging, es war, als ob man in einen kristallklaren Bergsee schaute.

Joshua ließ sich in seinen Lieblingssessel fallen. Durch das zweiflügelige Fenster konnte er die Auffahrt zu seinem Anwesen überblicken. Er würde also sofort sehen, wenn sich Jessies kleines rotes Auto näherte.

Jessie mit ihren blitzenden braunen Augen und dem heiseren Lachen. Jessie mit ihrem wilden Haar. Jessie mit dem schlanken Körper einer Tänzerin, die sich so sinnlich bewegte, dass er nie aufhören konnte, sie zu begehren.

Doch wenn es nur um Sex gehen würde, hätte er auch wieder damit aufhören können. Er hatte auch schon vorher guten Sex gehabt. Obwohl selbst das mit Jessie anders war. Egal, wie sehr er sich auch dagegen wehrte, Jessie hatte recht. Sie schliefen nicht miteinander, sie liebten sich. Es war fantastisch, es war einfach umwerfend. Aber da war längst nicht alles. Sie hatte Humor, sie war intelligent, ehrlich und integer. Sie hatte ihn gelehrt, sich auch mal wirklich zu entspannen und den Duft der Blumen zu riechen. Und nach und nach hatte Joshua begonnen, ihr zu vertrauen.

Plötzlich wünschte er sich, er hätte schon ein paarmal zuvor geheiratet, weil für Jessie alles perfekt sein sollte. Wenn er das Eheleben schon einmal ausprobiert hätte, wüsste er, wie es funktionierte.

Er krempelte den Ärmel seines blau-weiß gestreiften Hemds hoch und dann wieder runter. Hatte er sich zu schick angezogen? Zu steif? Sollte er besser die Jeans anziehen, die sie ihm gekauft hatte? Jesus, das war doch lächerlich – schließlich hatte er sich bereits zweimal umgezogen. Er lachte laut auf und war unglaublich glücklich.

Jessie würde bald nach Hause kommen. Sie würden etwas trinken, zu Abend essen, und wenn seine Angestellten das Dessert serviert hatten, wollte er die kleine Schachtel aus der Jackentasche ziehen. Joshua schloss die Augen, lehnte sich in dem großen Ledersessel zurück und stellte sich Jessies Gesicht vor, wenn sie den Ring sah. In ihren herrlichen Augen würde es funkeln, wahrscheinlich würde sie aufspringen und ihm um den Hals fallen … Joshua verlor sich in wärmenden Tagträumen.

Zwar hatte er kein Auto gehört, aber jetzt wurde die Eingangstür geöffnet. Jessies Absätze klapperten auf dem Marmor, dann auf dem Holzboden, dann wurden die Schritte von dem dicken Teppich verschluckt.

Er öffnete die Augen. Gott, sie sah fantastisch aus in dem türkisfarbenen Wollkleid und den schwarzen, hohen Lederstiefeln. Sie warf den Mantel, den sie über dem Arm trug, über einen Stuhl bei der Tür.

Ihr Haar war vom Wind wild zerzaust, ihre Wangen waren gerötet, ihre Augen glänzten. Wortlos durchschritt sie den Raum, setzte sich auf seinen Schoß, legte die Arme um seinen Hals. Sie roch nach frischen Pfirsichen und hielt ihm ihre Lippen entgegen.

„Hast du eine Pistole in der Tasche, oder bist du einfach nur froh, mich zu sehen?", imitierte sie Mae West.

Joshua lachte und vergrub eine Hand in ihrem Haar. Es war noch immer etwas feucht und duftete nach Pfirsichshampoo. Er presste seinen Mund auf ihren und küsste sie hart und leidenschaftlich. Sie klammerte sich an seinen Kragen.

„O Gott, Jess", stammelte er.

„Wir müssen reden", flüsterte sie an seinem Hals. Sie klang kleinlaut. Er streichelte über ihren Rücken.

Sie würden noch ein ganzes langes Leben Zeit haben, zu reden. „Nach dem Essen. Wie komme ich in dieses Ding rein?" Langsam zog er den Reißverschluss ihres Kleides auf und öffnete auch noch schnell ihren BH.

Jessie stand auf, damit das Kleid zu Boden fallen konnte. In dem winzigen Tangahöschen und den schwarzen Stiefeln sah sie unglaublich verführerisch aus. Als er sie hochhob, schrie sie kurz erschrocken auf. Mit einer einzigen Bewegung fegte er den großen Schreibtisch leer und legte sie auf die kühle Lederoberfläche.

„Das ist ziemlich ungezogen", sagte sie mit heiserer Stimme. In ihren blitzenden Augen tanzten Lichter.

„Du hast zu viel an." Er zog ihr den kleinen Satinslip aus und begann sanft, die zuckenden Muskeln ihrer langen Beine zu streicheln.

„Ich bin froh, dass du mich davon befreit hast. Kein Wunder, dass mir so warm war."

Er lachte laut.

Sie beobachtete mit halb geschlossenen Augen, wie er sich des Hemdes entledigte, das er so sorgfältig ausgewählt hatte, Schuhe und Socken auszog und schließlich die Hose.

Er wollte, dass es einfach ewig dauerte. Er wollte jeden einzelnen Zentimeter ihrer herrlichen Haut genießen. Sie spüren lassen, wie sehr er sie begehrte. Sie lieben, bis sie zu schwach war, ihm irgendetwas abzuschlagen. Doch in der Sekunde, in der er in sie eindrang, als er spürte, wie ihre langen Beine mit den schwarzen Stiefeln sich um seine Hüfte schlangen, da war er verloren.

Ihr gemeinsamer Höhepunkt kam schnell und stürmisch. Schwer atmend lag er auf Jessie, das Gesicht in ihrem Haar vergraben.

„Das war also doch eine Pistole in deiner Tasche." Jessie kicherte leise.

Zärtlich strich er ihr eine Haarsträhne aus dem Gesicht, liebkoste ihre heißen Wangen. Mit der anderen

Hand hob er ihren Kopf und küsste sie auf die Stirn. Dann begann er, sie wieder sanft zu streicheln. Sie stöhnte auf und vergrub ihr Gesicht an seiner Schulter.

„Du hast zwanzig Jahre Zeit, um damit aufzuhören." Jessie sah wie eine heidnische Göttin aus, wie sie so dalag, mit dem zerwühlten Haar, die Arme verführerisch hinter dem Kopf verschränkt. Joshua stand noch immer zwischen ihren Beinen und hatte die Hände auf dem Tisch aufgestützt.

„Du bist unwiderstehlich."

Ihre Augen schienen nur noch aus Pupillen zu bestehen. Schläfrig, sinnlich und zufrieden blickte sie ihn an. „Ist das ein Problem?", fragte sie und glitt gemächlich mit einem Fuß an seinem Schenkel entlang, während sie gleichzeitig seine Arme streichelte.

„Nein, für mich nicht." Sie überkreuzte die Beine hinter seinem Rücken. Er spürte, wie die hohen Absätze ihn enger heranzogen. Er klammerte sich an der Tischkante fest, betrachtete sie wie mit neuen Augen, sein Herz klopfte unbändig.

„Du machst mich verrückt, Jessie Adams. Wenn ich mit dir zusammen bin, will ich dich. Wenn wir nicht zusammen sind, denke ich ständig an dich. Du quälst mich. Du bringst mich zum Lachen. Du bringst mich dazu, an Träume zu glauben."

Ihre überkreuzten Beine waren stärker als sein Wille. Sie zog ihn an sich. Joshua beugte sich über sie, spürte ihre Brüste an seiner Haut und flüsterte an ihren weichen Lippen: „Am liebsten würde ich dich in eine

Wolke einwickeln und auf den höchsten Berg bringen, damit du in Sicherheit bist." Er blickte sie lange an und zog ihre Hand an seine Lippen. "Du begeisterst mich, Jessie, und zugleich spüre ich eine merkwürdige Ruhe, wenn du bei mir bist. Du bist unberechenbar, und deine verrückten Hobbys werden mir noch einen Herzinfarkt bescheren. Du hast die merkwürdigsten und festesten Prinzipien, die ich kenne, und ich habe gelernt, dir mehr zu vertrauen, als irgendjemandem sonst auf der Welt."

Ihr wich sämtliche Farbe aus dem Gesicht. Sie versuchte, ihre Hand aus seiner zu ziehen. "Was ist, Liebes?" Jessie biss sich auf die Lippen. Sein Hals zog sich vor Furcht zusammen.

Sie schloss sehr lange die Augen, dann erst sah sie ihn an. "Ich war heute beim Arzt." Ihre Stimme zitterte. Sie holte tief Luft.

Eiskalte Furcht kroch seinen Rücken hinauf. Er richtete sich auf, Sex war nun das Allerletzte, woran er dachte. Er hatte das Gefühl, als ob jeder einzelne Zentimeter seines Körpers zu Eis gefrieren würde. Eine Angst, die er nie zuvor im Leben erfahren hatte, ließ ihm schwarz vor Augen werden. Sein Herz hämmerte, seine Hände waren schweißnass.

Er blinzelte. Er fürchtete sich davor, sie anzusehen, und zugleich davor, es nicht zu tun. Fahrig strich er sich durchs Haar und fluchte leise. "Du warst heute beim Arzt ... o Himmel, Jessie." Eine Faust schien sein Herz zusammenzudrücken. Ihre Lippen waren blutleer, in ihren dunklen Augen lag Schmerz. O Gott, es musste schlimm sein, wirklich schlimm, wenn sie so bestürzt war.

„Was zum Teufel hat er gesagt? Was immer es ist, das bekommen wir zusammen hin. Ich bin reicher als Gott. Wir können die besten Spezialisten der Welt engagieren. Wir werden ..."

Jessie rief seinen Namen, mit angstvoll bebender Stimme. In diesem Augenblick klingelte das Telefon.

„Sag es mir, um Himmels willen." Er ignorierte das aufdringliche Klingeln des Telefons, das nur wenige Zentimeter von Jessies Kopf entfernt stand. Es war gar nicht typisch Jessie, ihm etwas zu verheimlichen. Sie weigerte sich, ihn anzusehen. Dieses verfluchte Telefon machte ihn wahnsinnig.

„Sag's mir", presste er hervor, die Zähne schmerzhaft zusammengebissen.

„Ich ... ich ..." Jessie biss sich erneut auf die Lippen. „Geh erst mal ans Telefon."

„Zum Teufel mit dem Telefon. Was hat der Arzt ge..."

Jessie reichte ihm den Hörer.

„Ja!" Joshua klemmte sich das Telefon unters Ohr, den Blick auf Jessies abgewandtes Gesicht gerichtet. Was sollte er verdammt noch mal tun, wenn Jessie sterben musste? Was verflixt noch mal würde ...

„*Was* hast du da gesagt?", fragte er, als er begriff, was Felix ihm gerade erklärt hatte. „Vera will fünf Millionen Dollar?"

Aus dem Augenwinkel sah er, wie Jessie noch bleicher wurde, wenn das überhaupt möglich war. Dieser

Abend verlief so überhaupt nicht nach Plan. Zuerst hatte er ihr einen Antrag machen wollen und das mit seiner Ehe dann hinterher klären. Jetzt geriet alles außer Kontrolle. Jessie rutschte mit außerordentlich seltsamem Gesichtsaudruck vom Tisch.

„Gut. Dann soll sie's bekommen!", zischte Joshua ungeduldig ins Telefon. Jessie hatte bereits ihr Kleid angezogen. Fieberhaft suchte sie nun nach ihrem Slip. Joshua fand ihn unter einem Stapel Papier auf dem Boden und reichte ihn ihr. Sie steckte ihn in die Tasche und schnappte sich ihren Mantel. „Zahl sie einfach aus. Das ist es mir wert." Joshua knallte den Hörer auf. Jessie stand fluchtbereit an der Tür.

„Warum sagst du mir es nicht? Was zum Teufel hat der Arzt gesagt?"

Sie trug ein cremefarbenes, wadenlanges Kleid, zu dem die hochhackigen zimtfarbenen Stiefel perfekt passten. Wunderschöne funkelnde Ohrringe rundeten das Bild ab. Sie sah lebendig und atemberaubend schön aus.

Und ungeheuer wütend.

„Ich hätte da niemals weitersprechen können, und wenn es um Leben und Tod gegangen wäre", erklärte sie Felix aufgebracht. Es war neun Uhr am nächsten Morgen, sie war in sein Büro gekommen, um ihn sofort als Erstes zu sprechen. „Ich war so sauer, dass ich einfach abgehauen bin. Weiß der Himmel, was Joshua gedacht hat." Sie holte tief Luft. „Ich weiß, dass du *sein* Anwalt bist, Felix, aber ich dachte, dass auch wir beide eine Vereinbarung hätten. Würdest du mir also bitte erklären, warum ‚Vera' fünf ...", sie verschluckte sich beinahe, „... fünf Millionen Dollar will?"

Durch die Sprechanlage wurde Simon Falcon angekündigt. Jessie verdrehte die Augen. „Hast du ihn voller Panik angerufen, während ich im Wartezimmer war? Verflucht, Felix. Wie konntest du mir das antun?"

Simon schloss die Tür hinter sich und legte Jessie beruhigend eine Hand auf die Schulter. „Setz dich, Honey. Es ist nicht so, wie du denkst."

Jessie schüttelte seine Hand ab und warf sich empört in einen Ledersessel. Sie starrte zunächst Joshuas Anwalt, dann seinen Onkel an. „Was habt ihr beiden vor? Ich habe euch schon vor Jahren gesagt, dass ich kein Geld von Joshua mehr nehmen werde." Jessie umklammerte ihr Knie. „Verdammt, ich habe schon fast genug gespart, um das, was ich sieben Jahre lang genommen habe, zurückzuzahlen. Kein Wunder hat er so eine schlechte Meinung über Frauen. Und ihr habt es nur noch schlimmer gemacht. Gott. Ich kann das alles nicht mehr ertragen", rief sie und kämpfte ungeduldig gegen ihre Tränen an.

„Mach dir nichts draus, Honey." Simon betrachtete sie besorgt und streichelte ihre Hand. „Joshua wird das Geld schon nicht vermissen. Er ist ein großzügiger Mann. Er hat noch ausreichend übrig. Wir wollen nur sicherstellen, dass du am Ende dieses Jahres genug Geld hast." Er blickte seinen Komplizen hilflos an. „Falls er sich nicht in dich verliebt. Und wir ..."

„Tja", fauchte sie. „Das wird er jetzt sicher nicht mehr! Joshua muss mich nicht finanzieren, Simon. Ich habe einen Job. Ich kann für mich selbst sorgen. Und im neuen Jahr werde ich wieder Vollzeit arbeiten." Sie sprang auf und begann, durchs Zimmer zu laufen, das helle Kleid flatterte um ihre Beine.

Beide Männer sahen sie erschrocken an, als die Tränen ungehindert über ihre Wangen rollten. Sie wischte sie mit dem Handrücken weg. „Verdammt, verdammt, verdammt. Er denkt sowieso schon, dass jede Frau ihn manipulieren will. Jetzt glaubt er, dass Vera fünf Millionen für eine Scheidung will! Und ihr zwei Verrückten? Wie konntet ihr ihm das antun?"

„Honey." Simon blickte von Felix zu Jessie, das Gesicht vor Sorge verzerrt. „In einem Monat wird Joshua …" Er suchte nach den richtigen Worten. Jessie ließ die Tränen laufen. Sie war so müde. Und sie war es so leid, müde zu sein. Vor diesen beiden Männern zu heulen war nun wirklich ihr kleinstes Problem.

„Eine wunderbare Frau wie du sollte geachtet werden", sagte Simon betreten. „Joshua ist ein Narr, wenn er dich gehen lässt. Aber du wusstest, dass das passieren würde."

Jessie atmete zitternd aus. „Ich will nicht geachtet werden. Ich will geliebt werden." Sie bekam keine Luft mehr. Wie sie das hasste. „In vier Wochen hätten Joshua und ich uns getrennt." Sie wischte sich mit dem Taschentuch über die Wangen, danach war es voller Make-up. Sie zerknüllte es in der Faust zu einem feuchten Ball. „Ich will sein Geld nicht. Und ich werde sein Geld nicht nehmen. Vera wird in die Scheidung einstimmen, aber wenn ihr Joshua auch nur noch einen Cent abknöpft, dann ... dann werde ich etwas Fürchterliches tun."

Simon und Felix erhoben sich. „Honey, wir haben das nur für dich getan. Damit dir etwas bleibt, wenn das Ganze vorbei ist."

„Mir bleibt etwas, Simon. Glaub mir. Etwas, das viel wichtiger ist als Geld."

10. KAPITEL

Was für ein schrecklicher Morgen, dabei war es erst zehn Uhr. Joshua hatte Angela angewiesen, sämtliche Anrufer abzuwimmeln, während er zum wer-weiß-wievielten Mal Jessies Nummer wählte.

Er war außer sich.

Wo zum Teufel steckte sie? Schon gestern Nacht hatte er sie unzählige Male angerufen. Er hatte in seinem Auto vor dem Haus gesessen und darauf gewartet, dass sie nach Hause käme. Er war zu rastlos gewesen, um drinnen zu warten. Aber bisher kein Zeichen von Jessie. Er hatte mit Archie gesprochen, mit Conrad, mit Simon, und schließlich sogar die Krankenhäuser angerufen, doch niemand wusste etwas.

Aus Sorge und Angst war er nur noch ein einziges Nervenbündel. Gestern Abend war sie, ohne ihm eine Antwort auf seine Frage zu geben, aus dem Haus gerannt. Er presste die Finger an seine Schläfen und versuchte, vernünftig mit der Situation umzugehen. Sie hatte ihm etwas sagen wollen. Etwas Wichtiges. Etwas, das ihr nicht leicht über die Lippen ging. Wo verflucht noch mal konnte sie stecken? Die Furcht wurde immer größer. Inzwischen hatte er sich die schlimmsten Vorstellungen gemacht. Und zugleich überlegt, wie er alles wieder in Ordnung bringen könnte. Sofern es nicht aussichtslos war.

Denn dann konnte er, zum Teufel noch mal, überhaupt nichts ausrichten. Nicht einmal *er* konnte dann noch etwas für sie tun.

Er schloss die Augen und ignorierte das Klingeln des Telefons. Er ignorierte auch das Stimmengewirr vor seinem Büro. All seine Sinne waren nur auf ein einziges Thema konzentriert. Nichts konnte ihn davon abbringen. Am liebsten hätte er gebetet, aber er wusste nicht *wie*. Dann überlegte er, dass Gott sich darum vermutlich nicht scheren würde. In seinen Gedanken überschlugen sich die Worte. Er bettelte, flehte, verhandelte, machte Versprechungen, dabei presste er die Lider so fest zusammen, dass seine Augen feucht wurden.

Er nahm den Telefonhörer ab. Felix musste einen seiner Leute losschicken. Er trommelte mit den Fingern auf die polierte Schreibtischplatte und wartete. Er glaubte verrückt zu werden, es konnte gut sein, dass Jessie bereits irgendwo war, tot ...

Nein, so etwas durfte er nicht denken. Er blickte gereizt auf, als seine Bürotür sich öffnete. „Ich habe Ihnen doch gesagt, dass ich nicht gestört werden will, Angela, es sei denn ..." Der bleischwere Knoten in seinem Bauch löste sich in nichts auf. Er knallte den Hörer auf.

Aus seiner Angst wurde etwas, das er noch weniger begriff. Wut, dann Erleichterung, und dann etwas, das zu zerbrechlich war, um es zu benennen.

„Wo zum Teufel hast du gesteckt?", fragte er, als Jessie auf ihn zukam. Plötzlich sah sie in ihrem wunderschönen cremefarbenen Kleid sehr blass aus. Mehrmals strich sie den teuren Stoff glatt.

Ihr Gesicht wirkte sehr schmal, dunkle Schatten lagen unter ihren Augen. Sie sah aus, als würde sie jeden

Moment in Tränen ausbrechen.

Joshuas Hals zog sich zusammen. „Gott, entschuldige." Er räusperte sich. „Ich bin nicht sauer auf dich. Aber als ich dich nicht finden konnte, Himmel, Jessie …"

„Tut mir leid, dass du dir Sorgen gemacht hast", sagte sie kleinlaut. Sein Puls stieg noch etwas an. „Ich …" Sie leckte sich über die glänzend roten Lippen und schluckte, bevor sie ihn ansah. „Ich brauchte noch etwas Zeit."

Die Furcht ließ seinen Ton barsch werden. „Wo warst du gestern Nacht?"

„Ich war in einem Hotel in San José."

„Wieso, um Gottes willen?" Joshua ballte die Hände zu Fäusten. Seine Handflächen waren ganz feucht. „Egal was es ist, Jessie, sag es mir einfach." Er bekämpfte das Bedürfnis, sie in den Arm zu nehmen. Nie im Leben hatte er eine solche Angst verspürt. Wenn er sie jetzt berührte, würde er vielleicht einfach auseinanderfallen, sobald sie ihm die schlechte Nachricht sagte.

Ihre großen braunen Augen starrten ihn unablässig an. Sie holte tief Luft. „Ich bin schwanger, Joshua."

Eine Sekunde lang war die Erleichterung darüber, dass Jessie nicht würde sterben müssen, so heftig, dass er keinen Ton herausbrachte. Ganz langsam löste er seine Fäuste.

Dann starrte er sie an. Und begriff, was sie gesagt hatte.

Schwanger.

Er hatte über die besten Ärzte und Spezialisten in einem Sanatorium in der Schweiz gegrübelt. *Sie* über Unterhaltszahlungen.

Zorn übermannte ihn.

Einen Moment lang schien er wie taub und blind. „Du bist schwanger." Kalte Wut formte sich in seinem Magen. „Du bist schwanger?"

Er stand auf, stützte sich auf seinem Schreibtisch ab. „Von wem?"

Jessie zuckte unmerklich zusammen. „Von dir natürlich."

„Nie im Leben, Lady." Jessies Augen wurden dunkler. In seinem Kopf hämmerte es. Verächtlich sagte er: „Ich habe mich vor Jahren sterilisieren lassen."

Sie schnappte nach Luft. „Das kann nicht sein."

Joshua holte zum nächsten Schlag aus, seine Stimme war gefährlich leise. „Gleich nachdem die dritte Frau behauptet hatte, von mir schwanger zu sein. Bei denen hat's nicht funktioniert, und bei dir wird's mit Sicherheit auch nicht funktionieren."

Sie schoss aus ihrem Stuhl, beugte sich über den Tisch und starrte ihn mit funkelnden Augen an. „Du verdammter Scheißkerl! Warum hast du mir nicht gesagt, dass du sterilisiert bist? Wie kannst du es *wagen*, so etwas vor mir geheim zu …"

„Wie *ich* es wagen kann?", fragte er gefährlich leise, und sie ließ sich wieder auf den Stuhl fallen. Wenn Blicke töten könnten …

Doch ihre Wut kam gegen seine nicht an. „Nett, dass du mich wenigstens anschaust, während du mich hinterrücks erdolchen willst, Jessie." Er betrachtete sie voller Verachtung. „Die anderen konnten ihre Geldgier wenigstens so lange verheimlichen, bis der Vertrag ausgelaufen war. Deswegen wolltest du nicht unterschreiben, du wolltest mich in der Sekunde loswerden, in der du etwas gegen mich in der Hand hast. Lange gewartet hast du ja nicht gerade, wie? Aber du hättest dich besser informieren sollen, bevor du mit einer derart hanebüchenen Geschichte ankommst."

Er wischte sich ein Haar von seinem dunkelgrauen Armani-Anzug, betrachtete es einen Moment lang und ließ es dann auf den Boden fallen. Diesen Anzug hatte er getragen, als er mit ihr im Theater war. Sobald er nach Hause kam, würde er das verdammte Teil verbrennen.

„Das ist nicht wahr", sagte Jessie fest, „ich habe diese Schwangerschaft nicht geplant." Sie schaute zur Seite, kaute auf der Unterlippe und starrte ihn dann aufsässig an. „Nun, okay, vielleicht zuerst. Aber dann habe ich …"

Vor Wut wurde ihm ganz schwarz vor Augen. „Du hast von Anfang an diesen Plan gehabt, nicht wahr?"

„Ja. Nein", stammelte sie mit roten Wangen und glänzenden Augen.

„Was denn nun? Ja oder nein?"

„Ich habe es mir anders überlegt." Ihre Stimme klang unnatürlich ruhig. „Mir war klar, dass ich zuerst mit dir darüber reden müsste …"

„Genau." Er war alt genug, er hätte es besser wissen müssen. „Dann war das sozusagen ein ‚glücklicher' Zufall?" Sie wich ein wenig zurück. „Du hattest recht, du bist tatsächlich wie deine Mutter", fügte er grausam hinzu. Er spürte, dass er sich nicht mehr lange unter Kontrolle haben würde. „War sie nicht auch eine geldgeile Hure, Jessie?"

„O Gott. Tu das nicht, Joshua." Ihre Stimme bebte, er sah, wie sie hart schluckte, bevor sie wisperte. „Bitte." Ihre Augen wurden dunkel, als ob jemand achtlos ihr inneres Licht ausgeknipst hätte. Er.

Aber er war noch lange nicht fertig. Nicht im Geringsten.

„O verzeih mir bitte. Du hast dich ja immer geweigert, Geld von mir zu nehmen, war es nicht so?" Sein Ton wurde bitter. „Wie viel, glaubst du, sind die Ohrringe wert, die du da trägst, Jessie?"

Sie berührte mit zitternden Fingern die Ohrringe aus Rubinen und Diamanten. „Ich weiß nicht ..."

„So um die fünfzigtausend."

Sie riss die Augen auf und zog die Hand weg, als ob sie sich verbrannt hätte. „Du hast gesagt, es wäre Modeschmuck."

„Je größer, desto lieber – hast du mir das nicht gesagt?"

„Ja, aber ich meinte doch ..."

„Du kannst einen Diamanten nicht von einem Stück Glas unterscheiden, Jessie?", fragte er höhnisch. „Dann solltest du dich besser informieren, bevor du deine Krallen in dein nächstes Opfer schlägst."

Sie nahm die Ohrringe ab und legte sie vorsichtig auf seinen Tisch, die Augen dunkel und leer.

Der Stuhl ächzte unter seinem Gewicht, als er sich setzte. „Oh, deine zitternden Lippen könnten beinahe ihren Zweck erfüllen. Aber vergiss mal nicht, ich habe mit den besten Schauspielerinnen gevögelt, die man mit Geld kaufen kann. Aber ich muss zugeben, deine Leistung im Bett macht dieses Fiasko hier erträglich." Er warf ihr ein humorloses Lächeln zu. „Oder zumindest fast. Dass du mir deine Jungfräulichkeit geschenkt hast, ist diesen Schmuck wert. Das nenne ich einen fairen Handel. Was dir an sexueller Erfahrung fehlt, hast du mit deiner Begeisterung wettgemacht." Er schüttelte sich. „Damit hättest du dir auf jeden Fall einen kleinen Bonus verdient." Er machte eine Pause. „Wenn nicht ein anderer Mann von dem profitiert hätte, was ich dir beigebracht habe", endete er dann eiskalt, während sie nach Luft schnappte und sich auf seinen nächsten Hieb vorzubereiten schien.

Seine Brust war so eng, dass es ihm schwerfiel, zu atmen; Schweiß ließ sein Hemd am Rücken festkleben. „Du hast all meine Geschenke nur abgelehnt, um zum Schluss noch mal richtig abzusahnen, stimmt's, Jessie?"

„Nein." Ihre verdammten, verlogenen Augen ließen nicht von seinem Gesicht ab. „Ich habe dir erklärt, dass ich nur dich wollte."

„Nun, du hast mich gehabt." Unbändige Wut vernebelte ihm beinahe die Sicht. „Sonst noch was?"

„Ja, da ist tatsächlich noch etwas." Sie berührte ihre Handtasche. „Aber das hier ist offenbar n-nicht der richtige Zeitpunkt um z-zu …" Sie wischte ihre Worte mit einer zitternden Handbewegung zur Seite. Dann stand sie anmutig und stolz auf. „Ich habe mit niemandem außer dir geschlafen, Joshua. Wenn du dich einmal beruhigt hast, wirst du das erkennen."

„Ich bin absolut ruhig." Er mahlte mit den Backenzähnen. „Du hast genau dreißig Sekunden Zeit zu erklären, wie das passieren konnte."

Sie ging zum Stuhl zurück und schob ihn zwischen sich und seine Wut. „Ich glaube nicht, dass wir das jetzt diskutieren sollten."

„Der Zeitpunkt könnte nicht besser sein", drängte er. „Wie sollen wir es nennen? Unbefleckte Empfängnis?"

„Wir haben morgens, mittags und abends miteinander geschlafen. Du solltest deinen Arzt besser verklagen. Die Sterilisation hat nicht funktioniert."

„Du hast gesagt, dass du die Pille nimmst."

„Nein, ich sagte, dass ich mich um die Verhütung kümmere ..." Sie betrachtete ihn einen Moment lang schweigend. „Du hast recht, ja. Ich gebe zu, dass mein Ziel ursprünglich war, schwanger zu werden. Mein *einziges* Ziel. Nicht, weil ich dich in die Falle locken wollte, sondern weil – weil ich eben ein Kind wollte. Aber dann habe ich mich in dich verliebt und tatsächlich verhütet, abgesehen von den vielen Ausnahmen, wo ich keine Zeit mehr hatte und – ach verdammt." Ihre großen braunen Augen füllten sich mit Tränen, als sie zugeben musste, dass sie ihn skrupellos belogen hatte.

Unbewegt beobachtete er ihren Auftritt. Ihre Wangen waren leicht gerötet. „Also, zum Schluss habe ich wirklich verhütet, aber mir war nicht klar, dass ich da schon schwanger war." Jessie rieb sich die Stirn. „In all den Monaten vorher bin ich nicht schwanger geworden ... ich weiß nicht ... Vielleicht soll dieses Kind einfach zur Welt kommen."

Joshua lachte.

Sie ließ die Schultern fallen, hielt sich mit einer Hand an der Lehne des Stuhles fest, die Beine schienen unter ihr wegzusacken. Er sah, dass sie mit den Tränen kämpfte. Hochmütig hob er das Kinn. Sie war ihm so unschuldig erschienen, so absolut unbekümmert und von seinem Reichtum nicht im Geringsten beeindruckt. Er sah sie an, sah sie richtig an, und sein Herz schmerzte, als er die Reinheit ihres Gesichtes sah und die totale Resignation in ihren feuchten braunen Augen.

Joshua musste sich vom Anblick ihrer zarten Haut losreißen. Er wusste aus eigener Erfahrung, dass Äußerlichkeiten täuschen konnten. Sie verfolgte nur ein Ziel, nämlich ihn auszunehmen, genauso wie die anderen. Sie wollte Geld, offensichtlich eine Menge Geld, dabei hätte sie beinahe viel mehr von ihm bekommen.

Verflucht sei sie. Beinahe hätte sie sein Herz bekommen.

Er schloss die Augen, um nicht länger ihren schönen Körper sehen und darüber nachdenken zu müssen, dass er niemals wieder ihr lockiges Haar auf seiner Haut spüren und niemals mehr ihr leises, leidenschaftliches Stöhnen hören würde. Dann warf er ihr einen letzten Blick zu, seine Stimme war so kalt wie sein Herz. „Ich werde Felix anrufen. Er soll das Übliche arrangieren. Du kannst bereits heute Nachmittag Kontakt mit ihm aufnehmen."

Sie riss den Kopf hoch. „Können wir nicht vernünftig miteinander sprechen?" Ihre Stimme klang rau. Sie presste die Finger an die Wangenknochen, als wolle sie versuchen, die Tränen zurück in die Augen zu zwingen. Sie hatte wie immer kein Taschentuch dabei. Die Tränen liefen schneller. „Ich liebe dich."

„Du liebst meinen Lebensstil."

Sie schloss die Augen und schluchzte leise auf.

„O nein", fauchte er. „Nun tu nicht so schwach. Du gefällst mir viel besser, wenn du kratzt wie eine kleine Katze." Tief im Magen brannte ihr Betrug wie Feuer. Am liebsten hätte er sie geschlagen. Er wollte nicht, dass sie so blass und verletzlich aussah. Sie sollte endlich aus ihrer Ecke kommen und kämpfen. Zwar hatte sie bereits zum vernichtenden Schlag angesetzt, aber er wollte derjenige sein, der es beendete, er wollte sie auf dem Boden liegen sehen und sie auszählen.

Es war gar nicht ihre Art, einfach nur so dazustehen. Warum zum Teufel verteidigte sie sich nicht energischer?

Weil sie das alles schon lange geplant hatte. Alles war nur eine einzige Lüge gewesen. Jedes einzelne verfluchte Wort, jede Handlung hatte nur auf diesen Moment hingezielt. Auf die große Abrechnung. Sie war nicht einen Millimeter von ihrem ursprünglichen Plan abgewichen.

Er verfluchte sie dafür, dass ihre Augen so verwundet aussahen und er noch immer ihren süßen Geschmack auf der Zunge schmecken konnte. Er verfluchte sie dafür, dass sie ihm eine Vaterschaftsklage an den Hals hängen wollte. Er hätte ihr seinen letzten Cent gegeben, wenn sie es verlangt hätte. Er verfluchte sie dafür, dass er die Zähne zusammenbeißen und sich zwingen musste, sich nicht vor sie auf den Boden zu werfen und anzuflehen, trotz allem bei ihm zu bleiben.

Eine Welle aus Schmerz und Erniedrigung schlug über ihm zusammen, so gewaltig, so dunkel, dass er glaubte, sich nie mehr davon erholen zu können.

„Sag Felix, dass er sich keine Mühe machen muss. Ich habe nicht wegen deines Geldes mit dir geschlafen. Alles, was ich wollte, war …"

Er hob fragend eine Augenbraue.

„Ich liebe unser Kind", sagte sie und schaute ihm tief in die Augen. „Ich will dein verdammtes Geld nicht." Sie schluckte schwer, bevor sie mit entsetzlicher Ruhe sagte: „Ich wollte mich nicht in dich verlieben. Es ist einfach passiert und hat mich selbst überrascht. Ich habe gehofft, dass du mich irgendwann auch lieben würdest. Ich dachte … ich wünschte …" Sie unterdrückte ein Schluchzen. „Ich wollte nichts von dir …"

Erneut stieg Zorn in ihm hoch. „Außer dieses Millionen-Dollar-Baby", höhnte er und ignorierte, wie sich ihr Gesicht verzerrte und sie zu zittern begann. Es war ihm völlig egal. „Mach diesen verdammten DNA-Test. Wenn es wirklich meines ist, werde ich die Vaterschaft anerkennen. Aber ich glaube nicht, dass das der Fall sein wird."

„Nein."

„Nein?"

„Ich werde keinen Test machen. Ich weiß, wer der Vater ist." Jessie rieb sich mit der Hand über ihre nassen Wangen. „Und nein, du wirst *mein* Baby nicht bekommen. Ich habe für sie mit meinem Blut bezahlt. Sie gehört *mir*."

Erst als er seine Hände in Jessies Schulter grub, fiel ihm auf, dass er offensichtlich um den Schreibtisch gelaufen war. Sie sah erschrocken aus. Nun, Himmel, er war auch noch nicht fertig. Sie starrte ihn an, ein Kamm fiel aus ihrem Haar. Ein paar Haarsträhnen klebten an ihren tränennassen Wangen.

„Ich wollte heute Abend unsere Verlobung bekannt geben. Ich wollte dich heiraten. Ich wollte dich ein ganzes verdammtes Leben lang verwöhnen und auf dich aufpassen." Er lachte barsch und ließ sie los. Sie schwankte ein wenig und rieb sich heftig zitternd den Oberarm. „Ein bisschen mehr Geduld, und du hättest alles haben können, Jessie."

„Joshua, bitte …"

Er ging zur Tür, bereit, sie aufzureißen und Jessie hinauszustoßen, wenn sie nur noch einen Augenblick länger bliebe. Er konnte hören, wie sie zitternd Luft holte. Verflucht sei sie.

Er schlug mit der Faust gegen die Wand. Das Geräusch hallte laut und gewaltig in der Stille seines Büros wider. Ein Spiegel fiel hinunter und zerbrach auf dem edlen Parkettfußboden in tausend Stücke.

„Ach, verflucht", kommentierte er sarkastisch. „Noch mal sieben Jahre Pech." Sein Herz zog sich schmerzhaft zusammen. Seine Hand tat weh, er riss die Tür auf. „Verschwinde, zum Teufel. Ich will dich nie mehr wiedersehen."

Ihr Blick wurde ganz leer, dann schloss sie die Augen. „Wenn du es dir irgendwann anders überlegst ..." Als sie die Augen wieder öffnete, waren sie voll von Bedauern.

„Sprich dich ruhig aus."

Sie nahm ihre Tasche, richtete sich auf, blickte erst auf das Loch in der Wand, dann auf seine Hand, dann in sein Gesicht. Blass, aber gefasst lief sie zur Tür, wo sie kurz stehen blieb.

„Muss ich erst den Sicherheitsdienst rufen?", fragte er kühl.

Sie drehte sich nicht um, er sah, wie sie die Klinke der schweren Eichentür umklammerte. Ihre Schultern wurden steif, sie hob den Kopf. „Auf Wiedersehen, Joshua."

„Und ich habe laut geschluchzt", sagte Jessie angewidert, tränenlos und wütend. Sie schritt durch Archies und Conrads Zimmer. „Ich habe geweint!" Sie warf die Arme in die Luft und kickte ihre Schuhe von den Füßen.

„Du bist von ihm schwanger, und dieser Mistkerl bricht dir das Herz", sagte Archie mitleidig. „Natürlich hast du da geweint."

„Er hat völlig die Fassung verloren." Jessie starrte an die Wand. „Er war so wütend." Wieder stiegen Tränen auf. „So verletzt." Jessie presste die Finger in ihre Augenhöhlen. „Verdammt, meine Hormone spielen verrückt. Wieso musste ich bloß heulen?"

„Weil dieser engstirnige Idiot dich verletzt hat!" Conrad hockte sich auf die Sofalehne.

Jessie wirbelte herum. „Er ist kein Idiot." Sie nahm die Taschentücher, die Archie ihr reichte. „Nun, okay, er kann ein Idiot sein." Sie putzte sich die Nase. „Aber dadurch, dass ich geheult habe, fühlte er sich noch schlechter."

„*Er* fühlte sich schlechter?", fragten beide Männer gleichzeitig.

„Alles, was dieser arme Mann wollte, war eine hübsche, unkomplizierte Affäre. Ich hätte mich nicht in ihn verlieben sollen."

„Entschuldige bitte, aber ich würde gerne ein wenig Realität in dieses Gespräch bringen. Hat er zu deiner Schwangerschaft nicht beigetragen?", fragte Conrad mit erhobenen Augenbrauen.

„Er behauptet, dass er sterilisiert sei." Ihre Tränen versiegten wie eine Pfütze in der Wüstensonne. „Ich könnte ihn erwürgen, dass er mir das nicht gesagt hat." Mit einem Mal war sie wieder entsetzlich wütend.

„Scheiße, Jess." Conrad tupfte ihr mit einem Taschentuch die verschmierte Wimperntusche von den Wangen. „Ruf meinen Vater an. Nimm den Typen bis auf den letzten Cent aus. Arch und ich werden Ersatzväter sein."

Jessie warf ihnen einen abwesenden Blick zu. „Ihr beide wärt sicher tolle Papis, aber ihr könnt Joshua nicht vorwerfen, dass er sauer ist. Ich habe ihm auch noch die letzten Illusionen geraubt. Wenn all das schon wie geplant im Januar geschehen wäre, dann müssten wir dieses Gespräch gar nicht führen. Es ist nicht sein Fehler, dass wir unterschiedliche Vorstellungen haben. Nicht eine Sekunde lang hat er vorgegeben, etwas zu sein, was er nicht ist. Oder mir etwas versprochen, was er nicht einhalten konnte. Ich bin diejenige, die ihm diese ganzen Lügen aufgetischt hat. Dabei hatte er langsam begonnen, mir zu vertrauen." Sie kaute an einem Fingernagel. „Er war so verletzt, er hat sogar behauptet, dass er mich heiraten wollte!"

„Ihr seid bereits verheiratet", rief ihr Archie in Erinnerung.

„Himmelherrgott noch mal! *Er* weiß das doch nicht!" Diese verflixten Tränen kamen schon wieder. Jessie fuhr sich über die Wangen. „Ich habe sein Vertrauen missbraucht. Ich habe ihn belogen. Wenn schon die Schwangerschaft ihn so wütend macht, was wird dann erst geschehen, wenn er den ganzen Rest herausfindet?"

„Du solltest besser das Land verlassen", sagte Archie halb im Scherz.

Jessie versuchte ein Lächeln. Es war ein hoffnungsloses Unterfangen. „Wie kann es eigentlich sein, dass einem das Herz herausgerissen wurde und man doch spürt, wie es bricht?"

Sie wunderte sich über ihre eigene Naivität. Wie hatte sie glauben können, auch nur zwölf Minuten, geschweige denn zwölf Monate mit Joshua verbringen zu können, und mit heilem Herzen daraus hervorgehen zu können? Sie hätte sich schon vor Jahren scheiden lassen sollen. Sie hätte die Scheidungspapiere nicht jahrelang mit sich herumtragen sollen. Sie hätte sie unterschreiben sollen.

Stattdessen blieben ihr nun nur ein paar Erinnerungen, die bezeugen konnten, dass sie ihn jemals gekannt und geliebt hatte. Und ein winziges Baby, das seinen Vater niemals kennenlernen würde.

Ihr Hals zog sich zusammen. Sie kannte ihn gut genug, um zu wissen, dass er zu stolz war, um zu verkraften, was sie ihm angetan hatte. Sie hätte ihm von Anfang an sagen müssen, wer sie war. Sie hätte eine Menge Dinge tun müssen, dachte sie missmutig. Aber auf keinen Fall hätte sie sich in ihn verlieben dürfen.

In seinem Büro, da hatte sie ihm gut zugehört. Und egal, wie grausam seine Worte gewesen waren, hinter diesem Ärger hatte sie den Schmerz gespürt, der ihn auseinanderriss. Zumindest glaubte sie das. Allerdings wäre das nicht das erste Mal, dass sie seine Gefühle falsch interpretierte.

Sie hatte die klaren Linien seines Gesichts betrachtet, dieses geliebte, so vertraute Gesicht. Sie versuchte, Erinnerungen zu speichern wie Fotos. Es kostete sie keine Mühe, ihn vor sich zu sehen, seine blassen Augen und wie eiskalt sein Blick sie durchbohrt hatte.

Nun war es vorbei. Unabänderlich. Ein Teil von ihr hatte immer gewusst, dass es so enden würde. In Spielfilmen und Liebesromanen gab es ein Happy End, aber nicht im wahren Leben. Eine Frau wie sie war in tausend Jahren nicht in der Lage, jemanden wie Joshua Falcon in die Knie zu zwingen.

Sie legte eine Hand auf ihren kleinen, runden Bauch. Unwissentlich hatte er ihr etwas Wertvolleres geschenkt als Diamanten oder andere Besitztümer, etwas, das sie mehr wollte als alles andere auf der Welt.

„Überleg dir gut, was du dir wünschst", hatte ihre Mutter immer wehmütig gesagt, wenn mal wieder die Tür hinter einem Mann ins Schloss gefallen war. Jessie glaubte, keine Luft mehr zu bekommen.

„Was willst du jetzt tun, Liebes?", fragte Archie.

Einen Moment lang konnte sie nicht antworten. Sie war bis ins Mark vereist. Das Gewicht auf ihrer Brust erschien ihr unerträglich.

„Wie Scarlett schon sagte: Morgen ist auch noch ein Tag." Jessie gelang ein unsicheres Lächeln, dann nahm sie ein weiteres Taschentuch. „Aber zuerst muss ich eine Weile weinen."

Sie würde nicht nur das vermissen, was sie gemeinsam erlebt hatten. Sondern das, was sie hätten erleben können.

11. KAPITEL

Es war Mitte Dezember. Diese Jahreszeit hatte Joshua schon immer gehasst. Er fühlte sich, als ob er die letzten Wochen in einem Vakuum verbracht hätte. Wo er auch hinschaute, glitzerte und leuchtete es weihnachtlich. Jedes Schaufenster strahlte in Rot und Grün.

Wenn er die Augen schloss, dann sah er sie. Ihre großen, blitzenden Augen, ihre süßen, zarten Lippen, die nur darauf warteten … Er konnte ihr heiseres Lachen hören. Frische Pfirsiche riechen. Ach verdammt.

Er konnte einfach an nichts anderes denken als an Jessie. Jessie, die verschmitzt einen Kranz aus Stechpalmen im Haar trug. Jessie, wie sie zu ihm auflachte und ihn in den Arm nahm. Jessie, Jessie, Jessie.

Jessie liebte Feiertage. Und Weihnachten war ihr Lieblingsfest. Die Geschichte über ihr kleines Buch mit den eingeklebten Bildern hatte ihm fast das Herz gebrochen. All diese ausgeschnittenen Fotos, aus Zeitungen und Magazinen. All diese unerfüllten Wünsche und Träume.

Wenn irgendetwas davon wahr gewesen wäre. Inzwischen war er davon überzeugt, dass selbst das Teil ihrer Lüge gewesen war. Sie hatte dieses verdammte Baby gewollt. Sie hatte ihre Attacke mit der Raffinesse eines Generals geplant und ausgeführt. Die Waffen, die sie eingesetzt hatte, waren so alt wie die Menschheit selbst, und beinahe hätte sie ihr Ziel erreicht. Gott, wie aufgebracht sie war, als er ihr von der Sterilisation erzählte.

Er wollte nicht über Jessie nachdenken. Die Tatsache, dass diese Jahreszeit ihn immer an sie erinnern würde, nervte ihn noch mehr.

Joshua drückte einen Knopf, die Tore zu seinem Anwesen öffneten sich. Ihm grauste vor der Dunkelheit und Leere des Hauses. Zum Glück hatte er Simon gebeten, auf einen Drink vorbeizukommen, bevor sie gemeinsam zum Abendessen gehen würden.

Nachdem er Jessie kennengelernt hatte, hatte er Simon kaum noch gesehen. Dabei war er gerne mit seinem Onkel zusammen, egal wie oft der versuchte, ihn zu manipulieren. Heute Abend würde er ihm aber unmissverständlich klarmachen, dass Jessie ein Tabuthema war. Sie würden was zusammen trinken, gut essen, und dann würde das Leben endlich wieder seinen normalen Verlauf nehmen.

Den meisten Angestellten hatte er den Monat freigegeben. Er hatte keine Lust mehr auf ihre vorwurfsvollen Blicke. Sie hatten Jessie angebetet. In ihren Augen war *er* der Buhmann. Vielleicht sollte er ihnen ja mal von ihrer wundersamen Schwangerschaft erzählen.

Seit Jessie nicht mehr da war, kam er abends in ein dunkles Haus. Er hatte sich so sehr daran gewöhnt, dass Jessie auf ihn wartete, alle Lichter anheimelnd angeschaltet. Ganz zu schweigen von ihrem warmen Lächeln und ihren tröstenden Armen. Das Haus, aus dem sie kurzzeitig ein Heim gemacht hatte, war nun wieder nichts anderes als ein Haus.

Aber egal, es war ihm vorher auch ohne sie gut gegangen, und, verdammt noch mal, das würde wieder so sein. Er brauchte sie nicht.

Er umklammerte das Lenkrad fester. Diese verräterische kleine Hexe! Die Regenbogenpresse hatte bereits Hackfleisch aus ihr gemacht. Ein Kalendergirl, das nicht einmal die zwölf Monate durchgehalten hatte. Die Gerüchte wucherten wild, was Joshua wie immer völlig ignorierte. Es war der Job seiner Public-Relations-Abteilung, die Artikel über ihn durchzusehen und ihm nur das vorzulegen, worauf er persönlich reagieren musste.

In diesem Fall hatte er jedoch seine Leute instruiert, nichts zu unternehmen, um den wilden Spekulationen Einhalt zu gebieten. Es interessierte ihn nicht, was aus ihr wurde. Jessie hatte sich die Suppe eingebrockt, jetzt musste sie sie auch selbst auslöffeln.

Er wollte sich einreden, dass sie sowieso nicht mehr als ein kurzes Intermezzo gewesen war, leicht zu vergessen. Doch die Realität war eine andere. Sie hatte sein Leben verändert. Niemals mehr wollte er eine Geliebte für einen festen Zeitraum haben. Meine Güte, er fühlte sich schon jetzt bereits wie ein Eremit, Sex war das Letzte, woran er dachte.

Selbst das hatte sie ihm verdorben.

Er hatte vor, die Weihnachtstage in London zu verbringen, ohne irgendjemanden darüber zu informieren. Inzwischen tat es ihm fast leid, dass er ihr das Haus in Tahoe überschrieben hatte. Diesmal konnte er sich an den verhassten Feiertagen nicht einmal dorthin zurückziehen.

Es begann zu regnen. Ein feiner, deprimierender Dunst lag auf den nackten Ästen der Bäume und drückte die Sträucher in der Einfahrt zu Boden. Ich kann aber auch in die Sonne fahren, dachte er, als er aus dem Jaguar stieg und die geschwungene Treppe hinaufging. Irgendwohin, wo es heiß war.

Irgendwohin, wo er mit Jessie nie gewesen war.

Das Erste, was ihm auffiel, als er eintrat, war der Geruch. Er schloss die Augen und atmete tief ein.

Offenbar war er kurz davor, durchzudrehen. Das Haus war vollkommen leer, und doch roch er den Duft von Kiefern und Zimt und gebratenen Äpfeln.

Joshua warf seinen Mantel über einen Tisch und lief durch die Eingangshalle zu seinem Refugium, wo er wie angewurzelt stehen blieb.

Der Weihnachtsbaum, in Gold und Grün geschmückt und mit kleinen, weißen Lichtern füllte eine ganze Ecke vor den Fenstern aus. In dem riesigen Kamin brannte ein Feuer, das sich in den in Folien eingepackten Geschenken spiegelte. Neben den Kristallkaraffen auf dem Getränkewagen stand ein Teller mit selbst gebackenen Plätzchen.

Jessie.

Joshuas Herz begann wie wild zu hämmern. Er schnappte nach Luft, als ob er ersticken würde.

Jessie war zu Hause.

Er massierte seine noch immer schmerzende rechte Hand. Du Narr. Denn wenn sie tatsächlich hier wäre, würde er sie innerhalb von zwei Sekunden aus seinem Haus werfen. Er brauchte sie nicht, und mit Sicherheit wollte er Weihnachten nicht feiern, weder dieses Jahr noch sonst irgendwann. Verflucht sei sie.

„Jessie!" Er raste aus dem Zimmer, stürmte wie ein Wahnsinniger durch das leere, stille Haus und rief ihren

Namen. Wo auch immer er hinschaute, sah er Anzeichen dafür, dass Jessie gekommen war.

Und wieder gegangen.

Völlig außer sich riss er Türen zu unbenutzten Zimmern auf, schaute in Wandschränke. In seinem Schlafzimmer konnte er eine Spur ihres Parfüms riechen, aber Jessie war nicht da. In ihrer Hälfte des Schrankes hingen noch immer ihre Kleider. Jedes verdammte Kleid, das er ihr geschenkt hatte. Er knallte die Tür zu, um die Erinnerung an ihren Pfirsichduft, an Glück und Zweisamkeit auszusperren.

Er war über ihr Eindringen empört. Gerade jetzt, wo er beinahe über sie hinweg war. Verflucht. Wie konnte sie es wagen, einfach in sein Haus zu kommen und das bisschen Frieden, das er gefunden hatte, wieder zu zerstören?

Die Vorstellung von Jessies rundem Bauch, in dem das Kind eines anderen Mannes heranwuchs, drückte gegen seine Hirnwindungen. Würde dieses Bild jemals verblassen? Oder würde es eines Tages von dem Bild ersetzt werden, auf dem Jessie das Kind eines anderen Mannes an ihre Brust legte?

Joshua lief wieder nach unten. Sein Kiefer schmerzte, so sehr hatte er die Zähne zusammengebissen. Das tat sie nur, um ihn zu quälen. Das würde er nicht zulassen. Er flüchtete sich in seine kontrollierte, viel leichter zu handhabende Persönlichkeit und schenkte sich einen ordentlichen Armagnac ein. Er versuchte, den 1884er Bas Armee zu genießen und den Duft der Plätzchen zu ignorieren.

Dann betrachtete er die Geschenke, die unter dem Baum gestapelt waren. Ein grünes, goldgesprenkeltes Tuch lag über etwas Langem, Gebogenem. Ein Zettel war daran geheftet.

Joshua ging in die Hocke. Seine Hände zitterten leicht, als er das Papier vom Stoff entfernte.

„Hör auf zu zweifeln", hatte sie geschrieben. „Tu so, als ob du sieben Jahre alt wärst und an Heiligabend die Treppe herunterkommst." Joshua schloss einen Moment seine brennenden Augen. „Ich kann nicht Teil deiner Zukunft sein. Ich war nur ein kleiner Teil deiner Gegenwart. Ich wollte dir etwas von deiner Vergangenheit zurückgeben." Sie hatte nicht unterschrieben.

„Verflucht, Jessie." Er nahm einen großen Schluck des Armagnacs, zog das Tuch vorsichtig zur Seite und hielt den Atem an. Es war eine Eisenbahn. Eine perfekte Eisenbahn, eine schwarze, glänzende Lionel-Lok, der Kohlentender, und dahinter die Waggons, in denen kleine Geschenke verstaut waren.

Die Eisenbahn verschwand hinter einem Tränenschleier. Joshua fiel auf die Knie und blinzelte heftig, dann legte er den Schalter um. Der Zug setzte sich mit einem Pfeifen in Bewegung, kurz danach stieg aus dem Schornstein eine Rauchsäule auf. Unwillkürlich musste er lächeln, obwohl tief in ihm etwas schmerzte.

Sie hatte die Gleise entlang der Wände gelegt, unter dem Schreibtisch hindurch und um die Stühle herum. Joshua betrachtete den Zug fast eine halbe Stunde lang, während er versuchte, wieder klar zu denken. Er hatte keine Ahnung, warum sie das getan hatte. Und er wollte sich auch nicht darüber freuen.

Er stand auf, um sein Glas nachzufüllen, und nahm dann gedankenverloren den Plätzchenteller mit zurück an seinen Platz. Er schob sich ein Plätzchen in den Mund, schloss die Augen und lauschte dem Klack-Klack der winzigen Räder auf den winzigen Gleisen. Mit sieben hätte er sein Leben für eine solche Eisenbahn gegeben.

Jessie hatte das nicht vergessen.

Jessie, die niemals ein Geschenk bekommen hatte, bis sie einundzwanzig war. Jessie, die als Kind niemals Spielzeug gehabt hatte. Jessie, die ihn nie um irgendetwas gebeten hatte.

Ein kleines Päckchen fiel von einem Waggon vor sein Knie. Ein wenig beklommen öffnete er es. Ein rotes Jo-Jo kam zum Vorschein. Im nächsten waren Murmeln. Und im nächsten ein Schweizer Armeemesser.

In jedem Päckchen befand sich etwas, was er sich als Junge gewünscht hatte. Er riss das bunte Papier von einem Geschenk unter dem Baum auf und fand das Flanellhemd, das sie ihm in Tahoe versprochen hatte. In der nächsten Schachtel lag eine braune Bomberjacke.

Er zog sein Jackett aus und die Jacke über, die streng nach Leder und ein ganz klein wenig nach Jessie roch. Er griff in die Tasche und zog den langen weißen Seidenschal hervor. Sie hatte sich jeden seiner geheimen Wünsche gemerkt und ihm erfüllt. Nichts hatte sie vergessen.

Joshua lehnte sich zurück, der Armagnac und das Kaminfeuer wärmten seine Haut. Er nahm ein Kissen vom Sofa, das ebenfalls noch nach ihr roch. „Verflucht, Jessie", rief er böse und drückte es gegen seine Brust. Wie immer erregte ihn ihr Geruch. Er stöhnte gequält auf. „Du sollst in der Hölle schmoren." Schließlich hatte sie ihn dort auch hingeschickt.

Er betrachtete die Geschenke und die Berge an Papier, die um ihn herumlagen, während seine Eisenbahn eine weitere Runde drehte. All das hatte er als Kind gewollt. Und Jessie hatte es ihm gegeben. Siebenundzwanzig Jahre später.

Joshua griff nach dem letzten Päckchen, das unter dem Baum lag. Eine in goldenes Papier eingewickelte Schachtel mit einer großen roten Schleife. Dieses Geschenk hatte sie unter all den anderen versteckt.

Er nippte an seinem Drink. Wie gerne hätte er geglaubt, dass alles, was in seinem Büro geschehen war, nur ein böser Traum gewesen war. Dass Jessie ihn niemals betrogen hatte. Dass sie jeden Moment hereinkommen würde, ihn mit ihren schönen Augen liebevoll betrachten und ihr heiseres Lachen lachen würde.

Diese Geschenke waren so typisch für sie. So absolut richtig. Sie kannte ihn zu gut – was der Grund dafür war, dass sie es geschafft hatte, seine Schutzmauern einzureißen und ihn völlig zu vernichten.

Er drehte das letzte Päckchen in seinen Händen. Strich mit den Fingern über die Schleife und das weiche Goldpapier. Er hatte eine lächerliche Angst davor, dieses letzte Geschenk zu öffnen. Als ob er sie ein paar Minuten länger in diesem Raum halten könnte, solange er nicht wusste, was sich darin befand.

Warum nur bezauberte ihn so ziemlich alles, was diese verdammte Frau tat? War es ihre Absicht gewesen, dass er sich eine Zeit lang nicht nur wie ein Siebenjähriger fühlte, sondern vielleicht auch, dass er dumm genug wäre, ihr diesen Mist über seine missglückte Sterilisation abzunehmen?

Bittere Galle stieg in ihm hoch. Er, ein Mann, der niemals schwankte, niemals unentschlossen oder zwiespältig war, wurde mit einem Mal von größten Zweifeln geplagt.

Zu gerne würde er Jessies lächerliche Geschichte glauben. Seine Wut verwandelte sich in Sekundenschnelle in Seelenqualen. Selbst das Atmen schmerzte. Er hatte das Gefühl, als ob er ohne sie langsam sterben würde. Joshua goss sich ein weiteres Glas ein und schüttete es in einem Zug hinunter.

Nach Luft schnappend und mit Tränen in den Augen blickte er auf seine Rolex. Das Letzte, was er jetzt brauchen konnte, war Gesellschaft. Hatte er noch genug Zeit, die Verabredung mit Simon abzusagen? Aber mit welcher Entschuldigung?

Ich bin nach Hause gekommen und musste feststellen, dass Jessie hier war. Wenn ich die Augen schließe, kann ich sie riechen. Sie hat mir jeden Wunsch erfüllt, den ich jemals hatte. Die Schachtel schnitt ihm in die Hand. *Und sie hat mir etwas weggenommen, von dem ich gar nicht wusste, dass ich es wollte. Bis ich sie traf.*

Er verlagerte sein Gewicht in der Hoffnung, damit die Enge in der Brust loszuwerden, und lehnte sich an seinen Schreibtisch. Er war kein romantischer Narr. Mit

Jessie hatte er genau dieselbe Abmachung gehabt wie mit zahlreichen Frauen zuvor. Ihr vorzeitiger Abgang war nichts anderes als ein lästiger Umstand.

„Ja, klar!" rief Joshua laut, als die Lok pfiff und kleine Rauchwölkchen ausstieß. Er schloss die Augen und verstärkte seinen Griff um die Schachtel.

Draußen war es windig, kleine Äste klopften an die Fenster. Während er wie ein Kind auf dem Boden gesessen und mit der Eisenbahn gespielt hatte, war es dunkel geworden. Er hatte kein Licht eingeschaltet. Der Scheinwerfer der Lok sandte einen schmalen Lichtstrahl durchs Zimmer, außerdem reichten der Schein des flackernden Feuers und die kleinen Lichter des Weihnachtsbaums völlig aus.

Joshua stellte das leere Glas auf den Tisch, dann ging er zum Kamin, um Jessies letztes Geschenk auszupacken, bevor Simon auftauchte.

Das Papier raschelte, bevor es sein Geheimnis preisgab. Das brachte Joshua zum Lächeln. Genauso hatte Jessie das beabsichtigt, keine Frage.

Er nahm das Armeemesser, das Jessie ihm geschenkt hatte, aus der Tasche, schnitt die Klebestreifen durch, öffnete die Schachtel und nahm vorsichtig ein Papier heraus. Es roch nach Jessie, und er wartete einen Moment, ehe er las.

„Joshua", hatte sie geschrieben. „Bitte verzeih mir, was ich dir angetan habe. Simon und Felix haben nur geschwiegen, weil ich sie angefleht habe, dir nichts zu erzählen."

Das Papier knisterte in seinen Händen. Was zum Teufel hatten Felix und Simon damit zu tun?

„Ich wollte dich niemals anlügen, aber ich habe mich so sehr nach einem Kind gesehnt. Ich muss zugeben, dass ich fast alles dafür getan hätte, dieses Ziel zu erreichen. Ich habe fälschlicherweise geglaubt, sofort schwanger zu werden. Nicht eine Sekunde lang hätte ich gedacht, dass ich mich in dich verlieben würde. Doch als es passierte, habe ich mich entschlossen, nicht schwanger zu werden, weil ich unbewusst ahnte, dass du mich niemals würdest lieben können. Aber wir hatten es oft so eilig, dass ich völlig vergessen habe, zu verhüten."

Ja. Klar!

„Ich wünschte, ich hätte dich lieben und auf dich aufpassen können, als du ein Kind warst. Aber wenigstens hoffe ich, dass diese Geschenke dir irgendetwas bedeuten. Ich kann verstehen, dass du mir wegen des Babys nicht glauben wolltest. Außerdem habe ich dich schon vorher belogen. Doch die Tatsache bleibt – es ist unser Kind."

Natürlich, Jessie.

„Ich weiß, dass du mich nie mehr wiedersehen willst. Es tut mir so leid, dass ich dir wehgetan habe."

Er sah, dass die Worte verwischt waren. Von Tränen.

„Wenn du deine Meinung je ändern solltest ... wir werden auf dich warten. Falls nicht, dann hoffe ich nur, dass du mir eines Tages vergeben kannst und eine neue Liebe findest.

Ich werde nie aufhören, dich zu lieben.

Deine Jessie."

Beinahe hätte er die Schachtel mitsamt Inhalt ins Feuer

geworfen. Er hatte genug! Sie hatte ihn mit ihren Geschenken völlig durcheinandergebracht. Seine Brust fühlte sich wie zusammengeschnürt an.

Verflucht, Jessie.

In der Schachtel lagen verschiedene Papiere. Joshua knipste die Schreibtischlampe an. Er wollte dieses letzte Geschenk ansehen, bevor sein Onkel hereinkam.

Als er das nächste Papier auffaltete, stockte ihm der Atem. Mit gerunzelter Stirn ließ er seine Schultern kreisen. Was zur Hölle …? Es war ein Beleg von Tiffany's in San Francisco. Hatte sie womöglich den Schmuck zurückgegeben, den er ihr geschenkt hatte? Das ergab keinen Sinn. Außerdem fand er noch eine Notiz, dass der Rest des Schmuckes bei seinem Anwalt hinterlegt sei.

Er starrte noch eine Weile auf das Blatt, bevor er es auf den Tisch legte. Er sehnte sich nach einem weiteren Drink, aber seine Beine wollten sich einfach nicht bewegen. Neugierig schlug er das nächste Dokument auf. Was zum …?

Ein Scheck … über mehr als sechs Millionen Dollar? Woher um Himmels willen hatte Jessie so viel Geld? Und warum gab sie es ihm?

Dann zog er dreifach gefaltete Unterlagen aus Jessies Büchse der Pandora. Die Papiere sahen abgegriffen aus und so, als wären sie oft geöffnet und wieder gefaltet worden. Das Licht reflektierte von einem glänzenden Viereck in der rechten oberen Ecke. Verwirrt starrte er auf die Scheidungspapiere. Dann hielt er mit gerunzelter Stirn das schimmernde Viereck ins Licht. Es handelte sich um ein Polaroidfoto, um das Bild eines abgerissenen jungen Mädchens mit wirrem orangefarbenen Haar und riesigen braunen Augen.

Der Schmerz traf ihn so plötzlich, dass er auf die Knie sank. Er breitete sich in seiner Brust aus. Joshuas Gesicht verzerrte sich, er presste die Augen zusammen, stand wieder auf und schwankte zurück zum Schreibtisch. Eine rote Welle rauschte über ihn hinweg, er blieb atemlos und zitternd zurück. Er schwitzte.

Jessie hatte also erreicht, was sie von vornherein geplant hatte. Sie wollte ihm nicht nur das Herz aus dem Leib reißen, sondern ihm gleich einen ganzen Herzinfarkt bescheren.

Er sah, wie Scheinwerfer in der Auffahrt auftauchten. Zu weit weg. Zu spät.

Joshua tastete nach dem Telefon, drückte sich den linken Arm gegen die Brust. Es gelang ihm, die Schnellwahltaste zu drücken.

„Hallo, hier ist Jessie. Ich kann gerade leider nicht ans Telefon ..."

Eine Brandbombe explodierte in seiner Brust. Flammen schossen seine Arme entlang.

Der Hörer fiel aus seinen gefühllosen Fingern. Er knallte auf die fahrende Lokomotive und landete auf dem dicken Teppich. Aus der Ferne hörte er das Pfeifen des Zuges, dessen Räder in der Luft durchdrehten. Dann donnerte der Puls in seinen Ohren und blendete alles andere aus.

Das Telefon. Er musste ... 911 ... anrufen ... Schmerzen ... O Gott ... Das war es ... Er musste ... musste ...

Schwarzer Schnee rieselte vor seinen Augen, dann verschwamm sein Blick, er spürte, wie er in ein tiefes, schwarzes Loch stürzte.

„J-Jessieee."

„Du hattest verdammtes Glück", sagte Simon, der an Joshuas Bett im Krankenhaus saß.

„Mir geht's gut. Es war wohl nur eine heftige Panikattacke." Joshua zog verlegen eine Grimasse.

„Es hätte aber durchaus ein Herzinfarkt sein können. Der Arzt sagt, es war ein Warnschuss. Du sollst halblang machen."

„Nun, das hat ja auf jeden Fall schon mal funktioniert." Joshua bewegte sich ruhelos unter der Decke, seine Beine waren zu lang für das Bett. „Danke, dass du rechtzeitig da warst, Simon."

„Ich war zu Tode erschrocken, als ich dich gefunden habe. Zum Glück hatte ich ja einen Schlüssel. Du lagst völlig bewegungslos auf dem Boden, deine Lippen warenganz blau. Himmel, Junge, ich habe beinahe selbst einen Herzinfarkt bekommen." Simon stand auf und durchquerte das Zimmer. Joshua sah ihm neidisch dabei zu. Er selbst war mit jeder Menge Kabel verdrahtet und ans Bett gefesselt.

Simon fuhr sich mit den Händen durch sein weißes Haar. „Du wirst tun, was sie dir sagen, verstanden? Sie wollen dich vierundzwanzig Stunden lang beobachten, und du hältst dich besser dran. Ich bin nämlich entschlossen, vor dir abzutreten, also durchkreuz mir meine Pläne nicht. Kapiert?"

Joshua nahm etwas vom Nachttisch. „So lange könntest du mir das hier erklären", sagte er durch zusammengebissene Zähne. Die Maschine neben seinem Bett begann zu piepsen.

„Was ist das? Oh. Jessies Scheidungspapiere."

Joshua schloss die Augen und zwang sich, ruhig zu bleiben. Der Monitor neben ihm gab mehrere hohe Warnsignale von sich. Eine Krankenschwester rauschte herein und befahl ihm, ruhig liegen zu bleiben. Sie begann, seinen Puls zu messen, strich die Bettdecke glatt und brachte Joshua nur noch mehr in Rage. Simon warf ihm einen warnenden Blick zu.

Als die Frau gegangen war, sagte Joshua kalt: „Simon? Ich will eine Erklärung."

„Sie hat gesagt, dass sie dir die verflixten Papiere geben will. Nun, jetzt hast du sie. Jessie lässt sich von dir scheiden."

„Was nicht so einfach ist, nachdem wir nie geheiratet haben", sagte er. Er wollte hören, dass Simon seinen Verdacht bestätigte.

„Jessie ist Vera, mein Sohn."

Der Monitor stieß eine Reihe von Piepstönen aus. „Dann ist es also wahr."

Simon nickte bedächtig.

Joshua setze sich auf, lehnte sich an das Metallkopfteil und ignorierte den Schmerz, den die Kanüle in seiner Hand ihm verursachte. „Soll das vielleicht heißen, dass du es die ganze Zeit gewusst hast? In all den Jahren, in denen du mir von der Innenarchitektin erzählt hast, die bei Conrad und Archie arbeitet, hast du gewusst, wer sie ist?" Er zuckte kurz zusammen, als er sich die Nadel aus dem Handrücken riss.

„Ich habe ihr den Job sogar selbst besorgt." Simon sah Joshua fasziniert dabei zu, wie er ein weiteres Klebeband löste und die Nadel herauszog. „Weißt du, was du da tust?"

„Offensichtlich nicht." Joshua verzog das Gesicht, als sich ein Tropfen Blut auf seiner Handfläche bildete. Er blickte seinen Onkel an. „Verdammt, Simon. Auf welcher Seite stehst du eigentlich?"

„Du hast dieses arme Mädchen geheiratet und bist dann verschwunden, bevor du noch ihren Namen richtig wusstest. An diesem Tag ist sie ein Teil der Familie geworden – irgendjemand musste ihr doch helfen. Felix und ich haben sie unter unsere Fittiche genommen. Das war das Mindeste, was wir tun konnten."

Joshua fluchte. Er warf die Bettdecke zur Seite, schwang die Beine aus dem Bett und stand auf.

„Wohin willst du?", fragte Simon alarmiert.

„Ich habe etwas zu erledigen. Und wenn ich zurück bin, werde ich mich um Felix und dich kümmern." Joshua riss verschieden Schubladen auf. „Aber zuerst muss ich meine Klamotten finden."

„Sie war immer schon ein gieriges kleines Miststück", sagte Simon milde und starrte seinen Neffen durchdringend an. Eine Schublade wurde zugeknallt.

„Nenn sie nicht Miststück", rief Joshua drohend. „Aha." Er hatte seine Schuhe gefunden und seine Socken. Wo zum Teufel war der Rest?

„Geldgierig."

„Jessie hat mich nie um etwas gebeten, Simon."

„Dann eben egoistisch. Wie alle Frauen."

Joshua öffnete den Schrank und nahm seine Kleider heraus. „Jessie ist die großzügigste, liebevollste Frau, die ich kenne." Der Geruch nach Leder, Jessie und unerfüllten Wünschen umfing ihn. Er warf die braune Lederjacke aufs Bett.

„Okay, dann eben unfähig, einen Mann zu lieben."

„Blödsinn." Joshua zog seinen Slip an, dann die Hose. „Jessie ist voller Liebe."

„Sie wollte einfach nur teure Geschenke. Wie alle anderen."

„Jessie wollte keine Geschenke."

„Dann wollte sie mit dem berühmten Joshua Falcon in der Öffentlichkeit gesehen werden. Und der Lear hat ihr bestimmt gefallen."

„Nein." Joshua zog das Hemd über. „Den Lear hat sie nicht sonderlich gemocht. Sie hat immer gesagt, dass sie lieber mit offiziellen Fluglinien fliegt, weil sie die Leute so verdammt interessant findet." Er schloss den Gürtel.

„Zum Teufel", fuhr Simon fort. „Eine Geliebte sollte ihren Platz kennen. Sie hätte stolz darauf sein müssen, dir zu gehören, verflucht." Simon starrte Joshua aus halb geschlossenen Augen an.

„Eine Frau gehört einem Mann nicht wie ein Hund, Simon."

„Nein? Jedenfalls verstehe ich nicht, dass sie sich so gedemütigt fühlte, als die Presse sie als dein Kalendergirl bezeichnet hat. Himmel, sie wusste doch, dass es nach zwölf Monaten vorbei sein würde."

„Zehn." Joshua warf sich aufs Bett und zog die Socken an.

„Hat nicht bis zum Ende durchgehalten, wie? Sie brauchte nicht mal ein ganzes Jahr, um ihren finanziellen Nutzen daraus zu ziehen."

Joshua durchsuchte seine Taschen. „Sie hatte keinen finanziellen Nutzen, Simon. Jessie hat alles zurückgegeben. Himmel, ich konnte ihr nur Schmuck schenken, solange sie dachte, dass es sich um Modeschmuck handelt."

Simon johlte: „Und das hast du geglaubt, Sohn? Ach Gott, eine Frau kann Diamanten aus hundert Metern Entfernung erkennen. Ein cleverer Schachzug, keine Frage. Frauen können ganz schön geschickt sein. Wir Männer sollten besser aufpassen. Gott verhüte, dass wir ihnen auch nur das geringste Vertrauen entgegenbringen."

„Gib's auf, Simon. Ich weiß, was du zu tun versuchst."

Simon erhob sich seufzend und blickte Joshua ernst an. „Jessie ist das Beste, das dir je passiert ist." Er wandte ihm den Rücken zu und starrte aus dem Fenster. „Lass nicht zu, dass die Ehe deiner Eltern dein ganzes Leben zerstört. Du kannst den Spuk beenden, Joshua. Jessie ist eine gute Frau. Sie hat Mumm und Rückgrat und Anstand – genau wie du. Und sie hat mehr Liebe zu geben, als ein einzelner Mann in einem Leben aufbrauchen kann. Wie kann jemand nur so dumm sein, sie sich durch die Lappen gehen zu lassen?"

„Ach, verflucht", sagte Joshua sarkastisch. Zu seinen eigenen Schuldgefühlen gesellte sich jetzt auch noch der

Ärger seines Onkels. „Tut mir leid, dass ich ein Mensch bin!"

„Wir unterhalten uns später über deine angebliche Spezies. Was willst du wegen Jessie unternehmen?"

„Was soll ich denn verdammt noch mal tun? Sie hat mir einen Hieb direkt in den Magen versetzt."

„Bist du sicher, dass es nicht eher dein Herz war?"

„Vermutlich glaubt sie nicht mal, dass ich eines habe." Joshua nahm die gefalteten Papiere vom Nachttisch und steckte sie in die Tasche. „Hatte ich keine Brieftasche dabei?"

„Im Nachttisch", sagte Simon geistesabwesend. „Du hast nichts verloren. Jessie hat für dich alles aufgegeben. Den Job, den sie sehr liebt. Die meisten ihrer Freunde. Sie hat dir auf Abruf zur Verfügung gestanden." Simon seufzte schwer und erhob sich aus seinem Stuhl. „Sag mal, Joshua. Hast du jemals darüber nachgedacht, wie eine Frau wie Jessie sich als deine Geliebte fühlt?"

Joshua blickte Simon an, der so alt aussah, wie er sich im Moment fühlte, antwortete aber nicht.

„Haben wir Männer jemals überlegt, wie es ist, wenn jeder weiß, dass die Frau an unserer Seite nur kurzfristig mit uns zusammen ist? Dass sie nicht gut genug ist, um länger bei uns zu bleiben? Patti hat mir wirklich eingehämmert, wie eine Frau das empfindet. Ich kann's dir sagen, Sohn. Es ist übel. Die sind für ein Leben gezeichnet, werden verachtet und bedauert. Die Schundblätter nehmen sie zur Freude ihrer Leser komplett auseinander. Und wir drehen uns einfach um und jagen schon der Nächsten nach, bevor die Frau noch weiß, dass wir mit ihr fertig sind. Wir haben keine Ahnung, was für ein Schlachtfeld wir hinterlassen."

„Ich habe Jessie nie so behandelt."

„Und hast du dich mal gefragt, wieso?"

Joshua warf dem älteren Mann einen durchdringenden Blick zu. „Ja, ich habe mich das gefragt." Sein Ton war streng. „In den letzten Wochen habe ich sogar kaum über etwas anderes nachgedacht."

„Und?"

„Du wünschst ihr das unbedingt, oder nicht?"

„Ich wünsche es euch *beiden*, mein Junge. Aber überwiegend wünsche ich es mir für dich, weil ich glaube, dass Jessie ihr Leben auch ohne dich einigermaßen hinbekommt. Allerdings glaube ich nicht, dass du ohne sie sonderlich gut auskommen wirst."

„Sie ist schwanger."

„Gratuliere."

„Das Kind ist nicht von mir."

„Sei nicht albern. Natürlich ist es das."

„Ich habe mich vor Jahren sterilisieren lassen."

Simon schüttelte den Kopf. „Es wäre nicht das erste Mal, dass die Natur sich gegen irgendeinen chirurgischen Eingriff durchgesetzt hat. Wenn du Zweifel hast, dann überprüfe es. Himmel, du bist doch schon mal hier, bitte doch einfach deinen Arzt darum."

Joshua sank aufs Bett. „Jesus Christus, du schlauer Hurensohn, meinst du nicht, dass ich schon genug Demütigungen für einen Tag habe über mich ergehen lassen müssen?"

Simon lächelte. „Offenbar nicht."

Jessie saß in ihrem Auto und starrte auf das Restaurant. Hier hatte alles begonnen. Der Anfang des Endes. Regen strömte über die Windschutzscheibe und verwischte die Lichter. Das Geräusch der Scheibenwischer begann, ihr auf die Nerven zu gehen.

Ein scharfer weißer Speer erhellte den Himmel: Donner folgte. Perfekt, einfach perfekt. Kalte Trauer schnürte ihr Herz ab, sie schluckte heftig.

Als sie aus dem Auto stieg, waren ihre Augen trocken, brannten aber noch immer von ihrem letzten Heulkrampf. Sie sprintete zur Tür. Der vertraute Geruch nach Fett und Kiefernholzpolitur umfing sie, sie suchte sich einen Platz im hinteren Teil. Dort zog sie den nassen Regenmantel aus und blickt sich um. Etwa ein halbes Dutzend Gäste saßen an den Tischen, die meisten von ihnen waren Lastwagenfahrer.

Am Tresen saß eine Familie. Mutter, Vater und zwei goldige Kinder. Jessie streichelte ihren Bauch und warf dem kleinen Mädchen ein Lächeln zu, das sich immer wieder hinter der Lehne seines Stuhls zu verstecken versuchte, bis die Mutter mit ihm schimpfte und es aufforderte, sich richtig hinzusetzen.

Jessie genoss diese kurze Ablenkung. Die Kaugummi kauende Bedienung umrundete die Theke und fragte, ob sie Kaffee wolle. Sie bestellte sich etwas zu essen, obwohl sie nicht hungrig war, und starrte dann verdrossen auf die zerkratzte Tischplatte.

In den letzten Wochen hatte sie in einem Hotel in San José gewohnt. Niemand sollte wissen, wo sie war, bis sie herausgefunden hatte, was sie künftig tun und wo sie leben wollte. Doch vor Joshua Falcon zu fliehen, war nicht einfach. Am besten wäre es, in eine andere Galaxie zu verschwinden, weit, weit weg. Doch leider war sie dafür nicht klug genug, sie hatte andere Pläne.

Ihr Herz machte einen Satz. Wenn sie nur richtig wütend sein könnte, das wäre eine herrliche Erlösung, aber dazu hatte sie kein Recht. Denn alles, was Joshua im Büro gesagt hatte, stimmte. Aus seiner Sicht betrachtet.

Sie war immer so stolz darauf gewesen, die Verantwortung für ihr Handeln zu übernehmen. Und sie war einhundertprozentig verantwortlich dafür, dass ihr Herz gebrochen war. Joshua hatte *sie* niemals angelogen.

Die Bedienung stellte einen Teller vor sie. Jessie verteilte Ketchup über die Pommes Frites. Sie hatte dieses Baby gewollt. Das zumindest tat ihr nicht leid. Sie hatte es riskiert, zu lieben. Und sie hatte verloren.

Bis zur nächsten Runde.

Wenn sie auf jemanden wütend sein konnte, dann nur auf sich selbst. Dafür, dass sie geglaubt hatte, einen so festgefahrenen Mann wie ihn ändern zu können. Den Eisklotz. Steinhart und unerbittlich. Und so daran gewöhnt, von Frauen betrogen zu werden.

Sie schlürfte den starken Kaffee und blickte sich um. Seit sie das letzte Mal hier gewesen war, hatte sich so viel in ihrem Leben verändert. Es war merkwürdig zu sehen, dass hier alles beim Alten geblieben war. Dieselben staubigen Plastikpflanzen hingen von der vergilbten Decke. Dieselben Risse in denselben Vinylsitzen. Dieselbe geschmacklose Weihnachtsdekoration.

Jessie seufzte. Zumindest manche Dinge änderten sich nie.

Sie schaute auf die Uhr und dann durch das regennasse Fenster nach draußen. Der fast leere Parkplatz wurde von einem Blitz hell erleuchtet. Sie wartete auf den Donner, aber das Geräusch, das folgte, erinnerte eher an ihren altersschwachen Scheibenwischer.

Sie aß noch ein paar Pommes Frites, beäugte den sehr mitgenommen aussehenden fettigen Fisch, piekte ein Stück auf die Gabel und zog es durch den Ketchupsee.

Es war bereits spät, weit nach zehn Uhr. Jessie fragte sich, um wie viel Uhr Joshua heute nach Hause gekommen war, ob er überhaupt im Land war. Wie hatte er auf den Weihnachtsbaum und ihre Geschenke reagiert? Gott, sie hoffte so, dass es ihn ein wenig erweicht hatte, dass er das, was sie ihm angetan hatte, jetzt besser ertragen konnte. Aber bei Joshua wusste man nie, wie er reagieren würde.

Sie wollte ihm vierundzwanzig Stunden Zeit geben, alles zu verarbeiten, und dann alles daransetzen, dass er begriff, wie sehr er sie liebte.

Jedenfalls, wo auch immer er gerade war, er täte besser daran, noch eine Weile alleine zu sein. Jessie richtete sich auf. Es war noch etwas früh für Geliebte Nummer ... wie viel auch immer, aber Joshua war so außer sich gewesen, dass er womöglich sogar seinen eigenen Zeitplan ignorierte.

Jessie stützte den Kopf in die Hand und schloss die Augen. Sie konnte es nicht ertragen, ihn sich mit einer anderen Frau vorzustellen. Sie hatte sich geschworen, nie mehr eine Zeitschrift zu lesen oder entsprechende Sendungen im Fernsehen anzuschauen. Sie würde es nicht überleben, wenn er eine andere Frau auch nur *küsste*.

Sie spürte an ihren Fingern die Wärme, als ihre Tasse nachgefüllt wurde. „Danke." Jessie fragte sich, was die Bedienung wohl von dieser Frau hielt, die da vor sich hin murmelte, und öffnete die Augen.

Wenn sich die Bekleidung von Bedienungen in den letzten Jahren nicht drastisch geändert hatte, dann hatte ihr jemand anderes den Kaffee eingeschenkt. Jessies Herz machte einen Sprung. Sie wagte es nicht, aufzublicken, und hielt den Blick auf die Schuhe Größe 45 gerichtet. Sie hörte das Leder knarren.

„Jessie."

Die vertraute Stimme jagte ihr einen Schauer durch den Körper. Langsam schaute sie auf. Er sah erschöpft aus, aber ungeheuer attraktiv. Sein dunkles Haar war zerzaust. Er trug Jeans und die braune Bomberjacke über dem roten T-Shirt aus Tahoe. Er gab der Bedienung die Kaffeekanne zurück und steckte die Hände in die Taschen.

„Hat das mit der Abendübelkeit aufgehört?"

Sie schluckte schwer und umklammerte ihre Kaffeetasse mit beiden Händen, weil sie ihn so gerne berühren wollte.

„Ja. Mir geht es jetzt wieder wunderbar."

Joshua ließ sich ihr gegenüber auf die Bank sinken, den Blick auf ihr Gesicht geheftet.

„Wie hast du mich gefunden?" Sie konnte in seinem düsteren Gesicht nicht erkennen, was er dachte.

„Conrad und Archie haben mir verraten, dass du auf dem Weg zur Hütte bist. Da bin ich hinter dir hergefahren. Ich hatte das Gefühl, dass du hier eine Pause einlegen würdest."

Jessie blickte auf den Parkplatz. Tatsächlich parkte sein silberner Sportwagen neben ihrem Auto.

„Ich wollte noch einmal in die Hütte gehen." Jessies Augen brannten. Nicht jetzt, verflucht. „Die Besitzurkunde wollte ich dir dann nächste Woche zurückschicken."

Er nahm mit ernstem Blick ihre Hand. „Ich wollte, dass die Hütte dir gehört." Sein Griff verstärkte sich. „Aber ich bin nicht gekommen, um das mit dir zu diskutieren." Er fuhr sich mit gespreizten Fingern durchs Haar. Jessie starrte ihn an.

„Wenn du noch mehr Entschuldigungen hören willst, kannst du sie haben." Sie versuchte, ihre Hand wegzuziehen, aber das ließ er nicht zu. Sie warf ihm einen spitzen Blick zu. „Aber ich werde mich nicht bis in alle Ewigkeit entschuldigen."

„Ich will keine Entschuldigungen."

„Ich kann einfach nicht … Was willst du denn, Joshua?"

„Ich will, dass du mich heiratest."

Jessie schloss die Augen. Als sie ihn wieder ansah, war ihr Blick kalt. „Ich kann dir nicht vorwerfen, dass du mich verletzen willst, nach all den Lügen, die ich dir aufgetischt habe. Aber bitte", sie wollte sich erheben, aber er hielt sie jetzt mit beiden Händen fest, „bitte, mach dich nicht über mich lustig."

Jessie biss sich auf die zitternden Lippen. Ihre Augen füllten sich mit Tränen, sie starrte aus dem Fenster.

„Mami? Warum kniet der Mann da vor der Frau?" Die süße Kinderstimme des kleinen Mädchens brachte alle Gäste zum Verstummen.

„Honey, man starrt fremde Leute nicht an."

Jessie drehte sich um.

„Heirate mich. Im Ernst. Und für immer, Jessie." Joshuas Stimme war so leise, dass sie sich anstrengen musste, ihn zu verstehen.

Hoffnung wallte in ihr auf. Langsam öffnete sie die Augen. Joshua kniete mit gesenktem Kopf vor ihr. „O Gott, Joshua." Sie konnte es nicht ertragen, ihn so demütig zu sehen.

Er sah ihr direkt in die Augen. „Werde meine Frau, Jessie." Seine Stimme zitterte fast unmerklich. „Bitte."

Sie berührte sein Gesicht, seine Haut fühlte sich kühl an.

„Sag Ja."

„Bitte steh auf."

„Erst, wenn du Ja gesagt hast."

„Wir müssen uns unterhalten", rief Jessie verzweifelt, denn sie wollte nicht zulassen, dass noch mehr unbegründete Hoffnung in ihr aufkeimte. „Da ist so vieles, was wir noch nicht …"

Er stand auf und legte ihr einen Finger auf die Lippen. „Pst. Wir haben ein Leben lang Zeit, alles zu sagen, was uns auf dem Herzen liegt." Er setzte sich wieder auf seinen Stuhl.

Sie saugte an ihrer Lippe und schmeckte Blut. Das Leben war sowieso schon schwer genug für ein Kind. Aber sie würde ihrem Kind niemals einen Vater zumuten, der es nur halbherzig liebte.

„Heute ist Donnerstag", sagte er lächelnd. Jessie blickte ihn verständnislos an. „Weißt du nicht mehr? Damals hast du gesagt, dass du Fremde nur donnerstags heiratest." Er nahm ihre Hand und spielte mit ihren Fingern. Jessie fuhr ein elektrischer Schlag durch den Körper bis in die Zehenspitzen.

„Das ist eine Ewigkeit her", wisperte sie, erstaunt darüber, dass er sich daran erinnern konnte. „In der Zwischenzeit ist so viel geschehen …"

„Ja. Ich bin endlich erwachsen geworden." Er klang ungeduldig. „Ich hätte schon damals bei dir bleiben sollen, Jessie. Wir hätten diese sieben Jahre zusammen sein können, wenn ich nicht so ein gefühlloser Idiot gewesen wäre."

„Du warst mein starker Ritter in der schimmernden Rüstung", erklärte Jessie ruhig. Sie blickte ihn sehr ernst an.

„In eher zerbeulter Rüstung." Seine Mundwinkel verzogen sich. „Was meine Mutter und Stacie mir angetan haben, hat mein ganzes Denken beeinflusst. Und beinahe hätte ich Narr das Beste verloren, was mir je passiert ist." Er legte einen Finger unter ihr Kinn und hob es an. „Kannst du mir denn jemals vergeben, Jessie?"

„Du weißt, dass ich das schon habe." Heiß strömten Tränen ihre Wangen hinab. Sie kämpfte gegen den Impuls an, sich in seine Arme zu werfen.

„Ach, Jessie." Er beugte sich nach vorne und tupfte die Tränen mit einer Serviette ab. „Ich bin gestern Nachmittag nach Hause gekommen", sagte er. „Ich hatte Angst, schon wieder in dieses verdammt kalte, dunkle Haus zu gehen. Ich war schon so weit, es zu verkaufen. Weil du überall warst, Jessie. Alles, was ich gesehen habe, gehört, geschmeckt und gespürt, alles hatte mit dir zu tun. Da ist mir klar geworden, dass ich meine Häuser und Jachten und Flugzeuge verkaufen könnte, es würde keinen Unterschied machen. Denn egal, was ich tue, egal, wo ich bin, du wirst immer bei mir sein. In meinem Herzen."

Sie starrte ihn mit großen Augen an, hatte Angst davor, ihm zu glauben. Und Angst, es nicht zu tun.

„Ich habe jedes Geschenk aufgemacht und mich gefragt, wer dich gelehrt hat, so liebevoll zu sein. Wer hat dir gezeigt, wie ungeheuer schön eine zärtliche Berührung sein kann? Deine Mutter nicht. Und auch kein Mann."

Er ließ die nasse Serviette fallen und zog sein Taschentuch hervor, mit dem er fortfuhr, ihre Tränen wegzuwischen. „Ich habe fast zu spät bemerkt, dass du mir das gegeben hast, wonach du dich selbst ein Leben lang gesehnt hast. Zärtlichkeit, Vertrauen und bedingungslose Liebe."

Sie wollte etwas sagen, irgendetwas. Aber ihr Herz hatte offenbar aufgehört, zu schlagen. Die Welt, ihre Welt, hatte aufgehört, sich zu drehen.

Erneut griff Joshua in seine Jackentasche. Diesmal zog er einen Umschlag heraus, dann legte er eine blaue Schachtel auf den Tisch.

„Ich liebe dich, Jessie Adams. Ich brauche vielleicht etwas länger, aber wenn ich mal etwas kapiert habe, dann vergesse ich es nie mehr. Ich kann mir ein Leben ohne dich nicht vorstellen. Bitte heirate mich noch mal und erlöse mich von meiner Qual."

Jessie starrte auf die blaue Schachtel.

Er schubste sie in ihre Richtung.

„Was ist mit dem Baby?" Sie nahm ihm das Taschentuch aus der Hand und wischte sich das Gesicht ab. Er warf ihr dieses wunderbare Lächeln zu, das kleine Fältchen um seine Augen entstehen ließ, und schob ihr den Umschlag hin.

„Ich liebe unser Baby."

„Du glaubst nicht, dass sie dein Kind ist", sagte sie und hielt den Atem an.

„Ist es ein Mädchen? Sie ist mein Baby, Jessie. Wenn sie ein Teil von dir ist, dann ist sie auch ein Teil von mir." Er lächelte. „Weißt du, was ein guter Vater für seine Kinder tut?"

Jessie fielen tausend Dinge ein. Sie schüttelte den Kopf.

„Das Beste, was ein Vater für seine Kinder tun kann ist, die Mutter zu lieben."

Jessie fühlte einen Schmerz in der Brust.

Sie tupfte sich erneut über die Augen. „Ich bin froh, wenn meine Hormone endlich wieder Ruhe geben", sagte sie verärgert. „Ich hasse es, dauernd vor deinen Augen in Tränen auszubrechen."

„Du kannst vor meinen Augen tun, was immer du magst, Jess."

„Was ist in dem Umschlag?"

„Mach ihn auf." Er nahm einen Schluck Kaffee. „Klar, dass du dich für den Umschlag mehr interessierst als für den Schmuck."

Sie warf ihm einen schiefen Blick zu und öffnete die kleine Samtschachtel. „Der ist auf jeden Fall echt." Der Diamant war schlicht und ungeheuer schön, eingerahmt von einfachen Goldstäben. Sie schob ihn über den Tisch und streckte die linke Hand aus. „Steck ihn mir schnell an", forderte sie.

Joshua lachte, stand auf und setzte sich neben sie. Sie schloss die Augen, als er ihr mit den Händen übers Haar streichelte. Dann küsste er sie. Sanft und ausgiebig und mit all der Liebe, die er empfand. Als er von ihr abließ, war ihr schwindlig.

Die wenigen Gäste in dem Restaurant applaudierten. Joshua streifte ihr mit großem Theater den Ring über. Sein Blick verweilte auf ihrem Gesicht, dann schaute er auf ihren Bauch.

„Gott, Jess", sagte er atemlos und berührte ihn ehrfürchtig. Als er wieder aufblickte, standen seine Augen voller Tränen.

„Ich liebe dich, Joshua Falcon."

„Das weiß ich, Jessie. Ich werde den Rest meines Lebens damit verbringen, dich glücklich zu machen. An jedem einzelnen Tag sollst du wissen, wie sehr ich dich liebe."

„Bist du sicher?"

„Absolut, ohne Zweifel, hundertprozentig." Er strich ihr eine Haarsträhne aus dem Gesicht. „Wirst du das irgendwann aufmachen?", fragte er und legte ihr einen Arm um die Schultern.

„Ist es wichtig?"

„Nein, es ist nur ein kleiner Test, den ich gemacht habe."

„Was für ein Test?"

„Ich habe mich auf meine Fruchtbarkeit untersuchen lassen."

Sie blickte auf den versiegelten Umschlag.

„Und du hast ihn nicht geöffnet."

„Das Resultat ist mir nicht wichtig, das habe ich bereits gesagt."

„Und du willst mich noch mal heiraten und das Kind lieben, egal, was auf diesem Papier steht?"

„Ohne auch nur eine Sekunde zu zögern", versicherte er.

Jessie gab ihm den Umschlag zurück. „Mach du ihn auf."

„Es ist nicht …"

„Mach ihn auf."

Sie beobachtete ihn, wie der den Umschlag mit seinem Schweizer Taschenmesser aufschlitzte, das Papier herausnahm und durchlas.

„Nun?" Sie hob die Augenbrauen.

„Da steht ..." Joshua schluckte mehrmals. „Da steht, dass du einen Vollidioten heiratest, der dich anbetet, und dass wir bis an unser Lebensende miteinander glücklich sein werden und noch mindestens zwei Kinder bekommen."

Jessie spürte, wie ein Lächeln aus ihrem Herzen aufstieg. „Ich liebe Happy Ends, und du?"

– ENDE –

Megan Hart
Hot Summer
Band-Nr. 35025
8,95 € (D)
ISBN: 978-3-89941-634-3
464 Seiten

Julie Gordon
Die Lilie von Florenz
Band-Nr. 35024
8,95 € (D)
ISBN: 978-3-89941-611-4
352 Seiten

Anna Zabel
Ein Koch für
gewisse Stunden
Band-Nr. 35023
8,95 € (D)
ISBN: 978-3-89941-579-7
304 Seiten

Tanja Albers
Die Lotusblume
Band-Nr. 35018
8,95 € (D)
ISBN: 978-3-89941-461-5
336 Seiten

Sharon Page
Blutrot – die Farbe der Lust
Band-Nr. 35022
8,95 € (D)
ISBN: 978-3-89941-548-3
416 Seiten

Suzanne Forster
Im Reich der Lust
Band-Nr. 35002
8,95 € (D)
ISBN: 978-3-89941-320-5
352 Seiten

Sandra Henke
Opfer der Lust
Band-Nr. 35021
8,95 € (D)
ISBN: 978-3-89941-504-9
464 Seiten

Sahara Kelly
Madame Charlie
Band-Nr. 35015
8,95 € (D)
ISBN: 978-3-89941-433-2
304 Seiten

Romane voller Erotik und Leidenschaft.

Sehnen Sie sich nach prickelnden Liebesabenteuern? Die Romanreihen von TIFFANY lassen keine Wünsche offen und verführen Sie zum Lesen und Träumen...

Mehr Liebe, Lust und Leidenschaft entdecken Sie im Zeitschriftenhandel oder unter www.cora.de